Cómo no enamorarme de ti

Novela

Biografía

Loles López nació un día primaveral de 1981 en Valencia. Pasó su infancia y juventud en un pequeño pueblo cercano a la capital del Turia. Con catorce años se apuntó a clases de teatro para desprenderse de su timidez, y descubrió un mundo que le encantó y que la ayudó a crecer como persona. Su actividad laboral ha estado relacionada con el sector de la óptica, en el que encontró al amor de su vida. Actualmente reside en un pueblo costero al sur de Alicante, con su marido y sus dos hijos. Desde muy pequeña, sus pasiones han sido la lectura y la escritura, pero hasta el año 2013 no se publicó su primera novela romántica. Desde entonces no ha parado de crear nuevas historias y espera seguir muchos años más escribiendo novelas con todo lo necesario para enamorar al lector.

🇫 Loles López

🅞 @loles_lopez

🌐 loleslopez.wordpress.com

Loles López
Cómo no enamorarme de ti

Esencia/Planeta

La lectura abre horizontes, iguala oportunidades y construye una sociedad mejor.
La propiedad intelectual es clave en la creación de contenidos culturales porque
sostiene el ecosistema de quienes escriben y de nuestras librerías.
Al comprar este libro estarás contribuyendo a mantener dicho ecosistema vivo y
en crecimiento.
En **Grupo Planeta** agradecemos que nos ayudes a apoyar así la autonomía creativa
de autoras y autores para que puedan seguir desempeñando su labor.
Dirígete a CEDRO (Centro Español de Derechos Reprográficos) si necesitas fotocopiar
o escanear algún fragmento de esta obra. Puedes contactar con CEDRO a través de la
web www.conlicencia.com o por teléfono en el 91 702 19 70 / 93 272 04 47.
Queda expresamente prohibida la utilización o reproducción de este libro o de
cualquiera de sus partes con el propósito de entrenar o alimentar sistemas
o tecnologías de inteligencia artificial.

© Loles López, 2023
© Editorial Planeta, S. A., 2023
    Avda. Diagonal, 662-664, 08034 Barcelona (España)
    www.esenciaeditorial.com
    www.planetadelibros.com

Adaptación de la cubierta: Booket / Área Editorial Grupo Planeta
Ilustración de la cubierta: Shutterstock
Primera edición en Colección Booket: octubre de 2025

Depósito legal: B. 13.860-2025
ISBN: 978-84-08-30934-5
Composición: Realización Planeta
Impreso en España

Ni el amor es una jaula, ni la libertad es estar solo. El amor es la libertad de volar acompañado. Es dejar ser sin poseer.

Gabriel García Márquez

Todo se reduce a la última persona que piensas en la noche. Ahí es donde está tu corazón.

Gabriel García Márquez

1

MATEO

—Maldita puerta. ¡Joder! —Hago más presión con el destornillador. Como siga así machacaré la cabeza del tornillo y no conseguiré arreglar la bisagra, pero esto se ha convertido en algo entre la puerta y yo... o entre todas mis mierdas y yo. Todavía no lo he decidido—. ¡Cojonudo, y ahora se pone a llover! —farfullo al notar cómo empiezan a caer gotarrones helados sobre mí.

Sin embargo, eso no logra que deje lo que estoy haciendo. Me pongo de lado para ayudarme con mi propio cuerpo y así hacer más fuerza, pero la lluvia impactando de costado debido al viento provoca que el destornillador me resbale y que mi mano choque con violencia contra el filo desconchado de la madera. Cierro los ojos al sentir el dolor punzante que atraviesa todas mis terminaciones nerviosas y que me hace gruñir todas las palabrotas que recuerdo en estos momentos.

—¡Joder, qué puta mala suerte la mía!

—¡Illo! —oigo, y al girarme veo la sonrisa socarrona

de Daniel, que pasa por delante de donde estoy. Vuelvo a mirarme la mano y... ¡me cago en la hostia! Estoy sangrando y todo por culpa de esta condenada puerta y de esta inoportuna lluvia. Le doy un golpetazo a la madera con la mano ensangrentada, provocando que el dolor sea insoportable y me haga cerrar los ojos un segundo. Pero estoy cabreado, joder. Ahora mismo estoy tan furioso que me cargaría este maldito bungaló con mis propias manos—. ¿Qué te está haciendo la puerta?

—Joderme la tarde —mascullo tirando el destornillador de malas maneras dentro de la caja de herramientas, para luego coger un pañuelo e intentar taponarme la herida con él para detener la sangre que sigue saliendo alegremente.

—Creo que hoy deberías terminar un poco antes, parece que va a caer una buena tormenta —me dice, y asiento conforme. El cielo se ha oscurecido tanto por las enormes nubes negras que parece que sea de noche, y me temo que con esta lluvia poco puedo hacer ya—. Voy al bar a ver si hablo un poco con Rebeca —añade refiriéndose a la camarera que lleva trabajando con nosotros desde el pasado mes de abril.

—Nunca he visto a un tío tan cabezón como tú, macho —resoplo y veo que se sube la capucha mientras se encoge de hombros.

—No todos podemos tener esa cara tuya para que caigan rendidas a nuestros pies. A los tíos como yo nos toca currarnos que una chica se fije en nosotros —comenta con tranquilidad—. ¿Nos vemos allí?

—Sí, voy un momento a curarme y enseguida me acerco.

Daniel asiente mientras levanta una mano y prosigue su recorrido hacia el bar.

Cierro la puerta como puedo, para después tirarme el pelo hacia arriba con la mano buena y expulsar el aire con fuerza. Bajo los dos escalones que separan el acceso a este bungaló del suelo y siento sobre mi cuerpo cómo la lluvia cae con más ímpetu y, mientras Daniel ha decidido echar a correr hacia su destino, yo opto por tomármelo con calma y aprovechar los metros que me separan de mi casa para intentar sosegarme, importándome bien poco ir en manga corta y notar que el frío penetra bajo mi piel. Sin embargo, si tengo la mala suerte de encontrarme con mi abuela, eso será imposible, pues sé que me dará la charla. En otras circunstancias no me importaría —la verdad es que estoy hasta acostumbrado a que lo haga—, pero hoy no tengo ganas de nada, y mucho menos de oír que estoy raro desde hace ya demasiado tiempo.

Paso por delante del edificio de ladrillo rojo donde se ubica la recepción del camping, justo enfrente del bar. Enfilo hacia arriba el sendero que hay entre ambas construcciones expulsando el aire con alivio. Parece ser que mi abuela está demasiado ocupada como para estar pendiente de quién pasa frente a la recepción, y ojalá se deba a la llegada de nueva clientela, aunque me temo que más bien está enfrascada en la lectura de alguna revista de cotilleo.

Me fijo en los seis primeros bungalós situados a cada lado del camino, destinados a aquellos clientes que buscan algo pequeño y sin cocina —todos los demás están equipados con una—. De momento están vacíos y solo espero que no se repita el desastroso verano pasado.

Después de estos, hay un almacén bastante grande donde guardamos todo lo necesario para el mantenimiento de las instalaciones, e inmediatamente detrás de este empiezan los bungalós reservados al personal... Por desgracia, incluso estos están vacíos, y eso que estamos al inicio de temporada alta. Pero aquí solo vivimos mi familia y yo, nadie más...

Me froto el cabello empapado con la vista fija ya en la puerta de mi casa, pero de pronto una luz encendida en el bungaló situado justo delante del mío me hace detenerme en mitad del sendero.

Una luz que lleva sin encenderse demasiado tiempo.

Una luz que no debería estar encendida.

—No puede ser...

Miro el pequeño bungaló de madera como si fuera la primera vez que lo hiciera, cuando en realidad es una imagen habitual en mi día a día. No son figuraciones mías, la luz está encendida, pues se cuela a través de la compacta cortina gris que tapa el enorme ventanal que ocupa casi toda la pared frontal. Siento cómo me retumba el corazón mientras miro hacia ambos lados del camino desértico, como si esperara a alguien que me dijera qué está pasando o, tal vez, una pista de lo que está ocurriendo esta tarde. Esta cabaña lleva seis meses cerrada por una razón, y si ahora hay signos de que alguien está dentro, quizá...

Sé que no puede ser, sé que es una locura, ¡joder!, pero ¿y si...?

Avanzo hasta allí, decidido a acabar con esta incertidumbre. Subo los dos escalones que separan el porche del suelo, busco la llave que está escondida en la parte superior del marco de la puerta y la abro.

—¿Nacho?

Siento la garganta seca y cómo el corazón me late tan rápido como un Fórmula 1, como si diese por buena esta absurda suposición que ha conseguido que entre en su casa después de tanto tiempo. Sin embargo, me centro en el momento e intento que mis recuerdos no tomen el control... al tiempo que oigo música que procede del cuarto de baño... Otra vez ese pellizco de esperanza retorciéndose en mi interior me hace caminar en esa dirección. Porque me encantaría poder verlo de pie delante de mí, mostrándome esa sonrisa que tantos meses llevo sin presenciar mientras bromea conmigo. ¡Hostias, incluso echo de menos sus burlas! Deseo que todo vuelva a ser como era antes, que todo lo que ha pasado sea un maldito y macabro sueño.

Por eso he entrado sin llamar.

Por eso siento que me falta el aire, que mi corazón está a punto de reventar y que mis ojos quieren confirmar lo que mi mente ha fabulado con tantas prisas.

De repente, junto a la música, me llega una voz femenina que me hace detenerme de golpe y apretar los puños en un acto reflejo, sintiendo cómo la esperanza se escapa con cada nota musical y es sustituida por algo del todo irracional. La chica está cantando a viva voz una conocida canción de Pablo López, creo recordar que se titula *Quasi*.

La ilusión se esfuma de un plumazo, pero la reemplazo por la rabia, por la ira, por la frustración que llevo arrastrando desde entonces. Porque no puede ser que ella esté aquí, que haya tenido la poca vergüenza de ocupar su bungaló, después de todo lo que ha sucedido.

De todo lo que he hecho.

No pienso.

Ahora mismo el cabreo dirige mis condenados pasos.

—Elena, ¿qué cojones...?

Todo ocurre muy rápido.

Yo abriendo la puerta mientras suelto con rabia esa pregunta que se queda a medias en mis labios al verla.

Esa chica girándose hacia mí con una toalla amarilla en la cabeza envolviendo su pelo y con una enorme camiseta negra desteñida que tapa casi todo su cuerpo.

Abre mucho sus ojos azules, entre confundida y asustada por la intromisión. Sin embargo, lo que más me llama la atención es el extraño potingue que embadurna toda su cara, de un tono verde lodo.

Aun con esas pintas, no tengo dudas de que esta joven no es Elena.

Joder... ¡¡No es Elena!!

Dejo escapar el aire al tiempo que me froto el cabello mojado, dejando finalmente ambas manos en mi nuca... aliviado, hostias, pero también confuso.

—Pero ¿quién te crees que eres para entrar sin llamar? —suelta con voz clara, levemente nasal, mostrándome en esa simple pregunta lo molesta que está.

—¿Y tú? —le recrimino, porque ella no tendría que estar aquí.

Maldita sea, para ser exactos, nadie puede entrar en la casa de Nacho.

Abre la boca dispuesta a contestarme mientras se yergue con valentía, pero de repente sella los labios de golpe, achica los ojos y me mira fijamente alzando un poco el rostro. Es más bajita que yo, algo a lo que estoy más que acostumbrado. Mido un metro noventa y seis y la mayoría de la gente tiene que levantar la cabeza para mirarme a los ojos. Esta chica medirá menos de metro setenta.

—¿Mateo? —dice con un hilo de voz, deteniendo de pronto mis pensamientos, y frunzo el entrecejo al descubrir que me conoce—. ¡Joder, pues claro que eres

Mateo! —Se carcajea de una manera melodiosa que me resulta ligeramente familiar mientras se toca la cara en un acto reflejo. Después se mira los dedos manchados de esa cosa verde y saca la lengua con fastidio—. ¡Mierda, la mascarilla! Si es que no sirvo para estas cosas... Pero te prometo que, aunque ahora mismo parezca la rana Gustavo, soy Penny.

Oír ese nombre después de tanto tiempo provoca que dé un paso hacia atrás involuntariamente. La observo, intentando imaginármela sin eso en la cara, sin la toalla que oculta su cabello, procurando buscar algún rasgo conocido que me indique que no miente y que, en efecto, es quien dice ser.

Me fijo en sus ojos de un azul turquesa muy claro y, de repente, mi mente se llena de imágenes de Penny con Nacho, como pequeños *flashbacks*, riendo, corriendo y haciendo bromas sin parar; su mirada burlona, su sonrisa traviesa, su cabello castaño despeinado y el olor inconfundible a lima y limón...

—¿Penny?

Me sonríe de esa manera que todavía recuerdo, con esa frescura que siempre ha irradiado hiciera lo que hiciese, dejando la punta de su lengua casi visible tras sus dientes, de esa forma pícara que todavía mantiene, para después alzar la mirada al techo mientras niega con la cabeza.

—Al principio no te he reconocido, pero... ese modo de hablar y de mirar como si todo el mundo te cayera mal te ha delatado —dice con alegría. Sin embargo, algo la lleva a quedarse callada y a ponerse seria de golpe y porrazo, como si hubiese recordado algo de repente.

Veo cómo aprieta los labios de ese modo que he visto tanto hacer en el último año en distintas personas, como si me estuviera alertando de que volveré a oír esa manida frase que se dice sin pensar, por formalismo, y que nadie sospecha lo mucho que me jode; esa que no me hace sentir bien, sino que, en realidad, me recuerda todo lo que perdí en un segundo.

—¿Qué haces aquí? —suelto interrumpiendo lo que intuyo que va a pronunciar y me percato de que mi tono brusco ha provocado que ella me mire confundida.

—Eh... Voy a trabajar este verano aquí.

—¡Ni de coña!

—Mateo —dice dando un paso hacia mí, pero después se muerde el labio inferior y baja la vista al suelo—. Tu abuela me ha contado lo sucedido y... ¡Maldita sea! No sabes cuánto siento no haber venido antes y...

—Ya —la interrumpo de nuevo.

Porque no quiero que lo verbalice.

Porque no necesito oírlo.

Porque me he cansado de que la gente finja que entiende por lo que estamos pasando desde entonces.

—Tu abuela me ha explicado que...

—Mi abuela —la corto por tercera vez, y creo que mi voz ha sonado todavía más brusca que antes, pero todo esto me está sobrepasando—, no sé lo que te habrá dicho o prometido, pero no te puedes quedar aquí y mucho menos a trabajar este verano. No te preocupes, no soy tan cruel como para obligarte a que te vayas ahora mismo, pero mañana te largas —añado para después darme media vuelta, dispuesto a irme.

—Mateo, ¡mierda, escúchame!, no puedo marcharme hasta que acabe el verano.

A pesar de sus palabras, no me giro para contestarle ni para seguir discutiendo con ella, pues he decidido salir de este bungaló y alejarme de su inesperada presencia, que me ha hecho recordar esos veranos en los que no existían las preocupaciones y todo era perfecto, cuando todavía no había ocurrido nada. Pero, sobre todo, me largo de aquí para poner fin a este sinsentido que ha creado mi abuela.

Ni siquiera la lluvia consigue calmarme mientras vuelvo a tomar el sendero, ahora en sentido inverso para ir a la recepción. Al entrar, mi abuela levanta la cabeza y arruga sus grises cejas al tiempo que cierra la revista de cotilleo que la mantenía entretenida.

—¡*Osú*, illo! —suelta ella nada más verme—. ¿Está lloviendo?

—Un poco —respondo mientras me quito el exceso de agua de la cara con ambas manos y me doy cuenta en este momento de que el pañuelo que llevo en una se ha mojado con el agua y, ¡joder!, sigo sangrando, tanto que me he manchado los vaqueros. Me acerco al mostrador para buscar algo con que curarme y parar la hemorragia de una vez.

—¿Qué te has hecho, hijo?

—Un rasguño —susurro cogiendo el botiquín. Me echo un poco de yodo en el corte y luego me pongo una tirita—. ¿Qué hace aquí Penny?

Mi abuela abre más los ojos, asombrada, para después encogerse de hombros y esconder una sonrisilla de culpable.

Menuda es cuando quiere…

—Esta mañana a primera hora ha llamado al camping. No os lo he contado porque ella quería que fuera una sorpresa —murmura y resoplo con rabia porque me hubiese gustado saberlo y así ahorrarle el viaje—. Hemos estado hablando de todo un poco y… me ha preguntado si había una vacante para trabajar este verano aquí —añade como si nada.

—Y, por supuesto, le has dicho que sí.

—Claro, ¡es vuestra amiga!

—Lo fue en el pasado, nana, y siempre ha sido más amiga de Nacho que mía —replico con la misma rabia de antes—. En todo caso, ese no es el tema. No podemos contratar a nadie más. Estamos peor que mal. Solo espero que este año podamos recuperarnos y ponernos al día con los pagos.

—Lo sé, Mateo. Tu abuela no es tonta. Penny va a trabajar a cambio de un salario ridículo, que completaremos con el alojamiento y la comida, nada más. Como ves, un chollo.

—Me da igual. No se va a quedar y mucho menos en ese bungaló.

—¿Cómo que no? Necesitamos gente. No podemos hacer frente a la temporada estival con los que somos y ella es la solución que necesitábamos este año. Nadie nos va a costar tan poco como ella, hijo.

—Para llevar el camping como es debido, nos harían falta, por lo menos, cinco personas más y no una que... a saber qué conocimientos y capacidades tiene.

—Por lo menos no estaremos tan estresados porque tendremos un par de manos más para ayudar. No seas tan *desaborío*, niño, y acepta que se va a quedar —suelta mientras me guiña un ojo—. Además, le di mi palabra a Penny de que se podía quedar aquí todo el verano y eso es lo que hará.

—Ya veo que no tengo ni voz ni voto en este asunto, nana —bufo, y veo cómo mi abuela sonríe tímidamente—. Pero mañana le das otro bungaló. No quiero que esté en el de Nacho.

—¿Por qué no? Lleva vacío medio año, es el que mejor cuidado está y no voy a moverla porque a ti te dé

16

la gana. ¡No sé qué te pasa con esta chica! Habéis sido amigos desde niños, así que Penny no es ninguna extraña para quitarla de ahí. Además, ya va siendo hora de que aceptemos que las cosas han cambiado —replica con seriedad mientras asiente una vez, reafirmando sus argumentos.

Me paso la mano por el pelo para que deje de gotearme en la cara y niego con la cabeza al tiempo que se repite esa última frase lapidaria en mi mente.

Odio que todo haya cambiado y no poder hacer nada para evitarlo. Pero saber que Penny se va a quedar unos cuantos meses provoca que esté nervioso y todavía más cabreado de lo que ya de por sí estaba.

No sé qué hace aquí después de tanto tiempo sin saber de ella.

No sé cómo va a afectar su presencia después de todo lo que ha pasado.

No sé si voy a soportar verla de nuevo todos los días, como aquellos agostos que veraneaba aquí.

2

PENNY

Subo los dos escalones del pequeño porche del bungaló y me paro delante de la puerta. Hace un día increíble; en el cielo no hay ni una sola nube, el sol comienza a iluminarlo todo y, si no fuera por los charcos, nadie diría que ayer por la tarde llovió con tanta intensidad.

La verdad es que he pasado una noche horrible. ¡Prácticamente no he pegado ojo! No sé si se ha debido a la lluvia, a estar de nuevo en La Redondela, este pueblecito costero de Huelva donde he pasado los mejores veranos de mi vida, o al hecho de que Mateo no quiera que me quede aquí. Aunque me temo que se deberá un poquito a las dos primeras y un muchito a la última, porque... ¡menuda manera de volvernos a encontrar después de tanto tiempo! Si es que no sé por qué me extraño, ya intuía que a él no le gustaría mi presencia y mucho menos me recibiría con los brazos abiertos. De todos modos, es cierto que no me esperaba esa frialdad por su parte y esa orden de que me largase hoy mismo.

Por eso esta mañana, nada más vestirme, he decidido hablar con él y hacer que cambie de opinión. Sé que es un hueso duro de roer, pero no estoy dispuesta a rendirme y aún menos cuando no puedo perder esta vía de escape.

Bueno, en realidad tengo que confesar que quise aclararlo ayer y que con ese fin —después de su repentina irrupción y su igual de rápida huida— me pegué al gran ventanal que hay en el bungaló por si lo veía pasar. Estuve a punto de salir a hablar con él cuando, tras un buen rato, apareció caminando por el sendero, pero, al ver que entraba en la cabaña que está justo enfrente de la mía, decidí quedarme quietecita y posponer esa charla para hoy.

Supongo que tenía la esperanza de que la noche apaciguara los ánimos, aunque para ser franca diré que me da un poquito de miedo que no haya sido así y no lograr ablandarlo.

Y aquí estoy, delante de su puerta, mirándola fijamente como un pasmarote, como si esperase una señal divina para llamar o que este tema se arreglara por arte de magia. Siento cómo se me retuerce el estómago por los nervios —o por el hambre, que también—, porque Mateo no es Nacho. Porque Mateo dejó de ser mi amigo al final del quinto verano que pasé aquí y todavía sigo sin saber las razones. Porque no sé qué decirle para que entienda que necesito quedarme. Y contarle la verdad no entra en mis planes ni a corto ni a medio ni a largo plazo.

Joder... Si hubiera sido Nacho el que hubiese estado tras esta puerta, no estaría dudando tanto; es más, ya habría llamado y me habría lanzado a sus brazos.

Me armo de valor recordándome por qué decidí llamar al camping después de casi cuatro años alejada de todos.

Asiento con la cabeza para mí misma, decidida, y llamo con los nudillos a la puerta varias veces.

Aguardo nerviosa mientras capto ruido en el interior. Las manos me empiezan a sudar y el corazón me retumba desenfrenado cuando oigo cómo la llave se desliza por la cerradura y el crujido de la madera al moverse.

Abro la boca para hablar, pero ahora mismo no me salen las palabras. Mateo se está terminando de poner una camiseta blanca de manga corta y, en cuanto saca la cabeza por la prenda y me ve delante, se le ensombrece el gesto. Sonrío para disimular un poco que no me esperaba saber tan pronto qué había debajo de esa camiseta y mucho menos a estas horas de la mañana: unos oblicuos bien marcados y una tableta de chocolate bien definida.

Va-ya...

Los años le han sentado bien... pero que muy bien...

De todos modos, para ser fiel a la verdad, debo decir que siempre ha sido un chico muy guapo, incluso más que Nacho, aunque este último atraía a cualquiera por su manera de ser, eclipsando a su hermano con esa personalidad extrovertida, arrolladora y simpática. Todavía recuerdo lo mucho que me sorprendió enterarme de que eran mellizos. Incluso pensé que me estaban tomando el pelo y me tocó preguntárselo a su abuela, a su madre e incluso a su padre. En ese primer verano, cuando los tres teníamos once años, se rieron con ganas de mí. Pero ¿cómo no iba a sospechar que me mentían? Siempre han sido tan distintos uno del otro, tanto en el físico como en la personalidad, que me parecía increíble que compartieran la misma sangre y mucho más la misma fecha de nacimiento: el 8 de mayo.

—¿Qué quieres? —suelta arrogante mientras apoya una mano en el marco y deja caer un poco el cuerpo hacia delante, como si quisiera ahorrarme mirar tan arriba.

En esta posición puedo ver mucho mejor sus rasgos, admirar cómo ha cambiado con el paso de los años. La última vez que nos vimos, exceptuando ayer, teníamos dieciocho años, y en este tiempo su rostro ha variado sutilmente, pero sin perder su esencia. Sigue llamándome la atención el hoyuelo de su barbilla, que crea la sensación de que esta está ligeramente partida por en medio, lo que siempre le ha dado un toque rebelde, como de chico malo, y que lo hace más atractivo si cabe. Siempre me pareció curioso que Mateo tuviese ese halo de malote cuando es más tranquilo, más racional y más responsable que su mellizo.

Las facciones en su rostro levemente triangular son más marcadas ahora, más maduras, más seductoras. Sus labios siguen tal como los recordaba: arqueados, sobre todo el superior, que contrasta con el inferior, que es mucho más gordito. Sus ojos marrones brillan en este momento con rabia. Sus espesas y largas cejas se contraen al arrugar el ceño, dándome a entender que sigo sin caerle bien, pero estoy dispuesta a luchar con uñas y dientes para que me permita quedarme.

—Buenos días —le digo toda maja y sonriente—. Voy a ir al meollo del asunto como sé que te gusta —añado veloz para que me deje hablar—. Sé que llevamos años sin ser amigos, que no soy tu persona favorita y que preferirías una patada en los huevos antes que tenerme otra vez delante, pero no me obligues a irme, Mateo.

Hazlo por esos años en los que sí fuimos grandes amigos, por favor. Necesito quedarme aquí este verano.

—¿Por qué? —suelta como si le cabreara tener incluso que hablarme.

—Porque necesito desaparecer —confieso mientras me encojo de hombros y me doy cuenta de que a él le da igual.

¡Ni siquiera se sorprende y eso que he sido más sincera con él que con su abuela! Parece dar por hecho que mi vida es un despropósito, que todo lo que toco se convierte en cenizas y que intentar desaparecer de lo que ha sido mi existencia es típico en mí.

A lo mejor lo es y yo todavía no me he enterado...

—Tienes suerte de que mi abuela quiere que te quedes, porque, si por mí fuera, ahora mismo estarías haciendo las maletas.

—¡No os vais a arrepentir! Voy a ayudaros en todo lo que pueda —exclamo aliviada, pero Mateo me mira de esa manera que tan bien conozco del pasado, como si le hubiese hecho algo tan grave que en la vida pudiera perdonármelo.

Y juro que no le he hecho nada.

Bueno, por lo menos que yo recuerde...

—Eso espero, no arrepentirme —replica mientras sale al porche y cierra la puerta tras de sí para después bajar los escalones, y lo imito.

—Quiero ver a Nacho —suelto a bocajarro.

Nunca se me ha dado bien suavizar las cosas, intentar que lo que digo suene más amable o menos desesperado y, claro, así me va: escondida en el camping de mi infancia y juventud.

¿Patética? Creo que podría patentar otra palabra para describirme, porque esa se queda corta.

Mateo se detiene de golpe, para después girar la cara en mi dirección lentamente, como lo haría el malo malísimo en una película de terror. Trago saliva al volver a distinguir esa rabia en sus ojos oscuros, la misma que me sorprendió ayer cuando entró sin avisar en el bungaló, como si llevara a cuestas demasiado dolor y sufrimiento.

—Ni de coña.

—¿Por qué no? Sabes que siempre hemos sido amigos.

—¿Y dónde has estado todo este tiempo, Penny? Él te necesitaba y... ¡Joder, desapareciste de su vida! —me recrimina, cada vez más cabreado.

—Porque él me lo pidió.

—Imposible —farfulla mirándome con asco, como si fuera incapaz de creer ni una sola palabra que saliese por mi boca—. Eras su mejor amiga. Nacho jamás te habría pedido algo así.

—Sí lo hizo, Mateo. Recuerda que ese último verano que pasé aquí conoció a Elena y se enamoró perdidamente de ella. Ella no entendía que fuéramos solo amigos, se enfadaba cada vez que nos veía juntos, y Nacho no quiso que nuestra amistad afectara a su relación. Por eso me pidió que no volviera a llamarlo, que no regresara por aquí... Después... —Cierro los ojos un segundo, para luego abrirlos y observar cómo analiza cada uno de mis gestos—. Después perdí el móvil y, con él, todos mis contactos. Me tocó cambiar de número y seguí con mi vida tal y como me pidió tu hermano. Sé que podría haber llamado al camping, como hice ayer, pero no quería que Nacho se enfadara conmigo por no cumplir mi palabra.

—Pero aquí estás.

—Cuando ayer llamé, quise hablar con él para saber si le parecía bien que viniera... y entonces tu abuela me contó lo que pasó hace medio año, incluso me comentó que me llamaste a mi antiguo número de teléfono para avisarme de lo ocurrido —susurro, y veo cómo se le endurece el semblante—. Ojalá hubiese llamado antes para daros mi nuevo número...

—No te creo.

—Es la verdad. Puedes preguntarle a tu hermano.

—Ten por seguro que lo haré —sentencia con seriedad—. Pero no sé si querrá verte. Nacho no es el mismo que recuerdas.

—Si no quiere hacerlo, lo respetaré. Pero, por favor, inténtalo. Dile que estoy aquí, que quiero verlo...

Mateo me mira una vez más como si no se fiara de mí, como si pensara que estoy conspirando en su contra, para a continuación darse la vuelta y dejarme a solas sin decir ni una sola palabra más.

Expulso el aire, como si lo hubiese estado reteniendo durante nuestra tensa charla, sin dejar de contemplar cómo se aleja a grandes zancadas de mí, con esa manera de caminar que todavía recuerdo... como si tuviese prisa, pero, a la vez, no quisiese que nadie tuviera dudas del gran carácter que tiene. Y puedo asegurar que sigue imponiendo mucho, incluso más que antes. Entre la altura, lo fuerte que está y esa determinación que desprende con cada uno de sus movimientos, no sé cómo he conseguido hablar con él.

Comienzo a caminar detrás de Mateo para dirigirme al bar, situado frente a la recepción, donde ayer me explicó Pruden, la abuela de los mellizos, que tenía que ir a desayunar.

Empujo la puerta y entro en este acogedor local

que me hace suspirar al rememorar esos veranos en los que entraba aquí con los hermanos a por helados. Sigue igual que en mi memoria, como si no hubiese pasado ni un solo día desde la última vez que lo pisé. Es grande, luminoso y espacioso, un poco anticuado, pero limpio.

—Buenos días —saludo mientras sigo andando.

Hay pocas personas dentro. Está Pruden, sentada a una mesa, quien al verme deja el periódico y me hace una señal para que me acerque hasta ella; le indico con un gesto de la mano que espere un momento. También hay un chico que se está dando un buen atracón mientras me mira con curiosidad. Y en la misma mesa que ocupa él se ha sentado Mateo, de espaldas a mí. Me acerco a la barra, donde hay una chica joven, tal vez de mi edad, con el pelo azul recogido en una diestra trenza estilo boxeadora, que me mira sin ocultar su extrañeza. Es más bajita que yo, tiene el rostro redondo, como el de una muñeca, y sus ojos negros son grandes, muy expresivos.

—Eres la nueva, ¿no? —me dice con un acento andaluz muy marcado.

—Sí, soy Penny —contesto con una sonrisa y ella me la devuelve.

—Rebeca. —Se señala mientras me guiña un ojo—. Dime qué te pongo.

—Un café con leche y unas tostadas con mantequilla y mermelada.

—Voy. Siéntate donde quieras y te lo llevo. —Y se da la vuelta para empezar a preparar lo que le he pedido.

Le sonrío y luego me acerco a Pruden.

—¿Qué tal has dormido, hija? —me pregunta con esa dulzura que usaba en el pasado mientras me siento en la silla que tiene enfrente. Menos mal que ella sí se alegra de verme...

—Fatal —respondo, provocando que se eche a reír.

—¿Por mi nieto o por la lluvia? Vino ayer hecho una furia a contarme que te había visto —susurra, y alzo los ojos al techo.

—Me imagino... Me ha dejado claro que no quiere que esté aquí —le comento también en un susurro y su abuela asiente con resignación—. Gracias por convencerlo.

—De nada, mi niña. Es cabezón como él solo, pero sabe que poco puede hacer contra su nana —indica con guasa—. Además, ya te lo dije por teléfono: creo que el hecho de que llamaras es una señal. Llevaba unos días pensando en ti, incluso intenté contactar con tu padre, pero me temo que el número que tenemos en el archivo no está actualizado... El caso es que estoy convencida de que a Nacho le va a venir genial tu vuelta. Él... no está bien, nada bien, Penélope —murmura cuando dice mi nombre completo y me retuerzo las manos, nerviosa, al imaginarme el estado de mi amigo—. Pero prefiero que lo veas con tus propios ojos. Si quieres, cuando acabes de desayunar, te digo dónde vive ahora y, antes de empezar a trabajar, te pasas a saludarlo.

—Me encantaría ir a verlo, pero Mateo me ha dicho que quiere hablar con él primero. No sabe si querrá verme.

—¿Cómo no va a querer hacerlo? —suelta y mira la espalda de su nieto, que está pendiente de lo que le está diciendo el chico con el que está sentado—. No le hagas caso. Estos meses han sido muy duros para todos, pero me temo que más para él. Ha tenido que hacerse cargo de todo de golpe y porrazo, sin tener otra alternativa.

Pero ya sabes cómo es Mateo. Ni de pequeño lo oí quejarse por algo y, de mayor, esa mala costumbre ha aumentado aún más. Además, no habla del tema que lo ha puesto en esa posición; es más, prefiere obviarlo e intenta que todos estemos bien, sin tener en cuenta lo que a él le pase. Estoy preocupada... —Suspira mirándolo de reojo para luego centrar su atención en mí.

—Cada persona afronta el dolor de distinta manera.

—Sí, en eso tienes razón, pero... ¡No sé! Este muchacho nunca habla de lo que es importante, ni de lo que siente o lo que desea; se limita a cumplir con sus obligaciones, que son muchas, y no permite que nadie se acerque a él sentimentalmente hablando... y eso hace que me preocupe porque... esto no es de ahora, niña, sino que ahora ha empeorado todavía más —murmura negando con la cabeza y entristeciendo el gesto—. Sé que las cosas han cambiado y no puedo compararlas con mi época, pero eso de ir de flor en flor, a la larga, no es bueno —añade, para después suspirar—. No puede haber dos hermanos más distintos que mis nietos... Nacho es un enamoradizo que nunca ha pensado cuando de amor se trata, y a Mateo, si le dura una chica un par de horas, ya podemos decir que ha batido todo un récord. Niña, ni una sola novia me ha presentado en todos estos años. ¡¡Ni una!! En cambio, su hermano... —Niega con resignación—. En fin... ¡No te voy a calentar la cabeza, que hoy es tu primer día! Ya tendremos tiempo, ya... Si no te vas a librar de mí. —Me guiña un ojo, haciéndome reír—. Mira, ya viene Rebeca con tu desayuno. —Señala a mi espalda y al girarme veo a la chica acercarse con una bandeja.

En ese momento, Mateo se gira hacia nosotras y sus ojos se encuentran con los míos.

Solo es un segundo, casi imperceptible para los demás, pero consigue que se me hiele la sangre ante la frialdad y la rabia con la que me ha mirado. Procuro recomponer mi gesto mientras me centro en Rebeca y en Pruden, pasando de él, aunque en el fondo sienta la necesidad de hablarle, de intentar ayudarlo después de lo que su abuela me ha contado de su situación.

Sí, ya sé que es absurdo intentar ayudar a alguien cuando mi vida es un despropósito. Y también sé que Mateo ni siquiera me daría la oportunidad de hablar con él. Nuestra relación, con el paso del tiempo, se volvió tirante y me temo que sigue en el mismo punto en el que lo dejamos.

Sonrío cuando veo a Rebeca sentarse al lado de Pruden mientras remuevo mi café con leche, tomando una precipitada decisión que no sé adónde me llevará. Voy a ir a ver a Nacho y me da igual que Mateo me haya advertido que antes quiere hablar con él. No estoy dispuesta a esperar más, ya me siento bastante culpable por no haber estado a su lado cuando más me necesitaba y, ahora que sé que su abuela está de mi parte, nadie me detendrá.

Ni siquiera Mateo.

3

PENNY

—Rebeca, tráeme un vasito de agua —pide Pruden después de que me haya acabado el desayuno.

Hemos estado las tres charlando; bueno, en realidad ellas hablaban y yo engullía como una posesa mientras asentía si me preguntaban directamente. He descubierto poco de lo que ha pasado aquí en estos años que he estado sin venir, la verdad. Se han centrado en comentar que esperan que la temporada no sea floja —como ocurrió el verano pasado— y Pruden ha recordado cuando ella y su marido montaron este camping hará más de cuarenta años.

Nada más.

—Ahora mismo te lo traigo, Pruden.

Rebeca sonríe mientras se levanta y, nada más hacerlo, la anciana me agarra de la mano y se acerca a mí.

—Tienes que coger el camino donde están los bungaloós del personal hasta el final y seguir un poco más allá. No tiene pérdida, niña. Solo está esa cabaña, algo apartada de todos —susurra y asiento porque sé que me está indicando dónde encontrar a Nacho—. Levántate ahora, que voy a distraer a mi nieto —añade usando el mismo tono de voz—. Mateo, ven —lo llama, y al girarme compruebo que este ya está en pie, junto al otro chico—. Daniel, ¿conoces ya a Penny? A partir de hoy va a trabajar con nosotros —informa al joven, que se está acercando junto con su nieto.

—Pues no aún —responde con una sonrisa y aprovecho para levantarme de la silla—. Encantado de conocerte.

—Lo mismo digo —contesto con una sonrisa.

—Siéntate —señala Pruden a Mateo, pero este me mira con recelo.

—¿Adónde vas? —me suelta en cuanto ve que doy un paso alejándome de la mesa.

—A lavarme los dientes. ¿Necesito pedirte permiso para eso?

Me mira seriamente, para después dejarse caer en la silla donde antes estaba sentada yo y centrar toda su atención en su abuela, sin ni siquiera hacer el amago de contestarme.

Me vuelvo hacia la salida expulsando el aire por los labios. Ha faltado poco...

Ando sin mirar atrás, apurada por si a Mateo le da por seguirme y descubrir que le he mentido en su cara. Paso de largo el bungaló donde he dormido esta noche y sigo avanzando con la mirada anclada al final del sendero, donde se ve una arboleda y un bungaló solitario casi pegado al límite del camping.

Me sudan las manos y ahora mismo tengo el estómago revuelto por los nervios. Creo que no ha sido buena idea caminar como si me estuviese persiguiendo alguien justo después de desayunar. Entre el flato que siento y las dudas por no saber cómo reaccionará Nacho al verme o yo al verlo a él, no sé si al final conseguiré llegar de una pieza o me desmayaré a mitad de trayecto.

Las manos me tiemblan cuando ya tengo el bungaló a escasos pasos. La edificación es de madera como todas las demás, aunque esta es más grande y, en vez de tener escalones para entrar, hay una larga rampa de acceso, también de madera. Parece nueva, como si la hubiesen construido hace poco. En todo caso, dejo de observar la cabaña cuando me doy cuenta de que Nacho está fuera, mirando hacia el cielo, sentado en su silla de ruedas...

Siento que los ojos me escuecen y que en la garganta se me forma una bola por culpa de las emociones, y pienso en cómo me gustaría que me trataran a mí si estuviese en su lugar... si llevara seis meses anclada a una silla de ruedas, si estuviese apartada de la gente, si todo mi mundo hubiese cambiado en un segundo...

Niego con la cabeza, intentando desechar los pensamientos que me han asaltado al encontrarlo allí. Ya lloraré cuando esté a solas; ahora lo saludaré como lo habría hecho hace un año, mucho antes de que todo ocurriese.

Cojo aire para relajarme, miro al cielo e incluso miro hacia atrás por si veo a Mateo correr hacia mí para hacerme un placaje e impedir que hable con su mellizo, algo que no me extrañaría viniendo de él. Pero por suerte no hay nadie y, de repente, me acuerdo de esa canción que cantábamos, a modo de saludo, cuando nos veíamos todos los veranos; esa que descubrimos gracias a la gran pasión que sentía su padre por el cine y que nos aprendimos a nuestra manera, claro.

—¡¡¡¡Eeeeeoooooo!!!! —suelto lo más alto posible sin dejar de acercarme a él.

Nacho gira rápidamente la cabeza en mi dirección, buscando el origen de este sonido. Primero me mira extrañado, receloso, para después abrir muchos los ojos, sorprendido, y dibujar lentamente una sonrisa. Coloca las manos sobre los reposabrazos como si quisiera levantarse, pero sus ojos se desvían de mí para centrarse en sus piernas.

Trago saliva intentando bajar esa enorme bola que se me ha instalado de nuevo en la garganta. No puedo llorar, no puedo llorar, ¡joder!

—Penny... —dice con un hilo de voz sin alzar la mirada cuando lo alcanzo—, ¿qué...? —Carraspea, como si tuviera la garganta seca—. ¿Qué haces... aquí?

—Oh, vaya —contesto fingiendo estar molestar mientras me pongo de rodillas para que me mire a los ojos—. No hace falta que grites de felicidad por volver a verme, Nacho. No queremos llamar la atención de todo el camping. —Chasqueo la lengua y veo cómo me busca con la mirada—. Me has defraudado: no has seguido la canción y casi era una tradición nuestra.

Vacila en responderme, pero elevo una ceja, provocadora, y Nacho niega con la cabeza con resignación.

—Tienes suerte de que Mateo no te haya oído; de haberlo hecho, te habría recalcado que la letra de *The Banana Boat Song* no empieza así, sino que dice «Day-O» y no «Eo» —murmura haciéndome sonreír, porque su mellizo siempre se quejaba de que cantáramos esa canción como la aprendimos con once años, cuando vimos *Bitelchús* y teníamos unas nociones básicas de inglés.

Fue la primera película que vimos los tres, cuando nos hicimos amigos, y se convirtió en una tradición verla todos los veranos. Era como dar la bienvenida al mes que pasábamos juntos.

—Te voy a contar un secreto —susurro bajito—. Tu hermano no está cerca —añado guiñándole un ojo y me abrazo a él sin esperar más.

Nacho duda un segundo en devolverme el abrazo, solo uno, aunque he notado esa indecisión que me ha hecho sentir insegura, como si sobrara en este lugar, como si todo hubiese cambiado entre los dos, como si estar separados estos cuatro últimos años hubiese roto nuestra gran amistad. Pero al final me devuelve el gesto con fuerza, como siempre había hecho, estrechándome contra su endeble y tembloroso cuerpo, consiguiendo que todo tenga sentido, que las dudas se evaporen y que sienta que mi Nacho sigue aquí, conmigo.

Cuánto lo he echado de menos.

—¿Ahora está de moda el *look* náufrago? —suelto después del abrazo y oigo una pequeña carcajada ronca que sale de su garganta, como si llevara mucho tiempo sin reírse.

Ha cambiado tanto desde la última vez que lo vi que no sé si lo hubiese reconocido en otras circunstancias. Ha adelgazado un montón, sus rasgos son más afilados, su cabello negro está muy largo, descuidado, y la barba que cubre su cara deja entrever un poco sus labios llenos. Parece mayor de lo que es, pero también más débil, como si toda la fuerza que tenía se hubiese volatilizado.

Nacho me acaricia la cara con lentitud, como si estuviese haciendo lo mismo que yo: observando cómo he cambiado en este tiempo sin vernos. Después reprime un sollozo que me consume el alma y detecto que sus ojos se llenan de emociones. Busco su mano derecha, que tiene sobre su pierna, y se la aprieto con cariño, sin dejar de mirarlo.

—Perdóname, Penny —solloza, y una lágrima abandona sus ojos y se pierde tras su frondosa y desaliñada barba—. Fui un imbécil y...

—¡Anda! —Sonrío interrumpiéndolo mientras me trago el nudo que siento en la garganta. Se está disculpando por haberme pedido que me alejara de él, pero eso está más que olvidado—. Si me pides perdón por ser testigo de tus pintas, no sé si te perdonaré. Con lo coqueto que tú eres, tiene que sentarte fatal que te haya visto así. Podría esperarlo de tu hermano, pero de ti... ¡nunca!

—Sigues igual de loca.

—¿En serio? Pues ahora dicen que soy un muermo, supongo que me hacía falta verte para volver a ser la de antes —susurro, logrando que vuelva a dibujar una pequeña sonrisa—. Bueno y, cuéntame, ¿qué haces aquí solo contemplando las musarañas?

—Yo-yo... —tartamudea mirándome, para después volver la vista a la silla de ruedas, e incluso se gira hacia el bungaló, como si estuviese buscando algo o como si se hubiera dado cuenta de algo a lo que antes no hubiese prestado atención—. Debo volver adentro. —Esquiva mi mirada centrando la suya en su regazo.

—¿Tienes algo que hacer?

—No.

—Entonces, ¿por qué debes volver adentro? Llevamos años sin vernos... Podríamos, ¡no sé, llámame atrevida!, ponernos al día antes de que aparezca tu hermano y me estire de las orejas por desobedecerlo —digo mostrando una sonrisa con muchos dientes. Sin embargo, algo en Nacho ha cambiado porque ni siquiera me mira y mucho menos vuelve a sonreír.

—No quiero hablar.

—Joder, esto sí que es una novedad —comento y me mira, al fin, pero tras sus ojos marrones hay algo que no había visto antes—. ¿Desde cuándo dejas escapar una buena conversación? Vengaaa, no disimules, que lo estás deseando, chato —añado alzando repetidamente las cejas mientras le dedico una divertida sonrisa.

—Yo... No —repite mientras niega con la cabeza y su rostro se ensombrece incluso más.

—Tú no, ¿qué? —lo insto a continuar, pero simplemente se calla y ni siquiera me mira. Comienzo a preocuparme, joder, ¡¡muchísimo!! Y sé que ya me había avisado Pruden de que no estaba bien, pero supongo que había imaginado que exageraba—. Me ha contado tu abuela que te has negado a hacer rehabilitación.

—¿Por eso estas aquí? ¿Te ha llamado Mateo para que intentes convencerme? —pregunta visiblemente nervioso e incluso diría que cabreado.

—No. He llamado yo porque quería volver a veros y... si lo hubiese sabido, habría llamado antes.

—No habría cambiado nada. Además... he dicho que no quiero hablar —murmura, y hace el ademán de mover la silla para marcharse.

—No te estoy diciendo que hablemos de lo que sucedió, Nacho —replico mientras cojo la silla para que no la mueva. No sé qué le pasa, estábamos tan bien y de repente quiere alejarse de mí...—. Solo quiero saber cómo estás, que charlemos de... ¡no sé!, los veranos que pasábamos juntos aquí y que planeemos lo que haremos este. ¿Sabes? Me voy a quedar tooda la temporada veraniega en el camping trabajando y podríamos hacer cosas juntos cuando tenga tiempo libre.

—No es buena idea —farfulla sin mirarme.

—¿Por qué? ¡Nos lo pasábamos genial cuando venía! Podríamos intentar recuperar nuestras tradiciones. Ir a la playa, jugar al parchís o, simplemente, charlar y echarnos unas risas.

—¡No quiero pasármelo bien! —sentencia con la vista anclada en sus piernas.

—Ahora mismo juro que no te entiendo.

—¡¿Qué no entiendes, Penny?! —brama mirándome a los ojos y detecto el dolor, la culpa, la rabia, la desolación que se desborda de los suyos y que se clavan en mi alma como afiladas agujas—. ¿No te lo han contado? Elena me dejó, ¡joder! —se le quiebra la voz—, y yo... ¿sabes lo que hice? Ir como un puto imbécil detrás de ella para que me diera otra oportunidad, para que volviera conmigo y... —Cierra los párpados un segundo y es evidente que no puede controlar las lágrimas, porque ahora mismo se han desbordado.

—Siempre me ha parecido admirable tu manera de amar en cuerpo y alma, Nacho; que jamás te haya dado miedo entregarte por completo a otra persona. Para ti el amor es o todo o nada, no hay escala de grises, no hay límites, pero... eso no es malo. Creo que es peor ir a lo seguro, a lo práctico, sin importar que, al elegir esa opción, te pierdas la parte bonita del amor y finalmente te des cuenta de lo hueca que puede estar una relación sin ese sentimiento.

—Vete, Penny —musita con la voz cargada de dolor.

—Nacho, siempre hemos estamos el uno para el otro. No me apartes ahora que he vuelto; déjame estar a tu lado, déjame ayudarte.

—Nadie puede ayudarme. Yo... —Se le quiebra la voz de nuevo y se me estruja el alma al verlo así—. Me siento tan culpable... Cada vez que veo a mi hermano, a mi madre, a mi abuela, yo... Solo puedo pensar en que tendría que haber sido yo y no él.

—No digas eso, Nacho. Por favor, mírame —le pido en un murmullo cuando veo cómo otra vez intenta esquivar mi mirada, posando la suya en su regazo.

—No lo entiendes, ¡maldita sea, Penny! Esa noche... —Me enfrenta y veo en sus ojos un abismo de dolor que me deja muda y solo puedo prestar atención a sus titubeos, a cómo pierde fuerza su voz, a cómo su cuerpo tiembla—. Esa noche había bebido y me emperré en ir al hotel donde se alojaba Elena. Mi padre intentó convencerme de que lo dejara para la mañana siguiente, pero no le escuché y... Al final, me llevó él porque no quería que condujera bebido. ¡¡Joder, Penny!! ¿Cómo quieres que piense en divertirme? ¿Cómo quieres que mire a los ojos a mi familia? Por mi puta culpa mi padre está muerto. ¡¡Muerto, maldita sea!! —gruñe abatido—. Estar atado a esta condenada silla de por vida es mi merecido castigo por todo lo que he hecho, por ser un cabrón egoísta de mierda toda mi puta vida, por no pensar en nadie más que en mí.

Se tapa la cara con ambas manos mientras llora desconsoladamente, y yo... ¡Hostias! Se me ha cerrado por completo la garganta, el corazón me late veloz, las manos me tiemblan, sudan, y los ojos me empiezan a escocer. Jamás en mi vida me he tenido que aguantar tanto las lágrimas como en este momento, pero no puedo llorar delante de él. Tengo que ser fuerte por los dos. Sé que él habría hecho lo mismo por mí.

—No fue culpa tuya, Nacho —susurro acariciándole las rodillas.

—Por supuesto que lo fue. Si él se hubiese quedado

en casa, si yo hubiera aceptado que Elena no me quería y que tenía que dejarla marchar, nada de esto habría pasado. No era la primera vez que habíamos roto, pero sabía que esa era la definitiva. Nuestra relación estaba llena de altibajos, de problemas, de inconvenientes y, aun sí, quise volver con ella porque la había amado con todo mi ser. Si hubiese sido más listo, si me hubiese rendido con ella, mi padre estaría vivo y yo... —Se le rompe la voz de nuevo y llora en silencio.

—Lo que pasó es una putada —susurro, y oigo cómo solloza—, pero tu padre no querría verte así, Nacho.

—Lo maté yo, Penny.

—No, ¡joder! Fue un maldito accidente. Fue por culpa de un desgraciado que iba conduciendo como un loco hasta arriba de estupefacientes, no tuya. ¿Me has oído bien? No fue culpa tuya, Nacho. Aunque rendirte, tirar a la basura esta segunda oportunidad que te ha dado la vida, sí que es tu responsabilidad. Tu padre habría querido que lucharas para rehacer tu vida. Tu padre hubiese dado la vida por ti. Lo sé porque era un grandísimo hombre que os adoraba por encima de todo. Se lo debes, ¡maldita sea! Él no querría que estuvieses desaprovechando tu vida mirando las nubes, autocompadeciéndote, autoflagelándote y marchitándote como una triste flor. Nacho, ¡¡hacer eso no te devolverá a tu padre!!

—¡¡¡Largo!!! —grita fuera de sí mientras me señala el camino, volcando tanto dolor en esa palabra que me mata verlo así.

—El Nacho que conozco jamás se habría rendido.

—¡Ese Nacho debió morir junto a su padre! —brama exasperado y noto que se me parte el alma al verlo tan roto.

—¡Joder, no digas eso! —replico cabreada, pero es

que no me gusta oírle decir esas cosas. No puede pensarlas en serio, joder.

—Es la verdad, es lo que me merezco.

—¿Y merece la memoria de tu padre lo que estás haciendo? Yo te lo diré: no, Nacho. Tuve la suerte de conocerlo y sé que él hubiese querido que lucharas hasta el último aliento. Ahora mismo, con esta actitud derrotista, estás insultándolo, a él y a todo lo que te enseñó, a todo lo que a él le habría gustado para ti —susurro y veo que mis palabras le hacen daño. Pero, ¡hostias!, no puede seguir por ese camino. Necesita que alguien lo sacuda fuerte para que se dé cuenta de que esta no es la solución—. Me voy a quedar todo el verano en el camping y quiero que sepas que no me voy a rendir contigo, porque sé que tú no lo hubieses hecho conmigo.

—¡¡Vete, maldita sea!! —me exige sin dejar de llorar, con la cara desencajada.

Me doy la vuelta y comienzo a alejarme de él, notando por fin cómo las lágrimas brotan con violencia de mis ojos. No hago ningún movimiento con las manos para borrarlas porque no quiero que mi amigo sepa que estoy deshecha en llanto al verlo tan mal. Tengo que aparentar ser fuerte, cuando ahora mismo estoy al borde del precipicio. Al levantar la cara haciendo un esfuerzo por detenerlas, básicamente porque no quiero caerme por no ver bien por dónde piso, me doy cuenta de que Mateo está delante de mí, con los brazos en tensión a cada lado del cuerpo, mirándome como es su estilo: juzgando con rabia cualquier cosa que haga.

—Tenías razón —murmuro sin poder contener las lágrimas, como si pudiera adivinar que me va a reprochar que haya venido a ver a su hermano sin su consentimiento.

No espero a que me conteste, en este momento no puedo controlar la angustia de ver a mi amigo así, y empiezo a correr sin importarme ver borroso, dándome igual que cualquiera pueda ver que estoy llorando a mares. Ni siquiera sé cómo consigo abrir la puerta de mi bungaló, simplemente lo hago y me tumbo en la cama para seguir derramando lágrimas a solas.

Lloro por mi amigo, por su situación, por verlo tan hundido y sin ánimos de hacer nada para mejorar.

Lloro sintiéndome culpable por no haberlo sabido antes, por no haber estado con él, aunque él no lo hubiese querido.

Lloro, de paso, por lo injusta que es la vida por hacer daño a la gente buena que no se merece pasar por situaciones así.

Lloro, además, como si hubiese abierto un grifo imposible de cerrar, por la razón que me ha hecho regresar aquí como una maldita cobarde, intentando desaparecer de lo que ha sido mi vida, de las pocas personas que he ido conociendo y de cada decisión que ha provocado que todo se descontrole... que yo me descontrole y que ni siquiera me reconozca cuando me miro al espejo.

Y lloro agotando todas mis lágrimas, porque una vez leí en algún sitio que llorar limpiaba el corazón y el alma.

Sé que Nacho ha pasado por mucho, pero no puede rendirse, ¡maldita sea! No puede resignarse a vivir como un ermitaño, alejado de todos, consumido por los remordimientos y creyendo que se merece su situación. Su padre era el mejor hombre del mundo, divertido, cariñoso, amable... Sin duda odiaría ver a su hijo así. ¡Lo sé!

Tengo que hacer algo para ayudarlo, pero... ¿qué? Y lo más importante: ¿cómo?

Me levanto y me dirijo al cuarto de baño para lavarme la cara e intentar que nadie note que he llorado como una plañidera. Me miro en el espejo mientras me prometo que haré lo que sea por ayudar a Nacho, aferrándome con fuerza a ese plan y dejando mis problemas para otro momento, porque estos seguirán ahí, esperándome. Después salgo dispuesta a empezar a trabajar, aunque ahora mismo mi mente la llene la imagen abatida del chico que siempre reía.

4

Mateo

—Illo —es Daniel, cómo no. Me giro mientras estiro el cuello, que noto agarrotado por la postura—, ¿dónde te has metido a la hora de comer? A tu abuela solo le ha faltado ponerme una luz cegadora en la jeta con tanta pregunta y, claro, me ha tocado inventarme una excusa cuando ni siquiera me contestabas los mensajes.

—Me he ido al pueblo y el móvil lo he dejado aquí —respondo mientras cojo el botellín de agua y le doy un largo trago.

Hoy está apretando el calor.

—¿Solo? —Lo observo mientras asiento con la cabeza—. ¿Es por la amiguita de la infancia? —suelta, y alzo la mirada al cielo. No sé por qué narices le he contado quién era Penny, ahora me estará dando la murga con el tema—. Menudos ojos se gasta la niña. —Silba.

—¿Querías algo?

—Joder, illo, sí que te molesta que esté aquí —se burla y me doy la vuelta para seguir reparando la cerradura de la puerta de esta cabaña. Cuando quiere, Daniel puede ser un poco tocacojones y hoy parece que lo consigue sin esfuerzo—. Pues he venido a reprocharte que dejes que la nueva arregle un bungaló sola y, en cambio, cuando me toca a mí hacer esas chapuzas, te tenga detrás todo el rato por si la cago. ¿Tan poco confías en mí, Mateo? Joder, que somos amigos desde que tenemos diecinueve años. Que sí, que sé que a ella la conoces de muchos años antes, pero hemos pasado por mucho, tío, para que desconfíes de mí.

—¿Cómo? —susurro mirándolo con seriedad—. ¿Qué está haciendo Penny?

—Arreglar el techo del bungaló veinte.

—Me cago en la puta —maldigo tirando el destornillador dentro de la caja y corriendo hacia donde está esta descerebrada chica.

¿Es que se ha propuesto volverme loco? ¡¡Joder!!

—Mierda, pensaba que lo sabías. —Oigo que Daniel viene detrás de mí, pero ni siquiera me detengo a discutir con él.

Como Penny se caiga y se haga daño, mi abuela me mata.

No tardo en tenerla delante de mis ojos. Está subida a una escalera, con un martillo en la mano, varios clavos que sujeta con los labios y martilleando con seguridad una chapa de madera que ha colocado sobre el tejado. Sus largas piernas están en tensión y se puede ver perfectamente cada suave curva de esa parte de su anatomía gracias a que va con unos pantalones cortos. El abdomen inferior se le ve desde abajo, por la postura y porque lleva una camiseta relativamente corta. El cabello lo tiene deshecho en una pocha coleta y tiene esos intensos ojos azules anclados en cada movimiento que hace. Tengo que hacer un enorme esfuerzo para frenarme y no gritarle en qué mierda estaba pensando para subirse ahí.

—Penny —la llamo controlando mi jodido carácter.

Lo último que quiero es que se asuste y se caiga. Recuerdo que era patosa cuando se ponía nerviosa y no sé si continuará siendo así.

Gira el rostro lentamente, buscándome. Cuando me ve, me guiña un ojo, para después seguir con lo que está haciendo.

¡Parece que todos se han propuesto tocarme los cojones!

Aprieto con fuerza los puños intentando sosegarme. Daniel se ríe por lo bajo y le echo una mirada fulminante mientras oigo unos fuertes y contundentes martillazos.

—Hale, ¡listo! —capto después de unos eternos segundos y contemplo cómo baja con cuidado la escalera hasta alcanzar el suelo en un grácil salto.

Me sonríe, como si estuviese feliz por su hazaña, y doy un paso hacia ella.

—¿Qué narices estabas haciendo? —mascullo al fin al verla a salvo en tierra firme.

—Pues arreglar el techo. No veas la que hay liada dentro con la que cayó anoche. He dejado las ventanas abiertas para que se ventile, pero ahora me tocará coger la fregona y quitar el agua.

—Tenías que estar con mi abuela en la recepción —digo despacio para no sonar demasiado brusco. Pero, hostias, ella tampoco colabora.

—Y he estado allí toda la mañana. Ya he aprendido cómo funciona el programa y lo que hay que hacer cuando viene un cliente, tanto nuevo como habitual

—me responde encogiéndose de hombros mientras deja el martillo y los clavos que le han sobrado—. Esta tarde, después de organizarlo todo, me he quedado sin cosas por hacer y Pruden me ha comentado que podía dar una vuelta por los bungalós. Menos mal, porque estaba que me subía por las paredes del aburrimiento.

—Supongo que mi abuela te lo ha dicho para que limpiaras los que están vacíos, no para que te pusieras a arreglar un maldito tejado.

—¡Lo que me faltaba por oír! —suelta mientras se le transforma el gesto de uno apacible a otro embravecido al tiempo que se encara a mí—. ¿Me estás diciendo que, porque soy chica, tengo que limpiar los bungalós aun sabiendo hacer reparaciones? Te recuerdo, Mateo, que mi padre es el mejor manitas del mundo y, sí, me enseñó muchísimas cosas sin importar que fuera una chica, algo que parece que a ti te molesta, y mucho.

—¡Maldita sea, Penny, no cambies mis palabras! No te he dicho nada de eso. Lo único que te pido es que no arregles nada sin mi consentimiento.

—¿Porque eres el rey de las chapuzas o porque no puedes soportar comprobar que soy muy capaz de ayudarte?

—Porque no quiero que te hagas daño, ¡joder! ¡Ni siquiera llevas guantes para protegerte las manos!

—¿Y tú los usas? —me rebate con garra mirándome con rabia a los ojos—. Pues eso —añade cogiendo la caja de herramientas y la escalera para moverse hacia otro lado.

—Sigues siendo insufrible.

—Y tú más, pero no te lo voy diciendo a la cara.

—Penny —la llamo sin pensar y veo cómo se gira mostrándome ese desprecio que siente por mí en su mirada—, a las ocho ven donde Nacho.

Penny frunce ligeramente el ceño al no comprender por qué la he citado en casa de mi madre después de protagonizar esta discusión. Hostias, ni siquiera yo sé por qué cojones lo he hecho, pero no le doy la oportunidad de que me pregunte o me conteste —dando por hecho que allí estará—, ya que doy media vuelta y me dirijo adonde estaba antes de que viniera Daniel a avisarme de lo que estaba haciendo ella.

—¿Qué ha pasado ahí? —susurra este detrás de mí.

Lo miro de reojo y me encojo de hombros, porque ni yo mismo lo sé. Penny consigue sacarme de mis casillas, es algo casi innato en ella... o más bien en nosotros. Es como si no pudiéramos evitar discutir por todo. Es como si fuera imposible pensar que una vez fuimos amigos...

—Hoy ha ido a ver a Nacho sin importarle que yo le pidiera que esperara a hablar con él. —Daniel enarca una ceja esperando a que continúe—. Ha hablado con ella, tío —resoplo negando con la cabeza—. Lleva seis meses utilizando frases cortas para comunicarse con nosotros y... nada más ver a Penny, mantiene una conversación con ella. —Bufo echándome el pelo hacia atrás y manteniéndolo un segundo en esa posición, notando cómo me tira la piel y un suave dolor, para después soltarlo—. Porque lo he visto con mis propios ojos, si no, no me lo hubiese creído, ¡joder!

Cierro un segundo los ojos al recordar la discusión que tenían... a mi hermano fuera de sí, hablando con enorme dolor de lo que le sucedió, a Penny intentando hacerlo reaccionar con frases contundentes, sin tratarlo de distinta manera, sin procurar endulzar sus palabras, como si obviara que toda su vida se ha parado por culpa de esa funesta tarde.

—Pero eso es bueno, Mateo.

—Lo sé. Por eso quiero volver esta tarde con ella. Penny siempre había estado muy unida a Nacho, pero no me imaginaba que tanto... Si es lo que él necesita para reaccionar, hostias, estoy dispuesto a aguantarla todo el puto verano —gruño mientras cojo el destornillador y sigo arreglando la maldita cerradura.

—Pero tu hermano y ella, en el pasado, ¿fueron más que amigos?

—No lo sé —contesto encogiéndome de hombros.

Porque esa es la verdad. Nunca he sabido si entre ellos hubo algo más que una amistad que, al principio, yo también compartí... hasta que...

Aprieto con fuerza el destornillador cuando me sorprenden los recuerdos. Niego con la cabeza, desechándolos rápidamente sin reparar en ellos. Porque ahora no es el momento de acordarme de todo eso. Ahora lo importante es que mi hermano entre en razón y que nos deje ayudarlo.

—Mamá —digo entrando en el bungaló y la veo sentada con la mirada perdida en la pantalla de la televisión—, ¿por qué no te das una vuelta? Creo que la abuela tenía un buen chisme para contarte y te vendrá bien darte un paseo —añado intentando que le entren ganas de salir.

Desde que mi padre murió, ella se ha volcado en mi hermano, dejando su dolor oculto tras la rutina. Sé que está hundida, rota por dentro, y tan preocupada por

Nacho que no sé qué hará si este decide seguir con esta actitud para siempre.

Ella asiente mientras se levanta del sofá, acaricia disimuladamente el hombro de Nacho, después el mío y sale a la calle.

—¿Quieres que te ayude a ducharte?

—No. —Nacho pronuncia su palabra preferida sin ni siquiera mirarme.

Porque así se pasa los días, mirando sus manos, el techo o cualquier otra cosa que no sea una persona y negándose a todo, incluso a hablar, hasta esta misma mañana cuando ha visto a su única y mejor amiga, y le ha contado lo sucedido.

—En un rato va a venir Penny —le anuncio y analizo su reacción, que no se hace esperar.

Me mira abriendo mucho los ojos y comienza a negar con la cabeza. Joder, no sé qué cojones tendrá esta chica para que mi hermano por fin reaccione después de tanto tiempo en plan pasivo autodestructor.

—¡No! —exclama, y me dejo caer en el sofá distraídamente, como si no me importara, cosa que le ha funcionado a Penny esta mañana cuando hablaba con él.

—He intentado razonar con ella para que no viniera, pero ya sabes cómo es... Cuando se le mete algo entre ceja y ceja... —comento fingiendo despreocupación mientras cojo el mando de la tele y hago *zapping*, aunque en el fondo esté pendiente del más mínimo movimiento de mi mellizo—. Pero, bueno, que no pasa nada por que venga y descubra que llevas... ¿cuánto?, ¿dos semanas sin ducharte? Tampoco es que ella sea de las que dicen lo que piensan, ¿no? —susurro sabiendo que Penny es precisamente así.

Suelta cualquier cosa que se le pasa por esa cabecita desquiciante que tiene y se queda tan fresca.

—Sí —murmura, y me giro hacia él para observar cómo me mira con seriedad.

—Sí, ¿qué? —lo insto a que me hable, como he visto que hacía con Penny.

—Sí, ayúdame —me pide señalando la puerta del cuarto de baño.

Joder, aguanto como un jabato para no saltar del sofá y celebrar que mi hermano haya accedido a algo tan rápidamente. Es cierto que no he conseguido más que esos malditos monosílabos y una frase corta, pero algo es algo. Sin embargo, en vez de mostrar lo contento que estoy ahora mismo por ganar esta pequeña batalla, me encojo de hombros, me levanto con tranquilidad y lo llevo al cuarto de baño para que se duche.

Al final, voy a tener que darle la razón a mi abuela y aceptar que nos va a venir bien que Penny haya regresado.

Penny llega puntual, con una sonrisa amable dirigida a mi hermano y con otra desconfiada dedicada luego a mí, con el pelo humedecido y llenando el bungaló con un suave aroma de coco.

—¿No te molesta tener esa cantidad de pelo en la cara? —le pregunta mientras se sienta en el sofá, en el extremo más cercano adonde está Nacho en su silla—. Te tiene que picar cosa mala y ahora, con el calorcito del verano, vas a sudar como un gorrino con esa manta tapándote el careto.

Nacho me mira de reojo mientras paso por delante de ellos y me siento en el extremo opuesto a Penny, para observar cómo niega con la cabeza.

—¿Quieres tomar algo? —le pregunto. Penny me mira un segundo y luego niega también con la cabeza.

—¿Sabes qué? —suelta de nuevo mirándolo a él—. Os vais a reír —añade ya sonriendo, como si fuera terriblemente gracioso lo que va a contar—. Me pasé un año entero aprendiendo peluquería, pero al final me borré porque no era lo mío. Si quieres, puedo cortarte el pelo, ¡seguro que me acuerdo de cómo se hace! Y... luego te pasas el cortacésped por la cara y... ¡como nuevo!

—No quiero —susurra mirando sus manos.

—Pues nada, instalaremos de nuevo la moda hípster en La Redondela. Estoy por liarme la manta a la cabeza y dejar de depilarme. Ya sabes, para hacerte compañía en tu lucha por la libertad de la pelambrera. En menudos dos osos nos vamos a convertir dentro de nada. Ya verás, ya. No se nos acercará nadie, pero así mejor, ¿no? —suelta y capto que Nacho resopla bajito.

¿Es posible que se haya aguantado una risa?

Penny se muerde el labio inferior, me mira a mí, después la tele y se le ilumina el rostro. Sé que acaba de tener una idea.

—¿Sabéis lo que más me gustaba cuando venía de vacaciones aquí? —nos plantea y Nacho la mira de reojo—. Estar con vosotros. Era lo único que me hacía feliz todo el año, pensar que estaría un mes entero a vuestro lado —susurra y sé que me ha incluido porque estoy delante. En los últimos años yo nunca estaba con ellos—. ¿Puedes ayudarme a sentar a tu hermano en el sofá? —me pide levantándose de golpe.

—No —dice Nacho.

—No ni na —suelta Penny apremiándome para que la ayude en contra de la voluntad de mi hermano.

Él me mira sin entender qué se le habrá pasado por

la mente a Penny, pero ni siquiera le pregunto qué intenciones tiene. Lo cojo, dándome cuenta de que no pesa tanto como al principio del accidente, y lo siento con cuidado en el sofá. Penny sonríe mientras se sienta a su lado, y a mí... me toca sentarme al otro lado de ella.

Ahora sé lo que pretendía: recrear nuestras primeras tardes juntos. Los tres en el sofá de nuestro antiguo bungaló viendo cualquier película que nuestro padre nos recomendara. Todos los años descubríamos algún clásico, alguna película antigua que decía que no nos podíamos perder.

Penny coge el mando a distancia, se mete en la aplicación que tiene la tele para alquilar y busca la película que siempre veíamos nada más llegar ella de vacaciones. Todos los años era la misma, sin importar las veces que la hubiéramos visto, como si formara parte de esos meses de agosto que pasaba con nosotros.

Sonríe mientras selecciona *Bitelchús* y se acomoda en medio de nosotros, como siempre hacía: bien pegada, como si no pudiera concebir la idea de no estar juntos, sin importar el calor o cualquier otra circunstancia.

La película está en marcha, pero yo ni siquiera le presto atención. Estoy atento a mi hermano, que ahora mismo intenta disimular que está llorando, y veo cómo Penny le coge la mano con fuerza, consiguiendo que este la mire con esa adoración que siempre ha sentido por ella. Trago saliva cuando los ojos azules de Penny me encuentran observándola y me dibuja una pequeña sonrisa, para después volver a centrar su atención en la película.

No puedo evitar comparar la mano de Penny con la de mi hermano. La de ella se ve tan pequeña en comparación, tan fina, que parece la de una muñeca. Aprecio cómo ella le aprieta la mano con seguridad cuando la protagonista se entera de que los anteriores inquilinos de esa casa han muerto en un accidente de coche, como si supiera que le va a afectar ver esa escena de nuevo, como si estuviera dispuesta a soportar el dolor que siente Nacho para poder aliviar un poco su carga. Después Penny se apoya en el hombro de mi hermano y se gira para darle un pequeño beso en la mejilla que logra que este se relaje.

—¡¡No le hagas caso!! —le grita a la tele cuando aparece Bitelchús para convencer a la protagonista de que diga tres veces su nombre.

Sonrío un poco al ver cómo Nacho comienza a prestar atención a la película, a mirar a Penny cada vez que habla con la pantalla, como si no se la supiera de memoria y estuviera enfadada con cada decisión de la protagonista, como si el entusiasmo que vive ella con cada escena se lo contagiara a él. De repente, Penny se levanta de un salto del sofá. Empieza a bailar al son de la canción *The Banana Boat Song*, moviendo las manos y sus caderas, perfectamente sincronizada con la película, y veo que Nacho sonríe, ¡sonríe!, con cada movimiento de ella y con cada alarido de esta intentando cantarla... a su manera. Como siempre ha hecho, sin importar que no sea así la letra, como si simplemente disfrutara sin pensar. En este momento, su mirada se encuentra con la mía, me sorprende guiñándome un ojo y después sigue haciendo tonterías para que Nacho siga sonriendo.

Si hubiese sabido que ella iba a lograr que mi hermano reaccionara, la habría buscado por todo el puto país, sin importar los motivos por los que dejara de ser su amigo en el pasado.

5

Miro a Nacho cuando empiezan a aparecer los créditos de la película. Sigue con la mirada pegada a la pantalla, con el rostro sereno después de haber llorado al principio y luego sonreído débilmente mientras hacía lo mejor que se me da: el ganso.

—¿A que no te cansas de verla? —le pregunto y desliza la vista hacia mí, para después negar con la cabeza—. A mí me pasa lo mismo. Aunque tengo que confesaros que no la había vuelto a ver desde el último verano que pasé aquí.

—Yo tampoco, pero me ha gustado verla de nuevo —dice Nacho y siento cómo Mateo se mueve nervioso en el sofá.

Al girarme, lo veo pendiente de nosotros, como ha hecho durante toda la peli. Es como si no se fiara de mí, como si estuviese expectante por si la fastidio y así tener una razón de peso para echarme de esta casa, e incluso del camping. La verdad es que con Mateo me lo espero todo. Mientras venía hacia aquí he pensado en las razones que tendría para haberme invitado esta tarde a esta casa. La verdad es que me esperaba una reprimenda o incluso una conversación en la que expusiera que lo mejor era que cogiera mis cuatro bártulos y me largara ya. Pero no ha dicho nada, simplemente ha estado aquí, pendiente de su hermano y poco más.

Aparto la mirada cuando oigo que la puerta de la entrada se abre y aparece...

—Cata —susurro levantándome del sofá al ver a la madre de los mellizos.

—Mi madre me ha dicho que habías vuelto —comenta con la voz apagada y me percato de sus profundas ojeras, de la palidez de su rostro, de su cabello cano. En vez de haber pasado casi cuatro años sin verla, parece que hayan pasado muchos más—. ¿Cómo estás, Penny?

—Bien —contesto mientras le doy un par de besos y detecto cómo ha adelgazado. Incluso la ropa que lleva le queda grande, como si se la hubiese comprado un par de tallas más grande—. Yo... —titubeo un instante sobre si darle el pésame o no, pero ella mira rápidamente a Nacho y me hace un gesto con la cabeza para que no continúe—. Estaba deseando estar de nuevo en el camping. No sé cómo he aguantado tanto tiempo sin pisar La Redondela —improviso y veo que asiente ligeramente, como si me agradeciese haberla entendido.

—Este lugar es especial, ¿verdad?

—Mucho.

—¿Y tus padres? ¿Están bien?

—Sí, sí. Mi padre se jubiló y ahora no paran de viajar con la autocaravana. Hace un par de días estaban en Francia —respondo con una sonrisa—. Mis hermanas, haciéndome tía de una manera descontrolada —resoplo con resignación—, y mi hermano, trabajando a tope en su empresa. ¡Es un hacha, el tío!

—Me alegro mucho de que todos estén bien... —Sonríe tímidamente, para a continuación mirar a sus hijos—. ¿Qué hacíais?

—Ver una película —contesta Mateo y mueve los ojos en dirección a Nacho, que ahora mismo está pendiente de... sus manos, para después ver cómo su madre abre más los ojos sin ocultar su sorpresa.

—Oh, eso es estupendo. *¿Bitelchús?* —pregunta al oír la inconfundible música que acompaña los créditos—. Es... una buena película. Yo... voy a preparar la cena, ¿te quedas con nosotros, Penny? —añade inquieta mientras se dirige a la cocina de estilo americano.

—No, me voy a ir ya...

—Se queda, mamá —me interrumpe Mateo poniéndose de pie para acercarse a ella, dando por hecho que no voy a negarme.

Miro a Nacho, que ni siquiera ha abierto la boca, para dirigirme a su lado y sentarme donde estaba antes. La verdad es que tampoco tengo prisa y mucho menos me apetece estar a solas.

—¿Le has dado un golpe en la cabeza a tu hermano antes de que yo llegara? Lo veo demasiado simpático conmigo... —susurro, y Nacho mira de reojo hacia ellos para después mirarme a mí—. Si supieras la alegría que le dio verme de nuevo... —resoplo con sarcasmo mientras saco la lengua con fastidio.

—Me siento fatal por lo que te he dicho esta mañana —musita con un hilo de voz—. Lo siento, yo... —Se queda callado mientras hace una mueca.

—Nah, ya está olvidado —le aseguro, para luego suspirar sin dejar de mirarlo—. ¿Mañana qué quieres hacer? —le planteo y veo que se encoge de hombros—. ¡Ya lo sé! Te he leído el pensamiento —suelto, simplemente porque tengo ganas de verlo sonreír—. Quieres que veamos por tercera vez, no consecutiva, *Cómo perder a un chico en diez días,* ¿a que sí? —Levanto repetidamente las cejas y Nacho sonríe mientras niega con la cabeza—. Vengaaa, no te hagas el duro, que sé que te gustaaa —digo empujándolo levemente, consiguiendo que su sonrisa sea más amplia.

—Odio esa peli —afirma, y resoplo sin disimular mi decepción.

—Entonces..., ¿te quito estas greñas y hacemos una hoguera de liberación en la playa? Dicen que va muy bien para limpiar los chacras —me invento mientras le cojo un largo mechón de pelo y Nacho me mira, cómo no, negando con la cabeza—. Me lo estás poniendo difícil, amigo, pero ya sabes que no me rindo fácilmente y, hasta que no me digas que sí a algo, te soltaré cualquier chorrada. A ver... ¡Joder, ya lo sé! —exclamo más alto de lo normal, pero me da igual, he tenido una idea increíble—. Podemos hacer un pícnic en la piscina. ¿Te acuerdas cómo nos colábamos todos los veranos para nadar por la noche? —pregunto en voz baja y veo que Nacho mira de reojo hacia la cocina, donde están su madre y su hermano—. ¡Decidido, no me has dicho que no, por lo tanto, me lo tomo como un sí rotundo! Mañana va a ser una pasada.

—Penny —susurra, y lo miro sin ocultar mi entusiasmo—, yo no quiero hacer nada.

—Ya... Pero tenemos unas normas de amistad que tú mismo inventaste y que se han renovado al volver aquí. Estas establecen que, cuando una de las dos partes quiere hacer algo, la otra parte aceptará sin rechistar

—le recuerdo una de esas reglas que se inventó con catorce años y observo que Nacho resopla mientras niega de nuevo—. No me hagas esas caras, que tú me obligaste a asistir a una soporífera charla de tres horas sobre el cambio climático porque te gustó una chica, tío. Venir a un pícnic a la piscina va a ser un despiporre en comparación.

—Sí que fue aburrida, y no conseguí ni que me dijera su nombre —murmura.

—Porque me lo dijo a mí al acabar. Era lesbiana, Nacho. Claro, tanto mirarla para averiguar si te miraba a ti dio como resultado que se creyera que me gustaba.

—No puede ser... —susurra perplejo y me echo a reír mientras asiento divertida.

—Así fue. Creo que mi cara fue todo un poema cuando se acercó a mí y no a ti.

—¿Y dónde estaba yo?

—Ya le habías echado el ojo a otra chica. No perdías el tiempo, chato. El correcaminos del amor al ataque.

Nacho sonríe mientras niega con la cabeza y yo no puedo evitar carcajearme al recordar ese momento. Por lo menos, al contarle esta anécdota, he conseguido que acepte salir mañana.

Disfruto del pequeño paseo del bungaló donde vive Nacho al mío después de una cena agradable gracias a las anécdotas de cuando éramos pequeños. La verdad es que me ha gustado recordar lo bien que nos lo pasábamos todos juntos aquí, pero aún me ha gustado más ver sonreír tímidamente a Nacho y a su madre. Mateo... pues estaba, pero, a la vez, era como si no estuviera en la mesa. Tan serio, tan reservado... Parece que no ha cambiado ni una pizca en estos años, como si sonreír ante nuestras chorradas fuera en contra de sus convicciones. ¡Qué le vamos a hacer!

Dejo de pensar en él, básicamente porque me da igual lo que haga o deje de hacer, y me centro en el ambiente que se respira aquí. Siempre me ha encantado el maravilloso sonido que crea la naturaleza en este lugar, y ahora mismo es como si escuchara la banda sonora de mi infancia y juventud —el suave arrullo del viento meciendo los árboles, el cri, cri de los grillos, el ulular de las aves...— mientras me lleno los pulmones del aire limpio y me prometo ir mañana sin falta a la playa.

¡Qué ganas tengo de darme un chapuzón rápido!

Nada más entrar en mi bungaló, me pongo la camiseta larga que uso para dormir y me meto en la cama con el teléfono móvil, que he tenido abandonado durante todo el día. Tengo varios mensajes sin leer y unas cuantas llamadas perdidas que no me paro ni a mirar. De pronto, como si supiesen que tengo el teléfono en la mano, este empieza a sonar, sobresaltándome. Dudo un instante si cogerlo o no, pero sé que, si no lo hago, no parará de llamarme. Mi hermana mayor puede ser implacable cuando quiere y capaz de contratar a un detective para saber dónde me meto si la ignoro cuando ella quiere hablar conmigo.

—Dime —susurro tras aceptar la llamada y me doy cuenta en este instante que la cortina no está del todo cerrada. Pero paso, ahora mismo siento sobre mi cuerpo todo el cansancio que llevo arrastrando desde hace ya unos días.

—¡¡Al fin!! —exclama Marina. Desde donde estoy veo la quietud del camino a estas horas de la noche, el bungaló de Mateo justo enfrente y la suave luz de una farola próxima bañándolo todo. ¿Qué tendrá este sitio que siempre me ha llenado de paz y felicidad?—. Pero ¿dónde te has metido?

—Me he ido de Madrid —confieso resoplando, porque sé lo que me espera a partir de ahora.

—¿Cómo que te has ido? ¿Por qué?

—Necesito un tiempo de... desconexión, Marina. Yo... —titubeo mirando el techo, donde hay un ventilador blanco colgado allí, a la altura del centro de la cama.

—Ya te has cansado de intentar ser actriz, ¿verdad? —farfulla con resignación—. Ya te advertí que no era una buena idea dejarlo todo para perseguir algo que tampoco te entusiasmaba.

Es posible que me lo merezca, por ir dando bandazos de aquí para allá, por no tener ni idea de qué hacer con mi vida después de acabar el bachillerato, pero hoy... oír esa frase me hace encogerme sobre mí misma. Porque he callado tanto tanto que mi hermana no sabe que llevo meses fuera de ese mundo...

—Será eso —murmuro, porque no me apetece hablar del tema. Además, aunque lo hiciera, mi hermana le daría la vuelta para culparme a mí. Porque para ella siempre soy la culpable de todo. Aunque es posible que tenga razón.

—¿Y Alexis? —me plantea, y cierro los ojos intentando que no me afecte oír su nombre de nuevo—. Hoy ha venido a mi oficina preguntándome por ti. ¡Ni siquiera sabía qué responderle porque no tenía ni idea de que te habías ido!

—Marina —musito, y siento que la voz me ha salido sin fuerzas—, ahora mismo... —suspiro sintiendo una presión muy grande en el pecho—... no quiero hablar de él.

—¿Por qué? ¿Sabes que está enfadado contigo? ¿Por eso te has ido sin decírselo y se ha tenido que enterar por una nota que le dejaste en la cocina? Mira, Penny, no me ha querido contar lo que ha ocurrido, pero parece algo muy grave. Estaba muy preocupado, nervioso y serio. Haz el favor de llamarlo y arreglar vuestros asuntos. Ya eres una adulta. No puedes desaparecer cuando las cosas se complican. La vida no funciona así. Las relaciones no funcionan así.

—Lo sé —susurro sintiendo cómo una lágrima se desborda sin poder hacer nada para retenerla.

—¿Dónde estás?

—Eso da igual —digo limpiándome la cara, pero parece que he abierto el grifo y ahora caen sin control—. Solo necesito estar sola, Marina. Para organizar mi cabeza y poner en orden mis ideas.

—¿Qué te ha pasado con Alexis? —insiste con un suspiro—. Al principio no me gustó que fuera mucho mayor que tú. Él es un adulto que sabe lo que quiere y tú todavía estás dudando de todo. Pero luego te vi a su lado y parecía que estabais bien juntos. Incluso le dije a Nuria que habías encontrado, al fin, a quien te hiciera sentar la cabeza —añade nombrándome a nuestra hermana.

—Seguro que se echó a reír.

—Como una loca. Ya sabes que Nuria no confía en que llegue ese día —resopla—. Penélope —susurra utilizando mi nombre completo, algo que me da la pista de que quiere hablarme en serio—, no hagas ninguna estupidez e intenta pensar en las consecuencias de tus actos. Ese chico, bueno, ese hombre, parecía muy interesado en ti y tú parecía que estabas muy a gusto a su lado. No lo fastidies todo por una tontería —me aconseja, y otra lágrima más abandona mis ojos.

—Claro.

—Te tengo que dejar ya, acaban de llegar tus sobrinos. Intenta solucionar lo que sea que hayas hecho para acabar huyendo como una cría y afronta de una vez tus problemas —añade para después colgar el teléfono, sin esperar siquiera que me despida de ella.

Me tapo la boca cuando se me escapa un sollozo, sin dejar de llorar porque parece que ya no tengo la capacidad de frenarlo. Jamás pensé que Alexis iría a hablar con mi hermana, cuando él...

¡Joder!

Cuando yo...

Niego con la cabeza haciendo un esfuerzo por serenarme y no dejar que esta llamada me afecte más de lo que está haciendo. Pero saber que Alexis se ha tragado su maldito orgullo para ir a hablar con mi hermana me hace dudar. Dudar acerca de si la he cagado, sobre si todo es por mi culpa, sobre si me estoy equivocando al haberme ido, al cerrarme en banda y no hablar con él.

Miro la pantalla negra, desbloqueo el móvil y, con la mirada borrosa por las lágrimas que salen descontroladas, empiezo a teclear un mensaje para Alexis.

> Si quieres que algún día hablemos, deja en paz a mi hermana y cumple lo que te dije en esa nota.

Apago el móvil después de asegurarme de que se ha enviado y lo tiro de malas maneras sobre la cama, para llorar libremente por todos los errores que cometí; por todas las señales que vi e ignoré; por dejarme, una vez más, guiar por esta condenada manía que yo misma me he creado de encontrar la estabilidad que necesito.

Soy tonta.

Tonta, ¡maldita sea!

Lloro sin control al intuir que haberme marchado no solucionará nada y que todo esto me perseguirá allá donde vaya. Pero no podía quedarme allí. No podía afrontar las consecuencias de mis actos. Y no puedo pensar en enfrentarme a él, de nuevo, después de lo que he hecho.

Me encojo en la cama sintiéndome pequeña, diminuta, como si no valiese nada, como si él tuviera la razón.

A lo mejor es verdad que no soy nada sin él.

6

MATEO

—¿Has dormido aquí o has puesto las calles de buena mañana?

Al levantar la vista del ordenador veo a Daniel apoyado en el marco de la puerta, sonriente, mientras observa cómo estiro mi espalda.

—Me he levantado muy temprano —susurro llevándome una mano a la nuca e intentando aliviar el dolor con un suave masaje—. Tenía mucho por hacer y...

—No querías ver a la amiguita... si lo entiendo —susurra dejándose caer en la silla que hay delante de mi mesa—. En todo caso, gracias a esta obsesión repentina que te ha entrado de ponerte a trabajar tan pronto y que ha hecho que no desayunes conmigo como todas las mañanas, he tenido la oportunidad de charlar con ella —añade distraídamente y espero paciente a que prosiga—. Me gusta.

Se encoge de hombros y me mira esperando mi reacción. Resoplo mientras niego con la cabeza apoyando la espalda en la silla.

—Suele despertar esa sensación en la gente —admito, y veo que sonríe.

—Es muy simpática y se nota que os tiene mucho aprecio.

—Ya, muchísimo —farfullo con desdén, porque... sigo sin confiar en ella, ¡joder!—. ¿Ha dicho algo que deba saber?

—Pues sí. Bastantes cosas, a decir verdad. ¿Sabías que es de un pueblecito de Valencia? —suelta, y asiento con estoicismo. Por supuesto que lo sé, en el pasado éramos amigos—. También nos ha contado a Rebeca y a mí que venían a veranear aquí porque sus hermanas mayores, por parte de padre, vivían en Mérida con su respectiva madre y, así, su padre podía estar unos días con ellas. Y que, además, su hermano por parte de madre, que es con el que más ha convivido, se quedaba con su propio padre en Valencia.

—Lo sé —respondo asintiendo—. Sus padres tienen hijos de sus anteriores relaciones y ella es la única hija que tuvieron juntos. Además, Penny se lleva muchos años de diferencia con todos ellos. Me parece que unos catorce años o así con el que menos... —recuerdo, porque ella siempre se quejaba de que tenía hermanos pero, a la vez, era como si no los tuviera.

Todos eran ya mayores cuando ella nació y, a medida que ella crecía, ellos se fueron haciendo adultos; por lo tanto, nunca tuvo una relación estrecha con ninguno, a diferencia de Nacho y de mí.

—¿Y sabes que esta noche se va a colar en la piscina para hacer un pícnic para Nacho?

—¿Cómo?

—Lo que oyes —suelta con una amplia sonrisa al ver que ha despertado mi curiosidad—. Y nos ha invitado a

Rebeca y a mí. Le he pedido que te lo pregunte antes, básicamente porque tú eres el amo y señor del lugar, pero he preferido adelantarme porque..., amigo, ver tu reacción es impagable.

—¿Y mi hermano lo sabe?

—Según ella, sí. Por cierto, ¿por qué no le habéis contado que Nacho llevaba meses utilizando monosílabos y frases cortas para comunicarse? Cuando se lo he explicado, se ha preocupado muchísimo por él.

—Imaginaba que se lo habría mencionado mi abuela. —Resoplo frotándome la cara para después dejar las manos a ambos lados de mis mejillas—. Esta noche iremos a la piscina con Nacho. No sé qué es lo que pretende, no sé si saldrá bien juntar tan de golpe a Nacho con Rebeca, la única a la que todavía no conoce, pero no voy a impedirlo. En estos meses he intentado que mi hermano reaccionara con mil ideas que no han servido para nada. Me he gastado los pocos ahorros que teníamos en los mejores psiquiatras para hacerlo recapacitar, para ayudarlo... sin éxito. Y de pronto ha bastado que apareciera ella para que, sorpresivamente, Nacho responda a cada maldita cosa que se le ocurre.

—Como quieras. Ahora hablaré con Rebeca para convencerla de ir. Estaba en duda porque no quería que tu hermano se sintiera mal en su presencia.

—Coméntale que me gustaría mucho que viniera y, si ves a Penny, dile que ya lo sé y que tiene libertad para organizarlo todo.

—De acuerdo —responde mientras se levanta—. ¿Nos vemos a la hora de comer o te largarás como ayer?

—No lo sé —confieso mirando los papeles esparcidos sobre el escritorio.

—No te aísles ahora tú, illo —suelta mientras sale por la puerta y cierra tras él.

Dejo escapar el aire y me vuelvo a frotar la cara al tiempo que me giro para ver a través de la ventana del despacho. Ya empieza a moverse la poca gente que está alojada en el camping, el sol comienza a iluminarlo todo y lo único que deseo es poder arreglar el embrollo que tengo entre manos.

En este momento, como si no me bastara con lo que tengo encima, me llega un mensaje de la última persona con la que quiero hablar. La responsable de que todo se haya convertido en una auténtica pesadilla: Elena.

Ni siquiera lo abro.

Ni siquiera voy a contestarle.

Lo único que hago es lanzar el móvil lo más alejado de mi alcance y me quedo mirando la fotografía que lleva años encima de esta mesa de madera que fue el lugar de trabajo de mi padre.

Es una foto de esa familia feliz que fuimos, donde se nos ve en este camping, al inicio del verano en el que teníamos diecisiete años, sonriendo a la cámara que sostenía mi abuela. En ella estamos mi padre, mi madre, Nacho y yo... Me estiro el cabello hacia arriba sintiendo que me ahogo, que toda esta mierda me supera, para después poner el marco bocabajo y proseguir con las malditas cuentas.

Necesito un puto milagro para levantar este negocio.

—Pero si es mi chico favorito —oigo y, al levantar la mirada, veo a Sabrina caminar hacia mí con un minúsculo vestido blanco en el que se transparenta su pequeño bikini rojo.

—Ya estás aquí —contesto y veo cómo se echa su sedoso y largo cabello negro hacia atrás mientras me regala unas increíbles vistas de su escote.

—Como todos los años, cariño —susurra dándome un par de besos muy sugerentes en las mejillas—. Esta noche podríamos... celebrar que he vuelto.

—Esta noche no puedo —comento y veo que hace un mohín de disgusto con la cara—. Voy muy liado.

—El año pasado solo te pude ver un par de noches, Mateo —lloriquea mientras desliza sus uñas de gel por mi brazo y aletea sus pestañas maquilladas. Sé que está intentando seducirme, y en otras circunstancias habría dejado lo que tuviera previsto para hacerle una visita.

Sin embargo, cuando estoy a punto de contestarle, percibo movimiento detrás de Sabrina y me sorprende de ver a Penny caminando en dirección a la salida del camping. Va con unas chanclas, unos pantalones cortos azules y la parte de arriba de un bikini negro. Sobre un hombro lleva colgada una toalla y no tengo dudas de que va hacia la playa. Percibo que Sabrina sigue hablándome al darse cuenta de que no he reaccionado a sus palabras porque no para de pasear las uñas por mi antebrazo. Pero ahora mismo estoy concentrado en intentar descifrar algo que he percibido en la piel de Penny... en un lado de su torso, a la altura de la fina cinta de la parte superior de su bikini; parece... un pequeño tatuaje, aunque puede que sea un hilo o una etiqueta del propio bikini, pues desde donde estoy no he podido verlo con detalle.

—Sabrina —me reconduzco cuando Penny desaparece de mi vista—, otro día quedaremos, pero hoy... tengo mucho por hacer —la informo para después darme la vuelta y... seguir a la amiga de mi hermano.

Lo más acojonante es que no sé por qué lo hago. No sé si es porque llevo demasiado tiempo sin fiarme de ella o porque espero descubrir la verdadera razón de que esté de nuevo aquí. Lo peor es que llevo todo el día evitándola. Incluso he ido a comer antes de la hora habitual al bar para no coincidir con Penny... y, en cambio, en cuanto la he tenido de nuevo delante de mis ojos, voy detrás de ella como un estúpido.

Cuando alcanzo la playa después de caminar por el pinar, observo cómo corre hacia la orilla, se quita los pantalones de una patada, lo deja todo sobre la arena de cualquier manera y se mete en el agua como solía hacer: como si temiera que el mar se marchara sin ella... como si el tiempo fuera efímero y necesitara hacerlo todo ya.

Sus suaves curvas desaparecen rápidamente entre las olas, y al poco veo su cabeza emerger y esa sonrisa de felicidad que todavía retengo en la memoria.

De repente, mi maldita mente me recuerda cómo anoche la vi llorando en su bungaló, después de cenar todos juntos en casa de mi madre. Hasta estuve a punto de ir a ver qué le pasaba. Joder, si incluso subí los dos peldaños que hay en el porche. Pero menos mal que analicé la situación antes de hacer nada y di por hecho que ella quería que la viera llorar. Porque ¡la jodida cortina no estaba echada del todo! Al final, me metí en mi bungaló porque no sabía a qué estaba jugando. No sé a qué ha venido aquí y mucho menos qué pretende después de tanto tiempo sin noticias de ella. Supongo que por esa misma razón no he podido dormir. Supongo que, por eso, me he levantado tan temprano para trabajar, he comido antes y he intentado no cruzármela. Porque ella me confunde. Porque ella lo empeora todo; siempre ha sido así y no entiendo por qué. Además, cuando le pregunté la razón por la cual había vuelto, Penny me dijo que era porque necesitaba desaparecer; sin embargo, a mi abuela le contó que quería ahorrarse el alquiler de Madrid en estos meses de verano.

Una misma pregunta, dos respuestas distintas...

En cuanto la veo salir del agua me doy la vuelta antes de que repare en mí y me dirijo al camping. No sé a quién miente, o tal vez nos ha mentido a los dos y está aquí por otra razón. Lo único que tengo claro es que no la voy a echar hasta que Nacho deje de necesitarla, aunque mi condenada rutina se vea afectada y todo mi maldito ser esté pendiente de lo que hace.

7

Penny

—Guau —oigo, y al girarme veo a Rebeca entrar en la zona de la piscina con una bolsa en la que, me imagino, vendrá la cena que le he pedido que traiga—. Ha quedado precioso.

—Espero que le guste a Nacho. La verdad es que, cuando nos colábamos aquí, no teníamos tiempo de poner lucecitas de colores —explico señalándolas—. Pero, ya que Mateo está enterado y, sorprendentemente, está de acuerdo, he decidido hacer algo especial.

—Yo... —Se muerde el labio inferior mientras me ayuda a terminar de poner la última fila de luces—. No sé cómo comportarme cuando venga Nacho, Penny. Cuando empecé a trabajar en el camping, él ya había sufrido el accidente y... Solo lo conozco de vista de antes.

—Trátalo como si no hubiese pasado nada, ¿vale? Creo que lleva demasiado tiempo acostumbrado a que lo traten como a un pobre infeliz y tiene que espabilar.

Esa conducta autodestructiva no le está beneficiando nada y tiene que recordar cómo era antes de que todo pasara. Él... —Me quedo un segundo callada mientras termino de enganchar las luces alrededor de una farola—. Él tiene que poner de su parte para cambiar, pero nosotros podemos intentar agilizar las cosas o, por lo menos, hacerle el camino más sencillo.

—Vale —responde mientras juguetea con un mechón suelto de su cabello azul.

—Además, cuando lo conozcas te darás cuenta de lo majo que es. Nacho siempre ha sido el alma de todas las fiestas y espero que esto lo ayude a recordar cómo era —añado, y veo que Rebeca asiente.

—Ojalá no se enfade por verme aquí. Para serte sincera, estoy un poco nerviosa —confiesa, y le sonrío mientras le aprieto con cariño una mano.

—Ya verás como no. Ay, mira, ¡por ahí vienen! —exclamo mientras nos acercamos a la zona del césped, donde he colocado cinco tumbonas en círculo.

Mateo empuja la silla de Nacho mientras Daniel camina a su lado con una bolsa de plástico en la mano. Mi amigo está cabizbajo, me imagino que habrá intentado escaquearse de esta noche y me alegro de que al final haya accedido a venir. Incluso estaba dispuesta a ir yo a por él, pero Daniel me ha asegurado que Mateo y él lo harían. Cuando Nacho levanta la mirada y me ve esboza un amago de sonrisa, pero esta se le queda congelada al ver también a Rebeca.

Mateo y Daniel lo cogen para sentarlo en una tumbona y aprovecho para presentarle a la chica. Nacho no abre la boca, simplemente asiente y la mira de reojo, como si estuviese nervioso.

Al principio... se nota la tensión del momento, la

incomodidad, el no saber de qué hablar o cómo decirlo porque... no somos un grupo de amigos. Espero no pifiarla con esta idea y provocar que Nacho se vuelva a encerrar en ese caparazón que se ha fabricado a raíz del accidente.

No esperamos más, porque es tarde y el hambre aprieta, y comenzamos a cenar los deliciosos bocadillos de tortilla de patata que ha preparado Rebeca mientras la suave brisa nos va relajando. Aunque tal vez lo que nos esté relajando sean las cervecitas con las que acompañamos los bocatas, a excepción de Nacho, quien, por culpa de la medicación que toma para el dolor, no le queda otra que ser el sobrio de la fiesta. Intento no quitarle la vista de encima sin que se dé cuenta. Desde que Daniel me ha contado esta mañana que lleva encerrado en sí mismo desde que ocurrió el accidente, estoy todavía más preocupada por él. Y aunque Nacho no ha abierto la boca, lo veo bastante relajado y...

Uy, que lo he pillado mirando a Rebeca.

No puedo evitar sonreír al intuir que le ha gustado la camarera, algo que me parece normal, pues es un bellezón y muy del estilo de mi amigo. Por eso decido intentar que él también se involucre en la conversación y que le demuestre lo majo que es.

—¿Os acordáis de la primera vez que nos colamos por la noche en la piscina? —les pregunto mucho más animada, sobre todo después de llenar el estómago—. Teníamos catorce años —les cuento a Daniel y a Rebeca—. Mateo al principio intentó que no lo hiciéramos porque temía que nos pillaran, pero al final Nacho lo convenció —añado espiando de reojo al mellizo racional, que ni siquiera me mira, pues está pendiente en su lata de cerveza.

—Y nos pillaron —resume Mateo, y lo miro de malas maneras por su tono condescendiente.

—Pero nos lo pasamos genial antes de que lo hicieran.

—Y tú, al día siguiente, te levantaste con un constipado terrible que te hizo estar en cama dos días —añade en la misma tesitura.

—Porque no nos trajimos toalla y esa noche hacía un viento que no veas —suelto consiguiendo que se rían—. El camino a la caravana de mis padres se me hizo eterno: empapada, de noche y con el airecillo. Tardé horas en entrar en calor, pero... mereció la pena.

—Y, a partir de esa noche, repetimos todos los años —interviene Nacho con un hilo de voz y sonrío al oír que este ha querido, al fin, participar.

—Sin Mateo, claro. Siempre ha sido un sieso —les aclaro a Daniel y a Rebeca, para después sacarle la lengua a este, que niega con la cabeza con resignación.

—Querrás decir que siempre he sido el más inteligente de los tres —farfulla prepotente y le echo una mirada asesina.

—El más aburrido, sí —replico y consigo, sin pretenderlo, que Nacho vuelva a sonreír.

—Los dos seguís igual que siempre —vuelve a hablar mi amigo y observo cómo Mateo lo mira con alegría, para después volver a encrudecer su gesto al centrar la vista en mí.

—Es por tu hermano —me quejo a Nacho—. Le encanta estar de morros conmigo.

—Entonces os conocéis desde hace, ¿cuánto?, ¿once años? —indaga Daniel y por el rabillo del ojo veo que Mateo se encoge de hombros, como si no le diese importancia a que llevemos media vida conociéndonos.

—Sí —respondo tras hacer cuentas, pues el primer verano que vine teníamos once y ahora tenemos veintidós.

—Son muchos años. —Daniel silba.

—Y muchas cosas que hemos compartido —añado con una sonrisa.

—Y, en alguno de esos años que venías de vacaciones, ¿ocurrió algo entre alguno de vosotros? —pregunta Rebeca casi con un susurro—. Quiero decir, los tres antes erais muy amigos, tú eres una chica, ellos dos chicos... ¿Ninguno ha traspasado la delgada línea de la amistad?

El silencio se impone entre todos. Miro de reojo a Nacho, que está relajado, y me encojo de hombros.

—Bueno, creo que ya ha pasado demasiado tiempo, la promesa ha prescrito y podemos contarlo —empiezo a decir y se me escapa una sonrisa. Madre mía, creo que la cerveza se me ha subido a la cabeza... o quizá se deba a recordar esos increíbles veranos en este camping—. Cuando tenía quince años me gustaba un chico de mi pueblo —cuento y vuelvo a mirar a Nacho, que sigue tan tranquilo, dándome la luz verde que necesito para continuar con la historia—. Nunca me habían besado antes y no sabía cómo hacerlo. Lo hablé con Nacho y él me sugirió que tenía que practicar antes, para no fastidiar el momento y eso —suelto, y observo cómo este sonríe. ¡Buena señal!—. Por eso... una noche, por una de las zonas más oscuras del camping, cerca del enorme eucalipto, besé a Nacho.

—No —niega mi amigo, y lo miro sorprendida.

—¿Cómo que no? Te besé, me respondiste al beso y te dije que lo olvidáramos para el resto de nuestras vidas —aseguro y entonces Nacho frunce el ceño y niega con la cabeza—. Joder, chato, sí que te tomaste en serio mi petición que ya ni te acuerdas.

—Tú y yo nunca nos hemos besado, Penny. Jamás —dice despacio y ahora no entiendo nada, porque tengo claro que yo besé a Nacho. Es más, lo seguí hasta esa zona para besarlo. ¡No tengo ninguna duda!

—No te avergüences, Nacho. Que somos amigos y...

—Fue a mí —oigo de repente la voz de Mateo y me giro lentamente hacia él con el rostro desencajado.

—¿Qué?

—Me besaste a mí —puntualiza con tranquilidad, mirándome con tanta pasividad que todo me parece una gran mentira.

—No puede ser... —susurro, y Mateo se encoge de hombros y centra ahora su mirada en su lata de cerveza.

Ni siquiera hace el amago de intentar convencerme, sino que simplemente se levanta de la tumbona, como si se hubiese aburrido de la conversación.

—Voy a por más cervezas —avisa y comienza a caminar hacia la salida de la zona de la piscina.

—¿Mi primer beso fue con Mateo? —digo con un hilo de voz mirando a Nacho y este solo me mira sin abrir la boca, pendiente de cada gesto que pueda hacer—. ¿Tú lo sabías? —le vuelvo a preguntar a mi amigo.

—No.

—Mierda, es imposible. Tiene que ser una maldita broma retorcida de tu hermano para fastidiarme el momento —resoplo dejando la lata sobre el césped y levantándome de la tumbona dispuesta a llegar al meollo del asunto—. Vengo en nada. Nacho, cuéntales aquella vez que me quedé encerrada en el cuarto de baño y me sacaste por la ventana o cuando me ayudaste a ligarme a ese guiri —improviso y salgo detrás de Mateo casi corriendo.

Lo encuentro dentro del chiringuito de madera que hay en el límite de la piscina, rebuscando en la nevera. Está de espaldas y dudo que sepa que lo he seguido hasta aquí para asegurarme de que dice la verdad. Aunque, pensándolo fríamente... ¿qué razones tiene para mentirme?

Mierda, ¡¡besé a Mateo!!

Recuerdo que ese año los mellizos tenían la misma altura y, además, se cortaron el pelo de la misma manera. Con la poca luz que había es normal imaginarse que ni siquiera me fijara en que besé al hermano equivocado.

—¿Por qué nunca me lo contaste? —le suelto sin más y veo que Mateo se da media vuelta despacio, con un par de cervezas ya en la mano.

—Yo no tengo la culpa de que no tengas ni idea de a quién vas besando —murmura con seriedad.

—Pero te llamé por el nombre de tu hermano, ¡joder!

—No —niega con brusquedad clavando su feroz mirada en mí—. Cuando terminamos de besarnos me llamaste Nacho, pero no antes, Penny.

—¿Y por qué no me sacaste de mi error? —pregunto sintiendo que el corazón me late demasiado deprisa. Pero... ¡¡llevo toda la vida creyendo que Nacho me dio mi primer beso y fue su mellizo!!

—¿De qué hubiera servido? Tú misma me dijiste que ese beso no había existido y que jamás hablaríamos de él —me recuerda y trago saliva con dificultad porque fue así—. Además, qué más da todo eso ahora. Fue solo un inocente beso entre unos críos de quince años. Nada importante. Nada que tengamos que discutir después de tanto tiempo —sentencia para después salir del chiringuito y dejarme allí plantada, con esa verdad trastocando todos mis recuerdos.

Y, como si con eso no bastara, recreo en mi mente ese momento intentando conectar a Mateo con él.

Esa noche había luna nueva y la oscuridad lo bañaba todo. Sin embargo, había decidido aprender a besar con mi mejor amigo. Sabía que, si se lo proponía, él no se negaría, pero verbalizarlo me daba tanta vergüenza que simplemente decidí hacerlo y pedirle que lo olvidara después.

Como siempre, haciendo las cosas de la manera más difícil posible. Uf...

Esperé a verlo pasar después de que ayudara a su padre con algunas tareas del camping, como solía hacer todas las noches. Lo seguí hasta una zona oscura, donde hay un enorme eucalipto que impide que la luz de las farolas traspase hasta allí. Me acerqué a él cuando se detuvo, supongo, alertado por mis pasos. Le susurré muerta de la vergüenza que quería que mi primer beso fuera con él. Es verdad que no le di tiempo a hablar, porque sencillamente lo cogí de la camiseta para después buscar sus labios de una manera inexperta.

Trago saliva al rememorar cómo los labios del que ha resultado ser Mateo se acoplaron a la perfección a los míos, cómo aprendimos lentamente a hacerlo, primero de forma torpe, inocente, aunque después nos atrevimos a sacar la lengua, a besarnos como pensamos que lo hacían los mayores... No fue un beso corto y fugaz, noooo, sino que me recreé en aprender la técnica con él y él ni siquiera me frenó, simplemente me besó hasta que me separé sin aliento de su boca. Además...

Me tapo la cara con las manos sintiendo que mis mejillas arden. Me gustó tanto que ese maldito beso hizo que me olvidara de golpe del chico de mi pueblo que me hacía tilín para encapricharme del que pensé que era Nacho.

Pero ahora sé que no fue él quien me dio ese beso.

Que no fue él quien me hizo sentir ese aleteo en mi interior, esa fuerza que me impulsaba a no separar mi boca de la suya, sino que fue Mateo.

¡¡Mateo!!

—Mierda —susurro intentando serenarme.

Sin embargo, como si hubiese abierto el cajón de los recuerdos con esa verdad, caigo en la cuenta de que, días después de ese beso, Mateo empezó a cambiar conmigo. Comenzó a alejarse de mí, a dejar de ser mi amigo, a no querer compartir el tiempo con nosotros...

¿Es posible que ese beso tuviera algo que ver o fue una mera coincidencia?

Resoplo nerviosa mientras camino hacia la piscina y oigo cómo ríen y cómo empieza a soltarse Nacho a hablar. Me siento en mi tumbona procurando no mostrar que ahora mismo mi mente es un lío total. No puedo evitar observar a Mateo, que está tan tranquilo bebiendo mientras mira a su mellizo participar, ajeno a lo que ha desatado en mí al confesar lo que compartimos él y yo hace tantos años. Y no consigo detener mis pensamientos, que no paran de soltar preguntas referentes a ese momento.

¿Por qué me correspondió a ese beso?

¿Por qué no me dijo que era él y no Nacho?

¿Por qué dejó de ser mi amigo ese mismo verano?

Me sobresalto cuando sus ojos me pillan mirándolo y, como una cobarde, desvío la vista hacia Rebeca, que está pendiente de cada palabra de Nacho, para después pillar a Daniel mirándome a mí y luego a Mateo.

Cojo la cerveza y le doy un buen trago, haciendo un esfuerzo por calmarme. Francamente, no entiendo por qué me está afectando tanto saber que fue Mateo quien me dio mi primer beso. ¡Como si no hubiese besado a nadie más después! Porque en estos años han venido muchos besos, muchas relaciones fallidas, muchos errores que me han traído precisamente... hasta aquí.

8

Mateo

—Entonces, besaste tú a la amiguita de la infancia —suelta Daniel jocoso y lo miro de malas maneras, porque no tengo ninguna duda de que lleva queriendo decir esa frase desde que se ha enterado.

Acabamos de dejar a mi hermano en su cama, después del pícnic en la piscina que ha resultado mucho mejor de lo que imaginaba. Nacho ha participado, ha mantenido una conversación e incluso ha bromeado, como si estos malditos meses de silencio no hubiesen existido; como si hubiese revivido; como si su vida se hubiera reiniciado gracias a Penny...

—Un beso sin importancia —resoplo sin mirarlo y pendiente de alcanzar cuanto antes la piscina para ayudar a las chicas a recogerlo todo para el día siguiente.

—¿Tu primer beso? —tantea y lo miro de reojo provocando que el muy capullo se ría en mi jeta—. Joder, pues claro que fue tu primer beso —añade como si no hiciera falta que confirmara esa suposición que, por desgracia, es cierta.

—¿Ahora te van esas gilipolleces? —replico y, de repente, lo oigo reír a carcajadas.

Daniel y su jodida manía de tocarme los cojones.

—¿Te gustaba?

—No.

—Hostias, illo, que somos colegas y sé cuándo me estás mintiendo. Además, puedes decirme sin problemas que, aparte de ser la primera chica a la que besaste, también fue la primera que te gustó y no pasará nada.

—No tengo ninguna razón para mentirte, Dani. No me gustaba. Más bien la he odiado durante todos estos años por muchas razones que ahora mismo no me apetece recordar —le espeto cabreado antes de entrar en la zona de la piscina y ver a las chicas, que están terminando de quitar las luces.

—¿Cómo está Nacho? —me pregunta Penny nada más verme.

—Cansado, pero bien —murmuro centrándome en poner las tumbonas como toca, intentando no demostrar lo jodidamente contento que estoy de ver a mi hermano alegre después de tanto tiempo siendo como una sombra de lo que era.

—Rebeca, ¿te llevo a casa? —le pregunta Daniel y le echo una mirada de advertencia. Espero que no esté pensando en dejarme a solas con la amiga de mi hermano.

—Ostras, pues sí. Mi madre ya se habrá ido a estas horas... —contesta echándole un vistazo rápido a su reloj de pulsera—. ¿No os importa que nos vayamos ya?

—Claro que no —responde Penny con una sonrisa que después se desvanece en su rostro cuando me encuentra mirándola—. Muchas gracias por todo, chicos.

Después de despedirse de nosotros, se marchan y nos quedamos solos terminando de arreglarlo todo en el más absoluto silencio.

—¿Por eso dejaste de ser mi amigo?

Al girarme hacia ella, la veo con los brazos en jarras, contemplándome con seriedad. No hace falta que me explique a qué se refiere, porque en su mirada veo el mismo asco que cuando se ha enterado de que fui yo quien le dio su primer maldito beso. Y, joder, tengo que reconocer que se lo he dicho para fastidiarla, para que dejara de mirar a Nacho con adoración al pensar que fue él a quien besó, y no para hablar sobre ello.

—No digas tonterías.

—¿Tonterías? —replica dando un paso hacia mí—. Fuimos amigos hasta ese verano, Mateo —afirma con garra enfrentándose a mí—. Dime, si no fue ese beso, ¿qué te sucedió para que te apartaras de mi lado?

—Que me di cuenta de cómo eras —farfullo apretando los dientes y mirándola con todo el desprecio que siento por ella—. No todos tienen que besar el condenado suelo que pisas, Penny. No eres tan especial ni tan adorable como crees.

—¡Nunca he pensado nada parecido! —protesta rápidamente mientras abre mucho los ojos para después escudriñar mi gesto—. ¿Te... hice algo?

—No vas a parar, ¿no? —susurro negando con la cabeza, porque no me apetece hablar con ella ni de esto ni de nada, ¡hostias!

—Yo no recuerdo haberte hecho nada, Mateo. Por favor, si me equivoco, dímelo. Nunca he entendido qué te pasó conmigo para que cambiáramos tanto. Éramos muy buenos amigos hasta que un día... ¡zas!, todo cambió.

—No te hagas la tonta ahora conmigo —resoplo

malhumorado, pero, ¡mierda!, tiene un condenado don para sacar lo peor de mí—. Puede que te sirva esa actitud de chica buena e inocente con los demás, pero te tengo calada, ¡maldita sea!

—Yo... —vacila un instante, para después coger aire y continuar—: ¿Yo te gustaba? ¿Es por eso por lo que te alejaste de mí?

Me sale una carcajada mordaz mientras niego con la cabeza, porque juro que esta es la situación más surrealista que he vivido en mis veintidós años.

—Sigues siendo la misma cría engreída de siempre. El mundo no gira en torno a ti, Penélope —le espeto desdeñoso, sabiendo que le da rabia que utilicemos su nombre completo—. Nunca me has gustado, maldita sea. Ni antes, ni ahora, ni nunca —añado dando un paso hasta ella sin dejar de observar cómo me mira con atención—. Por eso quería que te marcharas de aquí cuando llegaste, porque no soporto tenerte delante. Pero, aunque me joda reconocerlo, te necesito para que mi hermano reaccione de una puta vez —sentencio para que no le quede ni una mísera duda de la razón por la que la aguanto—. Tienes que convencerlo de que vaya al fisioterapeuta y al psicólogo.

—Lo haré, pero no por ti.

—Lo sé. Tengo claro que sientes por mí lo mismo que yo por ti —afirmo y me doy cuenta de que su mirada ahora mismo se ha quedado fija en... ¿mi boca? Pero ¿qué cojones le pasa a esta chica?—. Ahora vete, ya termino yo.

—Pero... —balbucea un instante y vuelve a mirarme a los ojos.

—Mira, Penny, ponme las cosas fáciles, ¿de acuerdo? No me gustas, no quiero que estés aquí, incluso me da rabia tener que relacionarme contigo todos los condenados días, pero me toca joderme y aguantarte. Intenta que no te tenga que repetir las cosas más de una vez, ¿quieres?

—¡Eres insoportable, Mateo!

—He aprendido de la mejor —masculló mirándola con desprecio.

—Te odio.

—El sentimiento es mutuo —aseguro y soy consciente de que estamos muy cerca, enfrentándonos con rabia al otro—. ¿Por qué cojones has vuelto? —suelto sin pensar, y entonces abre más los ojos al sorprenderle el cambio de tema.

—Ya te lo dije: necesitaba desaparecer, necesitaba que nadie me encontrara.

—¿Por qué?

—Porque la cagué, porque soy una maldita cobarde y se me da fatal tomar decisiones.

—No es ninguna novedad —farfullo sin pensar.

Penny alza la barbilla, me mira con rencor, con los puños apretados, con sus ojos azules entrecerrados, para después dar media vuelta y salir de la piscina sin decirme nada más. Dejo escapar el aire por mis labios mientras me estiro el cabello hacia arriba.

Joder, ¡no la soporto!

—Uy, qué mala cara traes, niño —susurra mi abuela nada más verme entrar en la recepción—. ¿Todo bien?

—Mucho trabajo —respondo sin entrar en detalles ojeando alrededor—. ¿Y tu ayudante? —pregunto refiriéndome, cómo no, a Penny, la cual debería estar aquí con ella.

—Se ha ido a arreglar una cabaña —indica como si nada y cierro los ojos intentando llenarme de paciencia.

—Ella no se dedica a eso, nana.

—Lo sé, pero, para estar aquí mirándonos las caras, pues mejor que nos eche una mano, ¿no?

—¿Adónde ha ido?

—Ni idea —contesta para después mirarme fijamente de esa manera que me hace temerme una de sus charlas, por eso procuro escaquearme y largarme de aquí intentando evitarla—. No tengas tantas prisas, Mateo —suelta frenándome y dejo escapar el aire por los labios para girarme de nuevo y comprobar cómo me mira analíticamente—. ¿Por qué estás siendo tan duro con Penny? Solo quiere ayudarnos.

—Ya.

—No quiero que te portes mal con ella, ¿me has oído? Es una buena chica y me temo que algo la preocupa. A veces su mirada se entristece de golpe y sé que hace un esfuerzo por disimular, pero el diablo sabe más por viejo que por diablo —añade tocándose la nariz orgullosa de su instinto.

—Claro, nana. Si ahora iba a echarle una mano.

—Eso espero, que la ayudes. Ella... creo que necesita hablar, Mateo, y tú has sido siempre su amigo.

—El amigo es Nacho, yo...

—¡No me vengas con milongas! —exclama interrumpiéndome—. Corre y échale una mano y, ya de paso, haz que hable. Por las mañanas, cuando viene a desayunar, tiene los ojos hinchados de llorar. He intentado averiguar qué le pasa, pero siempre me responde que nada. Ojalá contigo se abra más.

Asiento sin añadir una palabra y me doy media vuelta para salir de la recepción, porque conozco a mi abuela y capaz es de darme las directrices de cómo tengo que hablar con Penny para que no se sienta mal. Parece que la amiguita de mi hermano tiene la piel muy fina...

Me pongo a buscarla por el camping, revisando uno a uno los bungalóo, hasta que doy con ella en la cocina del número cinco; está pintando los malditos muebles de blanco.

—¿No quedamos en que me avisarías de estas cosas, Penny? —suelto sin aguantarme más.

Ella se sobresalta, para después girarse y mostrarme una sonrisita que me enfurece todavía más.

—No te encontraba y me aburría demasiado esta tarde para quedarme con los brazos cruzados —contesta encogiéndose de hombros—. ¿Qué te parece? Los muebles estaban que daban pena. Los he limpiado, los he lijado y ahora los estoy devolviendo a la vida con esta pintura que he encontrado en el almacén.

—No está mal —susurro y veo que alza una ceja, escéptica, para a continuación reprimir una sonrisa insolente—. ¿Has cogido más brochas y rodillos?

—Sí, en la bolsa hay más. ¿Por?

—Para echarte una mano —mascullo cogiendo un pequeño rodillo y acercándome al bote de pintura para ponerme a pintar en el otro extremo de la cocina.

Sé que es absurdo que intente poner metros de distancia con ella, pues la estancia es pequeña y, por desgracia, yo ocupo buena parte de esta. Pero no soporto la idea de estar cerca de Penny, mucho menos de que mi cuerpo se roce con el suyo; sin embargo, aquí estoy.

—¿Y Nacho?

—En casa —contesto malhumorado.

—Se lo pasó bien anoche, ¿no?

—Sí. —La miro de reojo y debo reconocer que pinta con cuidado, demostrándome una vez más lo bien que se le dan estas cosas—. ¿Por qué te mudaste a Madrid? —suelto sin pensar y Penny me mira sin disimular un instante que le sorprende esa pregunta.

Incluso a mí me extraña haberla formulado. Supongo que la orden de mi abuela ha afectado a mis planes de ayudarla manteniendo la boca cerrada.

—Sabía que mis padres querían viajar por el mundo —dice con un hilo de voz tras pasar unos minutos en silencio—. Y también sabía que, si me quedaba en casa, no lo harían, porque les daría pena dejarme sola —añade mojando el pequeño rodillo en la pintura para después continuar pintando—. Por eso me fui a estudiar Arte Dramático a Madrid. Por las mañanas asistía a clase y por las tardes-noches trabajaba en cualquier puesto que encontrara para pagar el alquiler de la diminuta habitación donde vivía. Mis padres por fin pudieron irse tranquilos y yo estaba en la capital de España, algo que pensé que me encantaría, y... al principio todos estuvimos contentos.

—¿Por qué solo al principio?

—Porque no sirvo para ser actriz —confiesa encogiéndose de hombros—. Supongo que tú ya lo sabías, pero no te tenía cerca para que rompieras en pedazos mi idílica burbuja imaginaria...

—Pero seguiste viviendo allí, ¿no?

—Sí. Ya sabes, tomar buenas decisiones no es mi fuerte. —Suspira para luego mirarme de reojo—. ¿Y tú?

—Yo, ¿qué?

—Pues que si te has ido a algún lado en estos años o...

—No —la interrumpo.

—¿Y nunca has pensado en hacer algo diferente?

—No. Me gusta estar aquí —suelto con rabia, como si decírselo a ella me costara más de lo normal.

—¿Sigues dibujando?

—No.

—Estaba convencida de que estudiarías Bellas Artes y te convertirías en un famoso ilustrador —susurra girándose para mirarme de frente—. Tenías un don para dibujar.

—Y yo, que serías lo suficientemente lista como para saber que no sirves para ser actriz —afirmo con la misma rabia de antes, y entonces desliza una desquiciante sonrisa en sus labios.

—¿Y para qué crees que sirvo? —indaga con curiosidad.

Su mirada altiva.

Su maldita sonrisa pretenciosa.

Su postura relajada y segura.

—Para sacarme de quicio. Eso se te da de fábula —contesto malhumorado, y ella se echa a reír.

—Eso lo hago sin querer, te lo prometo. Aunque tengo que admitir que tú también sacas mi peor versión —replica guiñándome un ojo.

—¿Qué has venido a hacer aquí?

—Ya te lo he dicho en más de una ocasión. Necesitaba escapar.

—¿Y por qué no te has ido con tus padres de viaje o a Valencia?

—Porque necesitaba un lugar donde nadie me encontrara.

—¿Quién no quieres que te encuentre?

—Un... hombre. —Su voz suena extraña al contestarme y no puedo evitar fijarme en que pinta intentando ni siquiera mirarme.

—¿Un ex?

Asiente y noto que su semblante se entristece de repente.

—¿Te acuerdas de cuando hablábamos de los libros que leíamos? —me pregunta sin venir al caso y asiento para después ver que moja de nuevo el rodillo en la pintura y lo desliza con cuidado por la superficie de madera—. A veces me siento como ese personaje que no entiendes por qué actúa de esa forma y que te gustaría zarandear para que espabilara, pues está haciendo las cosas peor que mal.

Frunzo el ceño sin dejar de mirarla después de esa frase que incluso me ha creado más dudas. Penny se queda en silencio, como si ya hubiese soltado lo que quería, y se centra en pintar la superficie lisa de la puerta del armario.

—No le hagas daño a Nacho —le pido también sin venir a cuento.

Pero es importante que ella se dé cuenta de que haré lo que sea preciso para proteger a mi hermano, aunque sea de su mejor amiga.

—Nunca —sentencia abriendo mucho los ojos, pues le ha sorprendido esa petición.

Asiento conforme con esa respuesta, para después dejar el rodillo encima de un plástico junto al bote de pintura y salir de la cabaña como si ya no soportara estar más tiempo cerca de Penny.

Sin decirle nada más.

Como si nuestra conversación hubiese acabado de la misma manera que se ha generado: sin pensar, simplemente dejando libres esas palabras que el otro necesitaba decir.

Camino sin dirección alguna, simplemente alejándome de Penny, de cada pequeña cosa que descubro de ella, de cada palabra que pronuncia, de cada matiz distinto en su voz y de cada una de sus tristes y altivas miradas.

Necesito poner distancia con ella.

Necesito mantener el control de todo, de lo que me rodea.

Y, sobre todo, de ella.

9

MATEO

—¿Adónde vas con tantas prisas, illo? —oigo a Daniel y al girarme veo que está intentando seguir mi ritmo.

—He quedado con Sabrina.

—Hombreee —suelta alzando las manos al cielo, como si clamara a un ser celestial tal hazaña—. La chica esta vez ha tenido que esperar más de lo normal, ¿eh? —añade jocoso y le echo una mirada en la que descargo la poca gracia que me hace ese comentario.

—He estado muy liado.

—Ya me ha contado Penny que ayer la dejaste colgada pintando los armarios. Pero no te preocupes, que ella solita los terminó y la cocina ha quedado como nueva —comenta y aprieto los puños haciendo un esfuerzo por frenar mi endemoniado carácter.

—Ella no es ninguna princesita y sabe lo que se hace —murmuro sin aflojar el paso.

—Menos mal que al final lo reconoces, macho. ¡Lo que te ha costado! —exclama dándome una fuerte palmada en la espalda—. Pues nada, mi trabajo por hoy ya está hecho, que disfrutes esta noche. Yo voy a ver si Rebeca quiere tomar algo conmigo. Deséame suerte —añade para después darse la vuelta y marcharse en dirección al bar.

Niego con la cabeza procurando armarme de paciencia, pero entre todos, al final, me van a volver loco con el temita de Penny. Por eso esta noche he quedado con Sabrina. Me hace falta olvidarme de todo, aparcar momentáneamente mis problemas, y qué mejor que hacerlo con ella... Sin embargo, la figura de una chica saliendo por la puerta de acceso al camping hace que frene mis pasos. Miro el sendero que me lleva al bungaló que siempre alquila Sabrina, vuelvo a mirar hacia la salida de la propiedad y maldigo por dentro por no ser un puto egoísta y tener que estar pendiente de todo el condenado mundo.

Mi vida sería mucho más sencilla si me centrara exclusivamente en mí.

—Buenas noches, Pepe —saludo al vigilante que tengo contratado para que controle la gente que abandona las instalaciones y, sobre todo, la que entra—. ¿Quién acaba de salir?

—Penny —contesta, y aprieto los puños con rabia—. Me ha comentado que se iba a dar un chapuzón rápido a la playa y que volvía enseguida.

—¿Y se ha ido sola?

—Sí.

—¿Y por qué la has dejado ir sola, Pepe? ¡Maldita sea, es de noche! —exclamo con mala leche, aun sabiendo que el vigilante poco puede hacer para impedir a alguien salir, y mucho menos a la terca de Penny.

Salgo detrás de ella preocupado por su bienestar.

No es seguro que vaya sola, puede verla alguien, seguir-la y... ¡maldición!, pasarle algo. Cruzo el pinar sintiendo que el corazón me retumba en el pecho, pensando en mil desgracias que pueden ocurrirle y prestando aten-ción a cualquier ruido, grito o sollozo que me pueda dar la pista de dónde está. Sin embargo, solo me llega el sonido de mis propios pasos, de mi propia respiración acelerada, hasta que piso la playa y la veo; está de espal-das y se dirige al agua.

La luna está casi en su fase final de plenitud y su luz lo baña todo. Observo sin dejar de caminar hacia ella cómo se quita los pantalones, cómo se desprende de la camiseta y, sin dudar, se mete en el mar. Me siento donde tiene su ropa, asegurándome de que está bien en todo momento y de que, ante todo, no haya nadie en la playa capaz de ha-cerle daño. Contemplo cómo nada, cómo bucea o cómo, simplemente, deja que su cuerpo se meza por las olas.

Hace una noche perfecta. No hay ni una pizca de brisa, el mar está en calma, las olas se mueven a un rít-mico compás, suave, que me hace relajarme e incluso recargar las energías que tenía agotadas tras un duro día de trabajo.

Llevo demasiado tiempo sin tener un respiro, creo que este es el primer descanso de verdad que me tomó después de unos largos, complicados y estresantes me-ses estando a cargo de todo.

Pasado un buen rato, no sé cuánto, Penny comienza a acercarse a la orilla, para dirigirse hasta donde ha de-jado la ropa. Creo que no me ha visto aún, porque ahora mismo está admirando el cielo estrellado mientras sale del agua con una amplia sonrisa en la cara y...

—Joder —maldigo mientras desvío rápidamente la mirada cuando me doy cuenta de que Penny se ha metido en el agua sin la parte de arriba del bikini y la he visto sin nada un segundo.

—¡Qué susto! —oigo su voz y alzo los ojos para ver cómo se tapa las tetas con el brazo y me mira de malas maneras—. ¿Qué narices haces aquí?

—¿Y tú? —suelto levantándome de la arena—. Has venido sola a la playa, Penny, a estas horas. Podría haberte pasado cualquier cosa.

—Sí, como que un mirón me esté esperando en la arena para darme un buen susto junto con un sermón, ¿no? —replica con garra al tiempo que se agacha para coger su camiseta—. No hay nadie en la playa, ¿qué me va a pasar?

—Pero eso tú no lo sabes.

—Siempre has sido demasiado racional —farfulla con rabia mientras se da la vuelta para enfundarse la camiseta. Cuando la tiene puesta, se vuelve a girar; sin embargo, su cuerpo mojado provoca que la prenda se le pegue y que pueda ver sin impedimentos sus redondas tetas y sus duros pezones a través de la fina tela... esos que he visto hace un momento sin nada encima y ahora... Joder. Ahora los vuelvo a tener en mis putas narices—. No sabes divertirte.

—No tengo tiempo para hacerlo —gruño notando mi voz extraña, y carraspeo para procurar que vuelva a sonar normal—. No puedes volver a salir del camping sola de noche, Penny. Te podría pasar algo.

—¿Ahora te preocupas por mí? —suelta poniendo los brazos en jarras e intento por todos los medios no bajar la mirada a sus... tetas, pero, ¡hostias!, es como un maldito canto de sirenas.

Es como tener un llamativo cartel de neón delante y pretender pasar de él.

Es como decirle a un niño que no mire un escaparate repleto de dulces.

—Jamás —susurro con furia, porque odio no tener el puto control de cada cosa que hago y ahora mismo es lo que me está pasando—. Lo hago por mi abuela. No quiero que luego me dé la charla por dejar que te pongas en peligro.

—El buen samaritano —me rebate desdeñosa mientras se retuerce el cabello para eliminar el exceso de agua y quedarse un segundo quieta. Un segundo lo suficientemente largo como para que mis ojos desobedezcan mi mente y se queden clavados donde no deben, otra vez—. ¿Me estás mirando las tetas? —añade para de inmediato mirarse y taparse rápidamente con el brazo al descubrir lo poco que la cubre esa camiseta tan clara y mojada—. ¡Eres un cerdo! —Me empuja cabreada con el brazo que tiene libre para después agacharse y coger los pantalones, que se pone dándome la espalda.

—¿Yo? Maldita sea, Penny. Vienes a la playa, te bañas sin nada arriba y, encima, el cerdo soy yo.

—Como si me da por bañarme completamente desnuda —replica con altanería, mirándome desafiante.

—He apartado la mirada cuando has salido, ¿qué quieres, joder? —contesto cabreado por, maldita sea, no poder controlar mis ojos—. ¿O acaso tú no me mirarías si me bañara en bolas ahora mismo?

—No te atreverías. —Chasquea la lengua con seguridad.

—Sí que lo haría, pero no me hace falta... —replico—, porque, cuando la mañana que llegaste salí poniéndome una camiseta, me echaste un buen repaso —recuerdo y veo que Penny abre mucho los ojos, sorprendida de que me hubiera dado cuenta—. Dudo que te resistieras a echarme una rápida ojeada si en este momento decidiera bañarme en pelotas. ¿Quieres que probemos? —susurro mientras levanto un poco la camiseta que llevo puesta para dejar que vea mi estómago.

Penny abre la boca, para después cerrarla y erguirse sin..., joder, sin taparse esas increíbles tetas que todavía veo sin problemas.

—¡Eres un imbécil! —me espeta mientras intenta darme otro empujón; sin embargo, esta vez le cojo las manos para frenarla.

Penny me mira a los ojos con la respiración agitada; está furiosa, como si estuviera tan enfadada que no pudiera soportarlo. Yo... Joder, no sé qué hostias me pasa, pero la miro a mi antojo. Su dulce rostro ovalado, sus cejas perfectas que ahora mismo se fruncen con rabia, su nariz recta, esos ojos azules que en este instante brillan con fuerza y sus labios llenos. Sigue teniendo esa belleza rebelde de jovencita, que los años han mejorado más si cabe... como su manera de mirar; como la forma que tiene de moverse, como si supiera cómo afecta a los hombres cada uno de sus gestos.

Siento sus pechos rozar mi cuerpo, como si nos hubiésemos acercado sin pretenderlo. Su respiración está acelerada, no sé si por el cabreo o porque ella también se ha percatado de que estamos muy cerca uno del otro. Seguimos mirándonos a los ojos, para después pillarla mirándome la boca. ¡Otra vez! Y yo... joder, hago lo mismo sin querer, como si mis ojos no pudieran contenerse. Miro sus labios rosados, todavía húmedos de nadar en el mar, y noto algo contundente que se interpone entre los dos. Es la misma sensación que tuve la otra noche en la piscina e intento por todos los medios frenar esta tensa escena que no sé hacia dónde desencadenará.

—Querrás decir que tengo la razón y me mirarías sin dudar —pronuncio despacio simplemente porque necesito cabrearla para que me deje de mirar de este modo tan seductor, y su mirada se vuelve airada y alza la nariz con arrogancia.

Penny se echa para atrás para zafarse de mi agarre, se pone las chanclas y comienza a caminar en dirección al pinar. Yo... me tiro el cabello hacia atrás y la sigo sin comprender aún lo que acaba —o no— de pasar.

Entramos en el camping, saludamos a Pepe y voy detrás de ella hasta que llegamos a nuestros bungalós.

—¿Vas a entrar para arroparme? —suelta con rabia cuando sube los escalones de su porche.

—Ya te gustaría a ti —replico con desgana y veo que Penny me lanza una mirada envenenada para después abrir la puerta y desaparecer de mi vista.

Sonrío mientras me voy a mi cabaña, entro y me dirijo directamente a la ducha, sin permitirme ni un instante recordar lo que ha pasado hace un momento. Incluso me prohíbo pensar en Penny. Y, cuando estoy bajo del chorro de agua fría, me doy cuenta de algo que se me ha pasado por alto... ¡¡He dejado plantada a Sabrina por culpa de Penny!!

—Joder.

Estoy agotado.

Camino hacia mi bungaló con la intención de descansar después de un día duro en el que no he hecho más que trabajar —por lo que ahora mismo mi cuerpo se resiente y se queja—, pero antes de llegar veo a mi madre dirigirse hacia mí. Instintivamente me preparo para cualquier cosa, porque no es normal que haya dejado a mi hermano a solas.

—¿Qué pasa? —pregunto al encontrarnos.

—Nada —responde con una pequeña sonrisa que me hace respirar un poco más tranquilo... pero solo un poco, porque todavía no me ha explicado qué hace aquí—. Penny lleva un rato en casa con Nacho y he decidido darme un paseo. Creo que voy a coger a la abuela y nos iremos al pueblo.

—Ah —susurro mientras asiento aliviado de que todo vaya bien, y entonces detecto que algo en ella ha cambiado, aunque ahora mismo no caigo en lo que es—. Las llaves del coche están en el despacho.

—Bien —contesta para después apoyar su mano sobre mi brazo—. ¿No me dices nada? —me plantea tocándose el pelo y abro más los ojos al darme cuenta de que no hay resto de canas. Está totalmente negro y tan brillante como siempre le había gustado llevarlo—. Me lo ha teñido y peinado Penny. Esta chica —suspira— es un ángel, Mateo. Hemos tenido tanta suerte de que volviera... Cada vez que veo cómo tu hermano habla con ella, cómo está empezando a ser él mismo, cómo deja de esconderse en el silencio... —dice perdiendo fuerza con cada palabra, para luego limpiarse las lágrimas de emoción que se le han saltado—. Pasa ahora por casa, tienes que ver con tus propios ojos lo que ha logrado esta chica.

—Claro. Y... —trago saliva con dificultad, conmovido al ver a mi madre mejor—... estás preciosa.

—Gracias, cariño —susurra al tiempo que me da un beso en la mejilla y se despide de mí con la mano para luego dirigirse a buscar a mi abuela.

Resoplo mientras la veo alejarse y decido hacerle caso y encaminarme hacia donde están Nacho y Penny, sin importarme aplazar un poco más mi merecido descanso.

Subo la rampa y me llega la carcajada de Penny, la voz de mi hermano bromeando, y siento que todo comienza a asentarse en su sitio. Vacilo un segundo antes de abrir del todo la puerta para captar de qué hablan, pero solo me llegan algunos murmullos solapados con la voz procedente de algún programa de televisión.

—Pero ¡buenooo! —Es Penny, pero al entrar no la veo en el salón, así que camino en dirección a su voz—. ¡Fiu, fiuuu! —Silba y oigo a Nacho reírse—. ¡¡Pero si es el buenorro de mi amigo!! Ahora me dirás que echas de menos ese bosque frondoso, ¿no?

—No —dice y, al acercarme a la puerta abierta del cuarto de baño, los veo.

Penny, con una coleta alta, con una amplia sonrisa en la cara mientras mira a Nacho, que... Joder. Con razón mi madre me ha pedido que me acercara. Porque mi hermano se ha afeitado y ha permitido que Penny le cortase el pelo, y ahora... ahora sí parece mi mellizo; más delgado y con las ojeras muy marcadas, es cierto, pero es él. Nacho siempre se ha parecido físicamente más a nuestro padre, con sus ojos de color marrón claro, rozando el tono miel, su cabello liso y su rostro cuadrado, ahora mucho más afilado por los kilos de menos. Por fin vuelvo a ver ese lunar en la mejilla derecha que heredó precisamente de papá.

—Menudo cambio —susurro atrayendo la atención de ambos a mí—. ¿Has perdido la fuerza como Sansón? —intento bromear, pero el único que sonríe es Nacho y, hostias, me doy por satisfecho.

—Estoy en duda aún —comenta para después observar cómo Penny comienza a recogerlo todo—. ¿Haremos esa hoguera de liberación en la playa? —le pregunta y veo que esta le sonríe de esa manera traviesa, con la puntita de la lengua asomando parcialmente entre sus dientes.

—Cuando quieras —le responde guiñándole un ojo—. ¿Puedes llevar a Nacho al salón? Voy a barrer. Creo que podríamos hacer tres pelucas con todo lo que te he quitado —añade socarrona provocando que mi hermano se ría, sin mirarme ni una sola vez.

Empujo la silla de ruedas para llevarlo al salón y me siento en el sofá sin poder dejar de mirarlo... y sin poder creerme aún que Penny haya conseguido tanto en tan poco tiempo. Desde aquí la oímos trajinar en el cuarto de baño y captamos que se le cae varias veces el peine, e incluso la escoba, mientras maldice su torpeza por lo bajini.

Llevamos unos cuantos días sin vernos. Es cierto que he sido yo quien ha vuelto a poner distancia con ella, pero, después de la tensa y extraña escena que vivimos en la playa, era lo mejor para los dos o... para mí. Sin embargo, que no nos hayamos encontrado no significa que no sepa exactamente todo lo que ha hecho: visitar a mi hermano todas las tardes, ayudar a mi abuela y, cómo no, arreglar bungalós sin mi permiso.

—¿No te gusta? —susurra Nacho tocándose el cabello corto y sonrío mientras niego con la cabeza.

—Te queda bien.

—Sí, yo también lo creo —secunda para después girarse al oír a Penny pasar por detrás, para tirar los pelos que ha recogido al cubo de la basura.

Y me doy cuenta de que mi hermano, en el fondo, sigue siendo el mismo. Pensaba que, tal vez, lo que pasó con Elena lo haría cambiar, le haría huir de todo lo referente al amor; que alzaría un escudo para protegerse o, simplemente, aprendería de sus errores. Pero no... Siempre que le ha gustado una chica, él ha cambiado para intentar contentarla, o quizá para sentirse más unido a ella. No sé la razón por la que cambiaba su manera de ser para amoldarse a la chica de la que se enamoraba. Además, todavía sigo sin comprender la razón por la cual Nacho empezó a salir con Elena o con las otras chicas anteriores a ella. Porque siempre he pensado que acabaría con Penny, que ambos estaban hechos el uno para el otro, que algún verano se darían cuenta de que estaban enamorados y dejarían de ser amigos para convertirse en algo más.

Pero eso nunca ocurrió.

—Me voy ya a duchar. Juraría que tengo pelos hasta en la ropa interior —se carcajea Penny mientras se acerca a Nacho—. Acuérdate de que tenemos un trato, ¿vale? —dice mientras se agacha para después darle un sonoro beso en la mejilla que consigue que él sonría—. Hasta mañana.

Ella ni me mira, algo que, la verdad, no me importa lo más mínimo, y se da media vuelta para dirigirse a la puerta.

—Hasta mañana, Penny —se despide mi hermano sin poder apartar la mirada de ella hasta que se marcha. Después me enfrenta y se encoge de hombros—. Quiero volver al fisio y al psicólogo.

No reacciono.

Supongo que llevo tantos meses intentando, precisamente, oír esta petición por su parte que ya había asumido que era imposible. Pero aquí está. Nacho pidiendo ayuda. Nacho aceptando que quiere mejorar, que necesita profesionales para que su vida vuelva a ser normal. Nacho deseando cambiar para amoldarse a la chica que le gusta... otra vez.

—Bien —susurro, todavía paralizado.

—Sé lo que piensas —comenta encogiéndose de hombros, y dudo que tenga la menor idea de lo que se me está pasando ahora mismo por la cabeza, pero dejo que continúe y veo que se mira las piernas—. Aún no estoy bien, Mateo. Es cierto que Penny me ha ayudado a verme desde fuera, a darme cuenta de que soy un maldito imbécil desagradecido. Pero todavía tengo momentos en los que me gustaría tirar la toalla y seguir como antes. Joder, es demasiado sencilla y tentadora esa opción, ¿sabes? Continuar callado, dejando que los días pasen sin mover ni un solo dedo.

—¿Por qué?

—Porque no soy digno de esta segunda oportunidad. Sin embargo, por fin he entendido que ninguno de vosotros os merecéis que yo me rinda. Hoy... —duda un instante, pero, al mirarme, suspira y prosigue—. Hoy he visto a mamá contenta después de mucho tiempo. Penny le ha arreglado el pelo, le ha contado mil historias descabelladas para que ella sonriera, la ha maquillado... y mamá me miraba a mí cada vez que lo hacía, como si quisiera asegurarse de que no me haría daño que ella empezara a estar bien.

—Todos lo hemos pasado mal, Nacho.

—Lo sé, pero yo me he encerrado en mí mismo, he vuelto a ser un puto egoísta y no os he dejado ayudarme. Quiero ponerme bien, Mateo... ¿Crees que podré tener una vida normal?

—Tenemos que hablar con los médicos porque llevas muchos meses sin moverte, pero, si pones de tu parte, sin duda lo conseguirás.

—Quiero intentarlo, Mateo. No permitas que vuelva a rendirme, ¿vale? No me dejes volver a encerrarme en mí mismo.

—Te lo prometo.

Nacho sonríe complacido por mi respuesta y presta atención a la televisión. Me froto la cara para después llevarme las manos al cabello sin dejar de mirarlo, todavía sin creerme que mi hermano esté dispuesto a ponerse bien.

10

—Ay... el camping no va bien —suspira Pruden mientras niega con la cabeza y señala la recepción vacía desde hace ya unas cuantas horas.

—Estamos al inicio de la temporada alta, ¿no?

—Sí, pero no están subiendo las reservas y los dos campings que hay por la zona nos están comiendo. No sé cómo vamos a sobrevivir si no logramos que venga más gente...

—¿Y sois visibles en las redes sociales? Ahora todo el mundo busca en Internet o en las redes para organizar sus vacaciones.

—Ni idea, ese tema lo lleva mi nieto y... Mateo tiene tantísimas cosas en la cabeza que no sé cómo no ha salido huyendo de aquí ya. Para muestra, un botón: desde que Nacho ha dicho que quería ponerse bien, no ha parado de ir con él a las consultas de los médicos, para asegurarse de que reciba la mejor de las atenciones. Daniel me ha explicado que, por la noche, se queda trabajando para no desatender el negocio, que se acuesta muy tarde y que se levanta muy temprano... Este nieto mío me tiene cada vez más preocupada. Va a enfermar de lo mucho que trabaja.

Me muerdo el labio inferior estrujándome el cerebro para descubrir qué podría hacer para echarle una mano. Desde que me lo encontré en el bungaló de Nacho no lo he vuelto a ver y eso que han pasado varios días. Sabía que estaba acompañando a su hermano a las consultas, pero no tenía ni idea de que llevara tal ritmo y estrés. Por eso me pongo en el ordenador que hay en la recepción para investigar si el camping de La Redondela es fácil de encontrar por Internet. Tengo que echarles una mano, se nota que Pruden está preocupada tanto por la situación del camping como por la carga excesiva que lleva su nieto sobre los hombros. Después de unos minutos averiguo que es mucho más sencillo encontrar información sobre la competencia que dar con ellos; por lo tanto, necesitan mayor visibilidad.

—Pruden —susurro y me mira con atención—, ¿me das permiso para abriros perfiles en las redes sociales?

—No sé lo que es eso, pero si ayuda a que venga gente, haz lo que creas oportuno. Mateo necesita ayuda y, ahora que no nos oye, te diré que le cuesta mucho aceptarla.

Sonrío y comienzo a abrir perfiles del camping en Tik Tok, Instagram y Facebook, pero, claro, necesito fotos que llamen la atención.

—Voy a por mi móvil, que tengo que hacer fotos.

—Sí, mi niña. Mira qué tranquilas que estamos esta tarde. Demasiado, diría yo. —Señala la recepción—. Vete tranquila. Si te necesito, te llamaré.

Asiento mientras salgo y al llegar a mi bungaló cojo mi teléfono, que está apagado desde hace más de un par de semanas encima de una cómoda. Tan pronto como lo enciendo empiezan a sonar un montón de notificaciones que, simplemente, ignoro y me dispongo a pasearme por el camping para hacer fotos.

Abro el perfil del camping en mi móvil para ir subiéndolas de manera mucho más rápida y, después de fotografiar la entrada de este, opto por hacer un anuncio en Instagram, con bastantes etiquetas, para llamar la atención de las personas que buscan un lugar así para sus vacaciones.

Suspiro mirando alrededor, intentando que se me ocurra alguna idea más que me ayude a captar más clientela para ellos. Al final, después de dudar si hacerlo o no, cojo el teléfono y busco el contacto de mi hermano, que es un as de los negocios.

—Dime, perdida —suelta nada más aceptar mi llamada y sonrío al oír su marcado acento valenciano.

Aunque yo también he nacido en Valencia, nunca he tenido acento. Es como si el venir en verano aquí y que mi padre sea natural de Badajoz anularan mi capacidad de tener esa manera característica de hablar.

—Necesito tu ayuda.

—Qué raro, ¿cuándo me has llamado para algo que no sea eso?

—Qué gracioso.

—Lo sé, menos mal que te has dado cuenta. Suéltalo y acabemos esto cuanto antes —añade con guasa, y sonrío mientras me quedo quieta delante del edificio blanco de la recepción.

—Si quiero que un negocio vuelva a funcionar después de unos años estancado, ¿qué puedo hacer?

106

—No sabía que ahora te dedicaras a rescatar negocios.

—Y no lo hago. Es para un amigo.

—Ya, para tu último novio... ese que está tan forrado y te quiere tanto, ya me lo contó mamá. Te vas a convertir en una ricachona —comenta y siento que todo empieza a darme vueltas porque... es oír hablar de él y todo lo que ha pasado en estos meses desfila por mi mente provocando que las fuerzas que estoy recuperando aquí se esfumen como por arte de magia.

—Pascual —lo llamo y noto que la voz me ha salido como un lamento—, dime qué puedo hacer.

—¿Tiene competencia cerca?

—Sí.

—Lo primero que hay que hacer es investigarla, ver qué es lo que funciona y lo que no en esos negocios y poner en marcha un plan para actualizarse —me explica para después oír cómo suspira—. ¿Estás bien, renacuaja?

—Sí —susurro sin sentir esa afirmación, pero notando que ese apelativo cariñoso me ha emocionado—. ¿Y tú?

—De categoría.

—¿Sabes algo de mamá y de mi padre?

—Ella me llamó ayer, ahora mismo están en Mónaco. Se lo están pasando genial. —Sonrío—. ¿Cuándo vas a venir a verme?

—No lo sé... Espero que pronto. Si hablas con ellos antes que yo, dales un beso de mi parte, ¿vale?

—Claro. —Se queda callado—. Penny —me llama—, prométeme que me llamarás otro día y que hablaremos con más calma.

—Te lo prometo. Cuídate.

Me quedo un segundo con el móvil en la mano tras

finalizar la comunicación, intentando centrarme en el momento y volver a apartar de mi mente lo malo. Luego voy corriendo a la recepción, para decirle a Pruden que voy a tardar un poco, y ponerme en marcha: tengo que averiguar cómo son los otros dos campings cercanos.

—¿Adónde vas con tantas prisas? —me pregunta Daniel al ver que ando casi a la carrera.

—A hacer de espía —le suelto mientras le guiño un ojo, para después quedarme mirándolo—. ¿Tienes algo que hacer ahora?

—No, ya he terminado mi jornada.

—¿Me puedes llevar a un par de sitios? —le pregunto y ni siquiera duda en aceptar hacerme de taxista.

Si voy en coche, terminaré mucho antes.

—Sé que es tu amigo, pero preferiría que Mateo no supiera que estoy haciendo esto —le comento a Daniel antes de que este pare el coche delante del camping y los dos bajamos.

—Y yo preferiría que no le contaras que te he llevado ya, con esta, tres veces a investigar a la competencia —responde haciendo que sonría, pues llevamos tres días escapándonos para hacer, precisamente, esto—. Ahora que estamos tú y yo solos, ¿qué le has hecho a Mateo para que no quiera ni verte?

—No tengo ni idea —confieso encogiéndome de hombros.

—Tienes suerte de que me caes bien, sino te tiraría a los leones. Bueno, para ser más conciso, al rey de todos ellos que ahora gobierna en La Redondela. Pero tengo que reconocer que has tenido una buena idea y que, en lo que pueda, te ayudaré.

—Genial, porque necesito aliados —indico guiñándole un ojo mientras nos dirigimos al bar.

En ese momento Mateo sale de ahí y se nos queda mirando, primero a mí y después a su amigo, con tanta seriedad que parece que lo hayamos ofendido de la peor de las maneras.

Me temo que, después de la extraña conversación que mantuvimos en la playa, nos hemos distanciado todavía más y hemos interpuesto entre los dos un muro aún más alto del que ya había.

—Te he estado buscando —me dice clavando sus fieros ojos en mí.

—¿Le ha ocurrido algo a Nacho?

—No —contesta y, joder, respiro con tranquilidad al oír que niega que haya pasado cualquier catástrofe. Pero sé que le han cambiado el tratamiento y que ha iniciado ya los primeros ejercicios para devolverle la movilidad, así que me había asustado—. El fisioterapeuta le ha recomendado que haga ejercicios en la piscina. Vamos a empezar esta noche, pero Nacho quiere que tú también estés. En una hora nos vemos allí —suelta para después volver a echarle una analítica mirada a su amigo y alejarse de nosotros.

Miro a Daniel y me encojo de hombros mientras entramos en el bar para cenar.

—Y ahí va el simpático de tu amigo —resoplo negando con la cabeza—. De verdad, tiene suerte de que no solo está él en el camping. Si no, le darían morcillas —resoplo consiguiendo que este se eche a reír.

—Al fin —dice Pruden con alivio—. ¿Qué hacéis vosotros dos todas las tardes para llegar pasada la hora de cenar?

—Estamos intentando encontrar soluciones para el

camping —comento sentándome a su mesa, algo que Daniel imita—. Pero, chist, es alto secreto, Pruden —añado con una sonrisa, gesto que me devuelve la abuela de los mellizos.

—Tenemos un pequeño problema —susurra mientras me coge la mano—. Pero creo que tengo una solución: tú.

—Ya sabes que puedes contar conmigo para lo que sea, Pruden.

—Lo sé. —Suspira mirándome con esos ojillos pequeños tan bonachones—. El socorrista se ha despedido y mañana no podremos abrir la piscina, a menos que... —me mira y sonrío—, que fuera verdad lo que me contaste antes de venir aquí.

—Es verdad, Pruden. El verano pasado fui socorrista en una piscina pública en Madrid y el título todavía lo tengo en vigor.

—Creo que la suerte nos está cambiando desde que llegaste, mi niña —dice con una sonrisa que me contagia—. Tendrás que cubrir ese puesto un par de días, lo que tardemos en contratar a otro socorrista.

—Sin problemas.

De pronto, el sonido de mi teléfono me hace cerrar los ojos un segundo. Se me había olvidado ponerlo en silencio. Cojo el móvil y veo que en la pantalla se ilumina el nombre de Alexis. Trago saliva sintiendo que empiezo a temblar e intento, en tres ocasiones, rechazar la llamada, algo que al fin consigo. Levanto la cara y Daniel me está observando sin fingir ni un segundo que no ha estado atento a cada movimiento que he hecho. Le sonrío torpemente y él se gira para hablar con Rebeca, que acaba de llegar a nuestra mesa. En ese instante aprovecho para poner en silencio el móvil, dejándolo solo en modo vibración y guardándomelo luego en el bolsillo de mis vaqueros.

—¿Todo bien? —me pregunta Pruden. Parece que no solo Daniel ha estado pendiente de este momento.

—Sí —miento—. Ya llamaré después, ahora vamos a cenar, que venimos con mucha hambre y tengo que ir a la piscina a ayudar a nuestro Nacho.

Pruden sonríe complacida y comenzamos a hablar los cuatro de él y de todo lo que le han dicho los médicos.

Y, aunque hago un esfuerzo por concentrarme en lo que comentan, no puedo evitar pensar en la razón de que Alexis me haya llamado después de pedirle que no lo hiciera.

¿Me estaré equivocando al no cogerle el teléfono?

¿Habrá pasado algo de vital importancia?

¿Por qué no me deja en paz si fue lo que le pedí?

11

PENNY

Salgo de mi bungaló a la carrera, intentando no matarme con las chanclas mientras me dirijo a la piscina.

Llego tarde, lo sé. Pero me he liado a hablar con Pruden, con Daniel y con Rebeca y... ¡se me ha echado la hora encima! He salido tan deprisa del bar que el bocata que he cenado ahora mismo se está revolviendo en mi estómago, pero aún me tenía que poner el bikini e ir a la zona de la piscina.

Cuando entro, gracias a que Mateo ha cerrado la verja pero sin echar el candado, oigo a los mellizos hablando. Enseguida los veo, están ya dentro del agua, Nacho cogiendo del brazo a su hermano y Mateo indicándole cómo tiene que hacer los movimientos.

Hubo una vez que los confundí físicamente, pero ahora sé que sería imposible y eso me hace removerme por dentro. Mi amigo ha perdido toda la musculatura de la que le encantaba presumir y, en cambio, su mellizo ha ganado en músculo, en cuerpo y, desde que cumplió diecisiete años, en altura, sobrepasando a su hermano por varios centímetros.

—Habéis empezado sin mí —digo y los dos a la vez se giran para mirarme. Nacho, con una sonrisa, pero Mateo, con esa rabia y antipatía que ni siquiera intenta camuflar.

—Al fin has venido —susurra Nacho y sonrío mientras me quito la camiseta tres tallas más grande de la mía para acercarme hasta ellos.

—No me perdería jamás una noche acuática con mis mellizos favoritos —comento y entonces Mateo me echa una furibunda mirada y le respondo con una sonrisa insolente.

Me meto en la piscina bajando por la escalerilla, notando cómo el agua tibia, gracias a que ha estado todo el día al sol, va subiendo por mi cuerpo a medida que me adentro, para después nadar hasta donde están: en la parte menos profunda, para que todos podamos hacer pie.

Mateo, de esa manera que tiene arisca y fría de hablarme, me informa de lo que tengo que hacer, que es, principalmente, ayudar a Nacho a que mueva las piernas de diferentes maneras.

—En dos días te veo moviendo el esqueleto por las discotecas —suelto al rato y lo oigo reír quedamente. Se nota que estos ejercicios lo agotan, pero no protesta—. Rebeca me ha preguntado por ti —susurro como si nada y veo que Nacho me mira fijamente, haciéndome sonreír.

—¿Y qué le has dicho? —inquiere y no puedo evitar sonreír porque ya sé quién es la causante de tanto cambio.

—Pues que, desde que te quitaste esas greñas, tienes

el guapo subido y que no hay quien te diga nada —bromeo y este me salpica agua en la cara—. Eeeeh —me quejo provocando que se eche a reír—. Le he dicho que estás yendo al médico y que, si haces caso, es posible que dentro de muy poco ya camines con ayuda de un apoyo.

—Uf —resopla—, lo veo tan lejano...

—Ahora que no te vengan las prisas, chato, que llevas tela de tiempo sin mover ni un músculo —lo reprendo, y Nacho me saca la lengua.

¡A mí!

Ver para creer.

—Podríamos quedar otra noche todos, ¿no? —propone con un hilo de voz y sonrío. Si es que conozco a mi amigo mejor que a mí misma.

—¿A hacer ejercicios en la piscina? No sé, Nacho, no creo que les apetezca ver cómo mueves las piernas como una *vedette*.

—Nooo —suelta otra vez salpicándome.

—Me estás buscando y al final me vas a encontrar, chato —lo advierto en broma y oigo cómo se carcajea en mi cara—. Claro que podemos quedar otro día. A Rebeca le caíste muy bien —murmuro y mis ojos se deslizan hacia el callado de su mellizo, que está pendiente de cada una de nuestras palabras.

—Genial. Es... muy simpática.

—¿Verdad? Me cae superbién —aseguro con una sonrisa—. Y es muy muy guapa —añado y veo que sonríe.

Ay... pajarito, que te he pillado.

—Vamos a cambiar de sitio —farfulla Mateo entre dientes y alzo una ceja mirando a Nacho.

—Creo que se ha cansado de oírnos —susurro como si este no pudiera enterarse de lo que decimos y mi amigo empieza a reírse por lo bajini mientras me pongo detrás de él, para poder cogerlo y que así Mateo sea quien le mueva las piernas—. No aproveches que me tienes detrás para aplastarme las tetas, ¿eh? Que te conozco.

—Joder, hablando de tetas —se cachondea Nacho al tiempo que me fijo en que Mateo realiza los movimientos de una manera más concisa que yo—, aún recuerdo el verano en el que te salieron.

—Míralo, qué simpático —resoplo y consigo que siga carcajeándose—. Y parecía que ni siquiera te dabas cuentas de que cambié del bañador tabla de planchar al bikini.

—En parte fue así. Si no llega a ser porque Mateo me lo comentó, ni siquiera me habría enterado —dice, y miro al susodicho, que le acaba de echar una mirada asesina a su hermano—. Sabes que digo la verdad —se defiende este encogiéndose de hombros.

—Creo que me caías mejor cuando no hablabas —masculla Mateo y siento cómo a Nacho le tiembla el cuerpo de la risa, algo que provoca que sonría porque me encanta verlo así de animado—. Vamos a intentar caminar por el agua —propone mientras se pone a mi altura—. Coge a Penny con un brazo y a mí con el otro.

Nacho asiente haciendo lo que le ha pedido. Nos colocamos los tres bien juntitos, le rodeo la cintura a Nacho por un lado y Mateo por el otro, y empezamos a movernos lentamente.

Hay algo que no va bien o tal vez va demasiado bien, no lo sé. Trago saliva sin poder evitar mirar a Mateo, que está concentrado en que Nacho intente mover las piernas como le están enseñando estos días en el fisio. Pero es que, cada vez que nos movemos, noto el dorso de la mano de Mateo rozar mi cintura y, al mismo tiempo, yo le estoy tocando sin querer la parte baja de su cadera. Sé que es un contacto casual, sin ninguna intención oculta, pero noto una especie de cosquilleo en la piel cada vez que nuestros cuerpos se tocan. En ese momento sus ojos me encuentran mirándolo. Frunzo el ceño y procuro concentrarme en mi amigo, que intenta, no sin dificultad, mover las piernas. Sin embargo, la curiosidad es demasiado grande o yo demasiado tonta —supongo que la segunda opción gana por goleada— y miro de nuevo a Mateo. Vuelve a estar pendiente de su hermano, animándolo para que siga, y me fijo en su perfil... en su nariz recta, en sus labios definidos y ligeramente arqueados, en ese hoyuelo que parte en dos su barbilla, en sus anchos hombros, en sus fuertes brazos que ahora mismo están en tensión, en su bronceada piel...

—Penny —oigo y, al deslizar la vista, descubro a Nacho mirándome con curiosidad—, ¿estás bien?

—Sí, ¡sí! —exclamo mostrando una sonrisa—. ¿Y tú?

—Cansado... —musita y mira a su hermano—. ¿Podemos dejarlo para otro día?

Mateo me mira un segundo, para después volver a mirar a su mellizo mientras asiente con la cabeza.

—Claro, por hoy es suficiente. ¿Me ayudas a sacarlo de la piscina? —me pregunta y asiento también, sin ni siquiera dudarlo.

Lo sujeto mientras Mateo sale impulsándose solo con los brazos y me quedo hipnotizada viendo cómo cae el agua por su cuerpo, por sus brazos, por sus largas y musculadas piernas, por su cabello... mientras se coloca en el borde para sacar a Nacho. Lo ayudo empujando a este desde abajo, incluso no dudo en alzarlo empujándole el culo.

—Creo que te estás aprovechando, amiga —suelta Nacho riéndose mientras conseguimos, no sin esfuerzo, que salga del agua.

—Ya sabes que ese culito me tiene loca y no he desaprovechado la oportunidad —bromeo con guasa y entonces Mateo me mira de malas maneras mientras su hermano se carcajea de la tontería que he soltado.

Salgo de la piscina como ha hecho Mateo, impulsándome con los brazos. Al ponerme de pie me fijo en que solo uno de los mellizos se queda mirándome fijamente, deslizando despacio sus ojos por toda mi piel, hasta que tapo mi cuerpo con la toalla. Ese mellizo ha conseguido que me entre calor de repente ante su atención... antes de abrir la boca.

—Cierra tú —farfulla Mateo malhumorado mientras envuelve a su hermano con la toalla y lo ayuda a colocar los pies en los salientes de la silla—. Voy a llevarme a Nacho antes de que se resfríe. Tienes la llave en la tumbona.

Me despido de Nacho y me quedo un segundo mirando la piscina, para después alzar la cara y contemplar el cielo estrellado. Ahogo un suspiro y me siento en el borde metiendo las piernas en el agua, obligándome a dejar mi mente en blanco. No quiero plantearme la razón por la cual mi piel ha reaccionado al contacto de Mateo. No quiero razonar por qué discutimos sin cesar. No quiero ni siquiera pensar en lo que pasó en la playa, en cómo me miró, en cómo lo miré yo, en cómo nuestros cuerpos se acercaron tanto que mis pezones rozaron su pecho. Tampoco quiero elucubrar sobre por qué Alexis no para de llamarme por teléfono, pues esta tarde lo ha intentado cuatro veces más, obteniendo el mismo resultado: mi silencio... Estoy tan cansada de darle vueltas a todo, tan agotada de que mis problemas no me dejen dormir, que no me permitan descansar, que me impidan centrarme... Es como si en la soledad me acechara todo lo que he dejado atrás, todo lo que voy esquivando con el trabajo y la ayuda que le brindo a Nacho, como un retorcido recordatorio de que allá donde vaya me perseguirá. Sin darme tregua ni descanso. Es posible que escapar no haya sido la decisión más sensata que he tomado en mi vida.

—¿Qué haces todavía aquí?

Levanto la cabeza perezosa, como si no hubiese pasado ni un segundo desde que se ha marchado, pero a la vez como si llevara días mirando cómo mis pies mueven ligeramente el agua, obligándome a no pensar, pero sabiendo que es imposible no hacerlo. Porque soy como un hámster metido en una de esas ruedas giratorias, dando vueltas sin parar, cada vez más rápido, sin llegar a ningún lado. Como si creyese que, en una de esas vueltas que ni siquiera me mueven del sitio, se arreglaría todo.

—No tenía sueño —contesto volviendo la vista a mis pies en el agua—. Llevo días sin poder dormir bien, intentando dejar de pensar, pero dándome cuenta de que es imposible no hacerlo. Es como si mi cuerpo se resistiera a relajarse, como si mi mente intentara empujarme todavía más hacia abajo de lo que ya estoy...

Suspiro al percatarme de que le he confesado lo que me ocurre a Mateo sin ni siquiera vacilar y mucho menos sin que este me preguntara.

—Ya, pero otros necesitamos descansar para trabajar mañana —replica malhumorado demostrándome que no le importa nada de lo que he dicho—. Por lo tanto, levántate y nos largamos de aquí.

—Ya sé que te intereso una mierda, pero, chico, disimula un poco —resoplo cabreada. Parece que no aprendo o quizá me relajo cuando estoy con él porque sé que no se va a preocupar por mí—. Cualquiera diría que ahora solo piensas en el trabajo y que todo lo demás te da igual. ¿Es que nunca sonríes y te diviertes? Parece que seas un señor gruñón en lugar de un tío joven de veintidós años —me quejo mientras saco los pies del agua y me pongo en pie...

—No todos podemos hacer lo que nos da la gana sin mirar más allá de nuestras narices. Hay personas que tienen responsabilidades —suelta, pero de pronto...

—Mierda —susurro sintiendo que todo me da vueltas.

—¿Qué te pasa? —oigo, pero ahora mismo todo se está nublando a mi alrededor y de repente noto la mano de Mateo agarrándome, para, casi a la vez, cogerlo yo también y estabilizarme—. ¿Estás bien? —insiste y asiento a pesar de que...

Mierda.

Doble mierda.

Y triple mierda.

Tengo la cara apoyada a su pecho, por lo que percibo su calor y su olor mezclado con el cloro de la piscina y el suavizante de su camiseta mientras él me sujeta con fuerza del brazo, como si temiera que me pudiese caer de un momento a otro. Todo me da vueltas y no se debe ya tanto a haberme levantado demasiado rápido, sino a tener a Mateo tan cerca.

Demasiado cerca.

Alzo la mirada y me encuentro con sus ojos marrones anclados en mí, a tan poca distancia que puedo apreciar el tono de sus iris a pesar de la poca luz; es uno que roza más al del chocolate que al de la miel.

No detecto rastro de ese odio, sino... preocupación.

Está preocupado.

Por mí.

Trago saliva sin comprender qué me pasa, pero es como si toda la rabia que sentía hace un instante hacia él se hubiese transformado en algo distinto. Como si sentir su piel, su cercanía, su verdadera preocupación, oír el sonido acompasado de su corazón y percibir la calidez de su cuerpo, todo junto, hubiera colisionado contra mi razón, creando tal desbarajuste que ahora mismo no entiendo nada.

No sé qué me lleva a mirarle la boca de nuevo. Es como si descubrir que fue él quien me dio mi primer beso me obligara a comprobar que fue esa parte de su cuerpo la que, una vez, se posó en el mío; como si todavía no lo creyera e intentara cerciorarme de que en realidad pasó... de que Mateo fue el encargado de darme ese beso, el primero de mi vida. Y sé que es una locura e incluso un enorme error, sobre todo por lo que tengo encima, pero, de golpe, besar a Mateo se convierte en algo demasiado tentador como para obviarlo. Es como si sintiera una fuerza exterior que me empujara hacia él cada vez que estamos a solas; como si diese igual la lógica, la rabia, lo que hemos vivido, y solo pudiera pensar en cómo sería besarlo ahora.

Además, él siempre ha sido lo contrario de todo lo que he buscado en un chico, lo opuesto a todo lo que me ha atraído, porque invariablemente me he fijado en chicos más extrovertidos, más habladores y mucho menos gruñones que él. Pero es que Mateo me desafía, me reta con cada una de sus acciones, de sus palabras, de sus miradas. Mateo no me trata como a una chica endeble, me trata como a una rival, como a un igual. Pero es que, además, es como si disputáramos un campeonato por cualquier tontería, luchando para demostrarle al otro que somos el mejor. Y, por eso —o por otras cosas que intento no plantearme en este momento, porque equivaldría a recordar los últimos meses con Alexis—, me siento como el personaje secundario de mi propia película; como si nunca pudiera conseguir lo que quiero, como si fuera una mera espectadora de todos los logros de los demás y que, de pronto, inexplicablemente, se siente atraída por el seductor e irascible protagonista. Por alguien que no es para mí. Por el chico que me ha ignorado durante años sin explicación alguna, que me ha confesado que me odia, pero que aún sigue cogiéndome con fuerza para que no me caiga al suelo.

Para que no me haga daño.

Como si en realidad le importase.

Busco su boca sin darle más vueltas a este desquiciante deseo que me ha desbordado sin pretenderlo, notando cómo la piel me hormiguea, cómo mis labios se preparan para recibirlo, cómo mi respiración se altera al imaginarme haciéndolo realidad. Al imaginarme que él me quiere besar. Al imaginar que un personaje secundario puede ser digno de las atenciones del protagonista. Sin embargo, Mateo se separa mientras me aparta con ambas manos cuando estoy a punto de alcanzar mi objetivo. Me mira con dureza, con rabia, y siento que toda esta burbuja que he creado de un simple pensamiento se rompe en mis narices, devolviéndome a la realidad.

A una en la que Mateo me odia.

A una en la que tengo demasiados problemas como para andar añadiendo uno más a los pendientes que tengo por resolver.

A una que me confirma que siempre seré ese personaje secundario que nunca conseguirá nada de lo que se proponga y que seguirá dando tumbos porque no encuentra su lugar en el mundo.

—¿Qué cojones haces? —suelta cabreado y siento que, de pronto, me falta el aire porque no sé cómo explicárselo.

Es tan absurdo lo que pretendía que no entiendo en qué estaba pensando para creer que Mateo iba a responder de una manera distinta a como lo está haciendo ahora.

—Yo... —titubeo mientras me suelta y da un paso hacia atrás, volviendo a echarme esa mirada de odio absoluto.

—¿A qué estás jugando?

—No estoy jugando a nada —susurro sintiendo que mi voz ha sonado sin fuerza y que todo vuelve a dar vueltas a mi alrededor.

—Entonces, ¿qué ha sido esto? Has estado provocando a mi hermano hace un momento dentro de esta maldita piscina y ahora intentas hacerlo conmigo. ¿Es que quieres separarnos? ¿Por eso estás aquí?

—Pero ¡¿qué mierda estás diciendo?! Por supuesto que no. Jamás haría algo así. Y yo... ¡no estaba provocando a tu hermano, joder! Nacho y yo siempre hemos bromeado, somos amigos. Además... él jamás me ha visto de distinta manera.

—¿Y te crees que yo sí?

—No, por supuesto que no. Yo... Joder, Mateo, simplemente me apetecía besarte, ¿estás contento? Todavía no sé por qué y mucho menos comprendo por qué he intentado hacerlo, pero así ha sido y es absurdo no reconocerlo. Pero ya veo que soy la última persona a la que te gustaría tener delante.

—No lo dudes. La última.

—¡Lo sé, maldita sea! Aunque todavía no me has dicho qué te he hecho para estar tan cabreado conmigo —replico con rabia y entonces Mateo me mira conteniéndose.

—Sal de mi vista, Penny —masculla despacio, como si saborease cada sílaba, sin dejar de mirarme como si fuera un ser atroz venido a este mundo a joroparle la existencia.

—Pensaba que sería imposible, pero cada día que pasa te odio más —susurro sintiendo cómo me tiembla el cuerpo, y no sé si es por tenerlo enfrente, por saber que todavía deseo besarlo o por darme cuenta de que Mateo me aborrece con todo su ser.

—No sabía que ahora te dedicaras a besar a la gente que odias —me rebate arrogante mientras desliza una socarrona sonrisa en sus labios.

—¡Eres un maldito imbécil! —bramo dando un paso adelante, alzando el dedo con ira hacia él.

Mateo me coge la muñeca y da un paso hacia mí mirándome con seriedad. Mi respiración se acelera y, con cada movimiento de mi pecho, rozo su cuerpo. Todo me da vueltas de nuevo. La piel me quema, el bikini me sobra y solo puedo fijarme en sus ojos marrones, que me miran con dureza; en la calidez de su cuerpo, que provoca al mío; en cómo todo lo que he dicho se evapora a mi alrededor porque... ¡joder!, quiero besarlo, quiero que me bese, y es todo tan surrealista que ni siquiera sé qué lo ha desatado. Mateo desliza lentamente sus perniciosos ojos por mi rostro, como si me escaneara, provocando una oleada de excitación que tengo que calmar juntando las piernas. Se humedece los labios, lentamente, atrayendo toda mi atención a la punta sonrosada de su lengua, que se posa sobre sus sugerentes labios. Estos se abren y siento sobre mi piel su cálido aliento, que me marea.

—Vete —pronuncia despacio y noto que poco a poco deshace el agarre para liberarme.

Pero... ¿qué narices estoy haciendo? Pero ¿qué leches me pasa? Pero... ¡¿qué carajo ha sido esto?!

Niego con la cabeza procurando desprenderme de todo lo que ha pasado hace un instante, de todo el caos que se ha generado en mi cuerpo con tan solo sentirlo a él tan cerca. Le echo una última mirada, espero que cargada de rencor, y me doy media vuelta sin decir ni una palabra más.

Ahora mismo no comprendo qué ha ocurrido.

Ahora mismo me arrepiento de haberme acercado a él para besarlo.

Ahora mismo maldigo la condenada idea que tuve de volver a este camping.

Pero tengo que reconocer que es la primera vez que he sentido un deseo tan irracional por un chico. Un chico que me saca de mis casillas, un chico que me odia y al que yo odio.

No entiendo nada.

12

MATEO

Me he levantado antes de que amaneciera para intentar sacar adelante el trabajo que tengo retrasado. Llevo varios días desatendiendo el camping para poder acompañar a mi hermano a los especialistas que lo tratan, y se me han acumulado demasiadas cosas pendientes, demasiado papeleo, demasiados problemas y... Penny.

Cierro los ojos mientras cabeceo procurando calmarme, pero es pensar en ella o tenerla delante y sentir que me hierve la sangre. Los recuerdos se agolpan en mi mente e intento frenarlos de la única manera que me puedo permitir ahora: trabajando.

—Illo —oigo a Daniel y al girarme me lo encuentro caminando hacia mí—, te estaba buscando.

—Aquí me tienes —contesto y sigo caminando después de que él se haya puesto a mi altura—. Tengo que ir al bungaló cuatro para arreglarlo.

—Y me acaba de decir tu abuela que tenemos que preparar el seis y el doce también, además de las cuatro parcelas de la entrada. Todos vienen entre hoy y mañana.

—Joder, bien —suspiro, porque llevamos demasiadas semanas con el camping bajo mínimos.

—Y a finales de semana vienen por lo menos tres familias más —comenta y lo miro sin ocultar mi sorpresa—. Por lo tanto, tenemos que darnos prisa.

—Dile a Penny que salga de la recepción y que te eche una mano —le ordeno y suspiro con alivio.

Hostias, parece que empieza a venir gente, que la cosa comienza a funcionar. Pensaba... pensaba que este año sería incluso peor que el anterior y que me tocaría tomar decisiones que ni siquiera quería plantearme.

—Ahora no puede.

—¿Cómo que no puede?

—Está vigilando la piscina. Ayer el socorrista se despidió.

—Mierda —maldigo cerrando los ojos—. Pero ella...

—Penny es socorrista, Mateo —me interrumpe mientras me coge del hombro—. Y ahora mismo es el centro de toda la atención masculina. Esa chica es un espectáculo haga lo que haga.

—Joder, nos va a buscar la ruina —resoplo girándome para dirigirme hacia la piscina y ver qué cojones está haciendo. Creo que se ha propuesto volverme loco de remate.

—Mateo, confía en ella —me pide y lo miro de malas maneras—. Penny solo está ayudando hasta que encontremos a otro socorrista para cubrir ese puesto.

—Lo único que quiere esas chica es joderme la existencia, ¡maldita sea! —vocifero todavía más cabreado para después clavar la vista al frente.

Sé que Daniel me está mirando y seguro que estará

deseando decirme algo más, pero menos mal que se calla mientras me acompaña a la piscina. Nada más entrar en esa zona, la veo, algo que no es complicado porque está subida a una silla alta para tener unas perfectas vistas de lo que sucede dentro del agua. Lleva puestas unas gafas de sol que ocultan sus endiablados ojos azules. El cabello se lo ha anudado en un complicado moño. Utiliza una camiseta de socorrista que le queda un par de tallas grande, pero, aun así, se entrevé sin dificultad su sugerente cuerpo. Ahora mismo utiliza el silbato para llamar la atención de un niño que ha empezado a hacerle ahogadillas a otro. No duda en levantarse de la silla, bajar y caminar con soltura hasta ese crío, que la mira como si fuera la chica más bonita que ha visto en su vida. Me giro un instante para ver cómo, en efecto, hay más hombres esta mañana en la piscina de lo normal, pendientes de ella, de cada uno de sus movimientos, de cada una de sus traviesas sonrisas. Al darse la vuelta, después de reprender al niño, se queda quieta un segundo mirando en mi dirección. Siento que todo mi cuerpo se contrae y cierro los puños en un intento por controlarme, pero no consigo dejar de mirarla, aunque haya dado esa orden a mis ojos, por lo que veo que vuelve a su sitio sin hacer ni un gesto dirigido a mí.

Como si lo de anoche no hubiese existido.

Como si no me hubiese querido besar.

Como si no la hubiese frenado a unos pocos milímetros de pegar sus labios a los míos.

Como si no hubiese notado cómo temblaba cuando le cogí la mano.

Como si yo no hubiese estado a punto de echarlo todo a perder al fijarme de nuevo en sus sugerentes labios rosados...

Cierro los ojos un segundo y aprieto los dientes con rabia.

—¿Estás contento? —me dice Daniel y lo miro fatal antes de darme la vuelta para salir de aquí.

Porque no. No estoy contento. No me gusta que ella esté aquí; no me gusta que, mire donde mire, esté Penny; no me gusta que los demás me hablen de ella continuamente; no me gusta no poder sacarla de mi maldita mente. Porque sigo sin confiar en ella y en parte sé que me estoy preparando para que se largue de aquí como llegó: de un día para otro y sin avisar, como hizo hace cuatro condenados años.

Salgo de casa de mi madre después de pasar tres horas hablando con Nacho.

Hoy no tiene un buen día.

Hoy no quiere hacer nada más que estar en la cama.

Hoy parece que hemos vuelto a retroceder al punto de partida.

Sé que es parte del proceso. La psicóloga me explicó que tendría momentos así, que habría días que querría avanzar y otros, como ahora, que ni siquiera podría levantarse de la cama. Aun así, es duro, sobre todo al ver a mi madre tan preocupada tras verlo bien después de tanto tiempo.

—Menuda cara traes —suelta Daniel cuando entro en el bar, y me dejo caer en la silla que hay delante de él—. ¿Un mal día?

—Peor que mal —sentencio echando un vistazo al bar, que está repleto de gente, pero sin rastro de... Penny—. Y todavía no ha acabado...

—Necesitas descansar, Mateo —me recomienda mi

amigo con gesto preocupado—. Entiendo que tienes mucho que atender, pero, illo, delega en nosotros parte de ese curro o contrata a más empleados.

—Sabes que no puedo contratar a nadie más, Dani —le recuerdo y veo que asiente, porque mi amigo conoce la situación por la que estamos pasando—. ¿Has podido arreglar los bungalós que nos hemos dejado para esta tarde?

—Sí —me responde mirando a Rebeca, que me está trayendo la cena.

—Gracias —le digo a ella y veo que esta duda antes de hablar.

—¿Cómo está Nacho? —me pregunta con un hilo de voz.

—Hoy no tiene un buen día.

—Si necesitas que vaya a ayudaros en algo... dímelo —se ofrece y asiento para después ver que vuelve a dudar, solo un segundo, y luego se dirige hacia una mesa que requiere de su servicio.

—Esta tarde se ha largado Sabrina, pero antes me ha dado un recadito para ti —susurra Daniel y cierro los ojos porque me temo que no me va a gustar la conversación—. Me ha pedido que te dijera que nadie la deja plantada y que tú no vas a ser el primero. Por lo tanto, amigo..., me temo que te has quedado sin el ligue del mes —indica y me encojo de hombros—. ¿Qué pasó para que no fueras a verla? Te dejé yendo hacia su bungaló aquella noche.

—Y aquí está la pregunta que no quería que me hiciera.

—Trabajo —miento, y mi amigo alza una ceja, dejándome claro que no se lo cree.

Pero no voy a abrir la boca y decirle que fue por seguir a Penny hasta la playa, porque sé lo que me diría y paso de tener que aguantarlo.

—Esto está más lleno que otros días —señalo cambiando de tema y Daniel sonríe mirando a su alrededor.

—Sí... Tu abuela nos ha contado antes que esta tarde ha confirmado cinco reservas más para estos días —comenta mientras empiezo a cenar. Joder, tengo tanta hambre que ni siquiera levanto la cabeza del plato.

—Genial —digo con la boca llena—. ¿Y tú cómo estás?

—Aparte de que no me gusta ni una mijita que mi amigo me mienta, pues ahí voy —responde mientras da vueltas a su copa de agua de manera distraída y me mira un segundo para después encogerse de hombros—. Mi padre ha vendido la ferretería.

—Joder, ¿y eso? —le pregunto extrañado después de beber agua para bajar la comida.

—El puto dinero —resopla y asiento porque lo entiendo perfectamente—. El negocio no daba los beneficios de antes y ha tenido que cerrar.

—Mierda, maldita crisis. Y eso que decían que el turismo se iba a recuperar rápido —mascullo con rabia—. ¿Y qué va a hacer?

—Irse al paro y esperar a ver si tiene suerte de que alguien lo contrate. Pero con cincuenta y cinco años... y como está la cosa por aquí, veremos qué consigue.

—¿Y tu madre?

—Mi madre, la pobre, ha cogido un par de casas más para limpiar. Hostias, cómo me gustaría poder ayudarlos un poco más —se lamenta y asiento, porque no me cuesta nada ponerme en su piel.

Daniel es hijo único y vive con sus padres, pero más para ayudarlos que por necesidad, porque en más de una ocasión le he dicho que podía quedarse en un bungaló de los destinados al personal. Pero su padre es un hombre orgulloso al que le cuesta que lo ayuden económicamente y le toca vivir con ellos para darles parte del sueldo que gana aquí con la excusa de que así paga sus gastos en casa.

Gastos que no hace porque se pasa el día aquí.

—Si puedo ayudarte en algo, no dudes en decírmelo —comento.

—Lo sé. Gracias, amigo —responde con una pequeña sonrisa mientras asiente—. Espero que sea solo un pequeño bache y que puedan salir adelante.

—Seguro que sí —susurro intentando pensar en algo que pueda ayudar a mi amigo, pero... este negocio está en la cuerda floja y tampoco me puedo arriesgar a contratar ahora a nadie más. Necesito pasta para pagar las deudas y no entramparme todavía más—. Rebeca —la llamo cuando pasa cerca de nosotros—, tráeme un café.

—Claro.

—No comes, illo, engulles —se queja Dani y me encojo de hombros porque ni siquiera he dejado en el plato una patata frita.

Estaba hambriento.

—Y si hubiese tardado un poco más en venir, ni siquiera habría dejado que el plato reposara en la mesa —comento sintiéndome un poco mejor después de haberme saciado.

Rebeca me trae el café y vuelve a la barra a atender a los clientes, y en ese momento Penny sale de la cocina. No puedo evitar fijarme en qué hace mientras remuevo el café descafeinado, como tampoco puedo evitar fijarme en que lleva puestos unos pantalones minúsculos negros y una camiseta de tirantes rosa que se amolda a la perfección a su cuerpo. Se ha recogido el pelo en una alta coleta que se balancea con cada movimiento que hace y me percato de que su piel se ha bronceado desde que llegó. Sé que Daniel no me está hablando porque está mirando en la misma dirección que yo. Supongo que él estará pendiente de la camarera, quien no para de sonreír mientras habla con Penny. Se nota que se llevan bien, que han conectado, e incluso no me extrañaría que fueran amigas. Al poco, Rebeca le da un polo de lima limón y Penny se despide de ella con la mano para dirigirse a la salida. Sin embargo, antes de abandonar el bar, sus ojos me pillan mirándola.

No dice nada. No hace nada. Simplemente gira la cabeza y comienza a lamer ese polo de hielo mientras sale de aquí como si pretendiera pasar de mí como yo de ella.

—¿Sabes qué hacía Penny en la cocina? —le pregunto a Daniel, y su mirada denota que me esconde algo.

—Ha entrado a ayudar.

—¿A ayudar? Permíteme que lo dude —susurro cogiendo la taza y bebiéndome el café de golpe, sin importarme quemarme en el proceso.

—Mateo... no sé qué te pasó con Penny en el pasado porque no quieres contármelo, y anda que no lo he intentado, pero te aseguro que está trabajando duramente para ayudaros.

—Perdona que me ría —mascullo con desdén, notando que esas palabras han salido más por inercia que por pensarlo de verdad.

Porque he visto cómo ha quedado la cocina de ese bungaló que pintó. Sé que ahora está cubriendo el puesto de socorrista y también sé que, cuando mi abuela necesita irse, ella se queda a cargo de la recepción.

Sé que nos está ayudando; sin embargo, me cuesta reconocerlo incluso delante de mi mejor y único amigo.

—Mira, le prometí que no te lo contaría, pero creo que lo tienes que saber para que dejes de pensar tan mal de ella. Gracias a Penny estamos teniendo más clientela, illo.

—¡¿Cómo que gracias a Penny?! ¿Qué cojones ha hecho? —suelto sintiendo que la rabia sube por todo mi cuerpo.

—He estado acompañándola a los establecimientos de la competencia, para valorar nuestros puntos fuertes en comparación y saber qué podíamos destacar de tu negocio; ha creado perfiles del camping en las redes sociales y ha pagado, de su bolsillo, un par de anuncios tanto en Internet como en la radio y, por si esto fuera poco, te ha cubierto en casi todas tus tareas cuando tú no estás aquí. Donde ha hecho falta, ha estado ella... y sin ni siquiera pedírselo. Esa chica no para de trabajar, no para de ayudaros, y creo que necesitas saberlo para que dejes de ser tan idiota con ella. Opino que te estás pasando y ella no se lo merece, tío.

—¿Que me estoy pasando? ¡Maldita sea! —bramo mientras me levanto de la silla, llamando de golpe la atención de los comensales—. No tenéis ni idea de cómo es y de lo que es capaz de hacer para salirse con la suya. Esto... seguro que formará parte de algún endiablado plan de los suyos. La conozco, ¡joder! No es de fiar. No lo es, aunque se esté dejando el pellejo en este camping.

—Han pasado años, illo. Todos cambiamos, ¿por qué ella no?

—Porque es imposible que pase de un extremo a otro —sentencio alejándome de la mesa y luego salgo del bar.

Me dirijo, en un principio, hacia su bungaló, pero la luz encendida de la recepción me hace cambiar de planes y me encamino hacia allí para ver si la encuentro, ya que dudo que, a estas horas, esté mi abuela en su puesto. Entro como un loco y no la veo en el mostrador, así que me adentro hasta mi maldito despacho. La encuentro sentada tras el escritorio, terminándose de comer ese jodido polo mientras mira el ordenador con mucha atención. Carraspeo, llamando su atención. Penny levanta la vista y abre ligeramente los labios, ahora mismo enrojecidos por el helado. Camino hasta ella y se levanta torpemente de la silla, nerviosa, como si la hubiese pillado haciendo algo que no debiera.

—No te he pedido que me ayudes —gruño a escasos pasos de ella.

—¿Me vas a dar más datos o me toca adivinar qué es lo que he hecho mal para que estés tan enfadado? —replica muy chula y aprieto los puños, haciendo un esfuerzo por contenerme.

Hostias, pero es que me lo pone muy difícil.

—¡¡Has estado anunciando mi maldito camping por ahí sin mi consentimiento, joder!! ¡¡Has investigado a la competencia!! Y, por si con eso no hubiera suficiente, ¡¡has hecho mi puto trabajo!! —grito dando otro paso más hacia ella, haciendo que tenga que alzar la cara para mirarme a los ojos... y me llega el olor de lima y limón del polo que se ha comido.

—Qué mala persona soy, Mateo, ¡denúnciame! —suelta desafiante.

—No me tientes, que lo haré. Porque yo no te había pedido que hicieras nada, solo que estuvieses en la recepción ayudando a mi abuela, ¡hostias!

—Solo he querido echaros una mano, maldita sea.

Pero sigues siendo igual de orgulloso que cuando eras niño. No aceptas que nadie se meta en tus cosas, aunque eso signifique que se hundan. ¡Y se están hundiendo, jodeerr! ¿Es que no te das cuentas de que no puedes llegar a todo? —chilla gesticulando para señalar a nuestro alrededor—. ¿No te das cuenta de que tienes demasiadas obligaciones?, ¿demasiadas cosas que dependen de ti solo, Mateo? Tienes que confiar en la gente de una puñetera vez. Debes aprender a delegar, no puedes tener el control de todo. Debes aceptar que los demás también se preocupan y quieren que el camping vaya a mejor.

—De ti no me fiaré nunca.

—Pero ¿por qué? ¿Qué tengo que hacer para que te des cuenta de que intento ayudaros?

—No tienes que hacer nada, Penny, solo mantenerte al margen.

—Pero he atraído más gente al camping, se están moviendo de nuevo las reservas. ¿Es que no lo ves, Mateo? ¿Por qué te portas así conmigo?

—Porque me desquicias, ¡¡joder!! —susurro lentamente inclinándome hacia delante para ponerme a su altura y que me mire a los ojos—. Porque me pones de los nervios y quiero que pares —añado y noto cómo la respiración de Penny impacta contra mi cara, pudiendo oler de nuevo ese condenado aroma a lima y a limón—. Quiero que pares ya.

—No voy a parar —me rebate con un hilo de voz y su respiración se vuelve entrecortada, más rápida, casi jadeante—. No voy a parar, Mateo.

Nos miramos y estamos tan cerca que veo cada maldita línea gris que cruza sus ojos azules; tan cerca que ese aroma del polo me recuerda a cuando éramos más jóvenes y compartíamos esas calurosas tardes de verano; tan cerca que no puedo pensar. No puedo pensar con claridad.

Y...

Joder.

La beso con fuerza, descargando en esa acción lo que siento ahora mismo. La frustración, la rabia, la impotencia, el enfado, el cansancio, la culpa y los remordimientos. En un beso desesperado, violento, como si intentáramos rivalizar hasta en eso. Es tan pasional, desquiciante y ardiente que consigue que mi mente se nuble por completo. Sus labios me reciben con el mismo ímpetu. Su sabor me enloquece. Su olor me satura. Notar la suavidad de su piel, sentir su lengua, me vuelve jodidamente loco.

Nos separamos jadeantes sin entender qué ha pasado, como si quisiéramos asegurarnos de que, en efecto, ha ocurrido. Que nos hemos besado. Que la he besado.

Me mira a través de sus espesas pestañas, con esos ojos azules tan claros que solo me enfocan a mí. En mi boca todavía siento el sabor refrescante de lima y limón, mezclado con su sabor, con su olor, que impregna mis sentidos. Gruño antes de buscar de nuevo sus labios y oigo cómo Penny gime al mismo tiempo. El sabor del helado me aturde mientras ahondo más en este beso. Penny me coge de los hombros y me atrae hacia su cuerpo, sin dejar de movernos, hasta acabar chocando contra algo. No sé el qué, pero me da igual. Su lengua me tienta, sus dientes me provocan, sus labios se amoldan a cada uno de mis ataques, con garra, con rabia, con ansias.

Quiero más.

Necesito más.

Gruño deslizando mi mano en su clavícula, alzando

su cara para ahondar más en este beso descontrolado. Su gemido, su respiración, joder, todo me altera, todo me enloquece.

—Penny, ¿estás ahí?

Nos separamos jadeantes de inmediato, mirándonos confundidos, como si acabáramos de darnos cuenta de lo que ha pasado, y me fijo en que hemos acabado pegados a una pared; ella apoyada en esta mientras yo la aprisionaba con mi cuerpo.

Me mira... titubeante, temblorosa, para después notar sus manos posarse en mi pecho y apartarme ligeramente de ella. Sus labios están hinchados, más rojizos; sus mejillas, sonrosadas, y su respiración es un maldito caos, como también lo es la mía.

—Sí, ahora salgo, Rebeca —responde, para luego mirarme una última vez y salir trastabillando del despacho sin decir ni una sola palabra más.

Me estiro del cabello cuando la pierdo de vista y oigo que habla con la camarera mientras salen de la recepción. Soy incapaz de comprender qué cable se me ha torcido para acabar besando a la chica que he odiado durante tantos años.

Me dejo caer en la silla del despacho y observo la pantalla abierta del ordenador. Penny estaba navegando por una web de vacaciones por España y estaba escribiendo un maldito anuncio para atraer más clientes a este camping.

Me froto la cara con nerviosismo y después centro mi atención en la foto que hay sobre el escritorio y en Nacho.

—¿Qué cojones he hecho? —susurro cerrando los ojos y maldiciendo por dentro que se haya producido ese condenado beso.

La he cagado, pero a base de bien... ¡joder!

13

PENNY

Me miro en el espejo un segundo, intentando no prestar atención a las profundas ojeras y a mi gesto cansado, algo que es bastante difícil de obviar. Después cojo el móvil y salgo del bungaló. Si ya de por sí dormía mal, gracias al intenso momento que viví anoche con Mateo, creo que, si he descansado un par de horas, ya puedo darme por contenta. Porque llevo desde entonces dándole vueltas a ese hecho y haciendo un esfuerzo por entender qué pasó.

Estábamos discutiendo —un hecho que no es sorprendente en nosotros— y de repente sus labios colisionaron contra los míos con ferocidad. Y no solo una vez, no... Fue como si, la segunda vez que nos besamos, hubiésemos abierto alguna compuerta imposible luego de cerrar. Todo dejó de importar, todas mis preocupaciones se desvanecieron mientras sentía cómo me comía los labios con devoción; cómo mi piel ardía con cada uno de sus roces; cómo necesitaba más, cada vez más, hasta llegar a empacharme de él.

Uf, si solo de recordarlo se me eriza la piel y se me suben los calores.

No sé qué habría pasado si Rebeca no llega a presentarse en la recepción para pedirme que la ayudase de nuevo en la cocina. No sé si ese beso habría desencadenado algo realmente imposible de parar o bien habría acabado de la misma manera que se originó: de una manera totalmente irracional. Lo cierto es que he intentado, sin ningún éxito, no imaginarme los distintos escenarios durante esta larga, calurosa, excitante y tensa noche.

Uf...

Cojo aire para después soltarlo antes de abrir la puerta del bar. Doy los buenos días mirando a cada una de las personas que hay, hasta que mis ojos encuentran a Mateo y se quedan más de lo necesario observándolo.

Mateo, que ahora mismo me mira de nuevo con rabia.

Mateo, quien, sin hacer ni un solo movimiento, ha conseguido que se me endurezcan los pezones y sienta hormigueo en los labios.

Mateo, que vuelve a deslizar su mirada hacia el desayuno, como si lo sucedido anoche lo hubiese inventado mi cabeza y no hubiese pasado en realidad.

Procuro recomponer mi gesto porque no quiero que nadie sepa lo que sucedió, ya que... dudo que consiga explicarlo, pues ni yo misma lo entiendo, y me acerco a Pruden para sentarme a su mesa. Recuerdo que yo misma barajé la posibilidad de besarlo, que me lancé con todo el equipo para que fuera una realidad y que él me hizo la cobra nivel Dios sin dudarlo. Por eso no comprendo que al final acabásemos precisamente así. Ya me había hecho a la idea de que jamás pasaría nada entre nosotros y, es más, lo agradecía. No podía permitirme más frentes abiertos cuando no he cerrado los que todavía están esperando mi atención. Sin embargo, aquí estoy, haciendo un esfuerzo por aparentar que le presto atención a Pruden, pero echándole de vez en cuando alguna que otra mirada a Mateo, que sigue ajeno a mí. Y eso solo puede significar una cosa: se arrepiente.

Está claro que no me asombra que lo haga. Teniendo en cuenta nuestra trayectoria de amistad, eso sería lo más normal del mundo. Aquí lo que me está dejando boquiabierta y al borde de la taquicardia es que yo no me arrepiento; que, si por mí fuera, lo repetiría un par de veces más para volver a disfrutar de esa increíble sensación que, aunque me fastidie, debo admitir que jamás he sentido. Y sé que puede sonar a tópico irreal viniendo de una chica de veintidós años con cierta experiencia..., pero esta fuerza animal, este aquí te pillo y aquí te meriendo, esta pasión irrefrenable que impide que se piense con claridad y que reacciones en contra de tus convicciones, jamás la había vivido antes. ¡Jamás! Y... no sé qué pensar de mis anteriores relaciones, de mi experiencia y de mi maldita idea de intentar frenar algo que ni siquiera sabía que existía.

Porque, si llego a saber que esta pasión desbocada existía... creo que no me hubiese contentado con migajas.

Pero, y aquí viene la parte chunga, sé que me tendría que avergonzar, que tendría que arrepentirme y jurarme por activa y por pasiva que jamás de los jamases volvería a acercarme a Mateo.

Porque Mateo nunca me ha gustado de esa manera; es más, incluso he tenido momentos en que lo he odiado con todo mi ser. En cambio, ahora...

Ahora solo recuerdo cómo me besó; cómo sus labios

impactaron con ferocidad contra los míos; cómo una simple acción se convirtió en el más puro, excitante, ardiente y decadente deseo.

¡Mierda!

—Penny —oigo, y salgo de mis pensamientos para descubrir que Pruden me mira preocupada—, te está vibrando el móvil —comenta y abro los ojos para sacar el dichoso teléfono que ni siquiera he notado—. Te habías quedado mirando las musarañas, mi niña.

—Sí. He dormido mal esta noche —susurro mientras veo que el número que me llama no lo tengo guardado. Dudo un instante sobre si cogerlo o no, pero al final deslizo el dedo aceptando la llamada por si ha pasado algo—. ¿Quién es?

—Penny, no me cuelgues, soy Alexis —oigo y mi cuerpo decide levantarse de golpe de la mesa, arrastrando la silla de una manera sonora y dramática, para darme cuenta luego de que me están mirando todos. ¡Joder!—. ¿Penny?

—Espera —jadeo sintiendo que las mejillas me arden mientras salgo del bar—. Te dije...

—¡Lo sé! —me interrumpe y cierro los ojos procurando mantener el control de mis emociones, aunque ahora mismo estoy nerviosa, enfadada, dolida y avergonzada—. ¿Dónde estás? Tenemos que hablar. No puedes largarte y dejarme tirado, cariño.

—No... no me llames de ese modo. Te lo dije: no podía seguir así.

—No me dijiste nada, amor. Solo encontré una nota en la cocina. ¿Estás en Valencia?

—No —susurro sintiendo que me ahogo—. No puedo hablar ahora... No... no puedo seguir como estábamos.

—¡¿Cómo que no puedes seguir?! —me grita y siento que me encojo.

Me cuesta respirar.

La mirada se me nubla.

Y trastabillo hasta apoyarme en la pared del bar, para notar entonces que me resbalo por la superficie y acabo sentada en el suelo.

—Penny —vuelve a decir, pero esta vez con voz dulce, y me llevo una mano al pecho, pues me cuesta respirar—, preciosa —añade y cierro los ojos con fuerza, porque odio que me llame así—. Sabes que te necesito, ¿verdad? Entiendo que quieras... un tiempo a solas, unos días de vacaciones alejada de todo este estrés, pero tu sitio está a mi lado, ¿recuerdas? Formamos un gran equipo y lo sabes, cariño. Ven a casa, hablemos y arreglemos esto.

—Yo... no... No puedo —balbuceo y me separo el móvil de la oreja para finalizar la llamada sin decir nada más.

Me tiemblan las manos.

Joder, estoy temblando entera.

Intento serenarme, tranquilizarme, respirando profundamente, cerrando los ojos pensando en otras cosas, como, por ejemplo, en ayudar a Nacho. Sí, tengo que centrarme en eso. En ayudarlo a él y a su familia. Ahora mismo no puedo afrontar todo lo que ha pasado, todo lo que me ha traído hasta aquí, y es mucho más sencillo centrarse en los demás. Eso es.

«Sigue así, Penny... Tú puedes, maldita sea.»

Al abrir los ojos veo unas piernas fuertes delante de mí. Deslizo la mirada hacia arriba y veo sus pantalones cortos negros, su camiseta roja, por donde se entrevé su fibroso cuerpo, hasta acabar en el rostro de Mateo, que está quieto, serio, observándome.

Trago saliva empujando el cúmulo de emociones a lo más profundo de mi ser para que él no se dé cuenta de que, en este instante, estoy al borde de un precipicio que yo misma me he buscado.

Me tiende su mano, que acepto sin dudar. Me levanta del suelo y me estrecha contra su cuerpo en un fuerte abrazo que provoca que se me escape de los labios un ridículo sollozo. Su olor me tranquiliza y el sonido acompasado de su corazón me permite empezar a respirar mejor. Después percibo que me separa de su cuerpo y vuelve a mirarme con esa dureza a la que estoy más que acostumbrada.

Nos quedamos unos segundos así, mirándonos sin decir nada. Mi cara debe de ser un poema en este momento, y su mirada me dice todo lo que podría soltar por su diestra boca si fuera más cruel.

Niega con la cabeza con furia... y con algo más a lo que no sé poner nombre, o tal vez no me atrevo a hacerlo por miedo a que me moleste.

Y se larga sin decirme nada, dejándome quieta mirando su ancha espalda alejarse de mí.

¡Mierda!

—Vengo a traerte un polo para que te refresques —me dice Rebeca acercándose a la zona de la piscina donde estoy sentada vigilando.

—Anda, ¿me has leído el pensamiento? —suelto bajándome de la silla para hablar con ella, pero sin dejar de mirar el agua.

¡Menuda mañana más calurosa!

—Más o menos. —Se carcajea mientras me voy tomando el Flash de lima y limón, mi favorito de siempre—. Oye... —titubea y la miro de reojo; veo que abre la boca y la cierra, como si intentara decirme algo pero no se decidiera, hasta que finalmente se arranca—. ¿Estás bien?

—Ahora, con el polo, estoy de fábula. Lo necesitaba —contesto dándole otro bocado al polo. ¡Qué bueno está!

—¿Qué te ha pasado esta mañana? Mateo me ha contado que te ha visto mal... —comenta, y la miro un segundo sin ocultar mi extrañeza, pues ni en mil años hubiese imaginado que Mateo la informaría de cómo me ha visto. Enseguida vuelvo a fijarme en los bañistas—. Sé que nos conocemos de poco tiempo, pero quiero que sepas que, si me necesitas, estoy aquí.

—Gracias, Rebeca —digo con una sonrisa—. La verdad es que no me apetece hablar del tema, pero cuando tenga ganas de desahogarme, te buscaré para poner verdes a todos los hombres.

—¿Es por un chico?

—¿Cuándo no es por un chico? —susurro intentando sonar alegre, aunque no sé si lo he logrado. En todo caso, Rebeca asiente como si me entendiera perfectamente.

—Bueno, ya sabes dónde encontrarme si te apetece hablar. Ahora... —dice señalando la salida.

—Nos vemos luego, y gracias por el helado —me despido, y ella sonríe mientras sale de la zona de la piscina.

Qué maja es.

—Mi niña —me dice Pruden mientras me siento a la mesa a la hora de comer—, estás cogiendo ya colorcito

—susurra haciéndome sonreír—. Mañana empieza el nuevo socorrista y así podrás salir de ahí para ayudarnos en otros sitios.

—Genial.

—Y, dime, ¿cómo estás?

—Hambrienta.

—Me ha contado Mateo que te ha visto mal esta mañana. ¿Ha pasado algo? ¿A tus padres? ¿A tus hermanos? —suelta cada vez más nerviosa y abro mucho los ojos, sorprendida.

¡¿También se lo ha contado a su abuela?!

—¡No! —niego haciendo un amago de sonrisa para que no se note que me está poniendo nerviosa tanta pregunta—. No, Pruden. Me ha llamado... un ex.

—Oh... Temas del corazón, ya veo —comenta haciendo una mueca de resignación—. No sabía que tenías novio.

—Eh... Lo dejamos antes de que viniera aquí.

—Ah, entiendo. Seguro que ahora se arrepiente y por eso te está llamando, ¿verdad? Ay, estos hombres solo se dan cuenta de lo que tienen cuando lo pierden —dice negando con la cabeza, para seguidamente cogerme de la mano y fijar sus pequeños ojos grises en mí—. Pero ¿estás bien?

—Sí —miento con una sonrisa mientras aprieto con cariño su mano—. No te preocupes. Y cuando coma estaré incluso mejor.

—Así me gusta. Me había preocupado... Este nieto mío nunca habla por hablar y, claro, al decirme que te había visto mal, me he imaginado el peor de los escenarios... —Cierra un segundo los ojos—. Eres parte de la familia, lo sabes, ¿verdad?

—Claro que lo sé —musito notando cómo se me

hincha el pecho al oír esa afirmación. Porque siempre me he sentido como en casa cuando he estado aquí de vacaciones, incluso más que en la mía propia.

—Aquí viene nuestra Rebeca con el almuerzo. Come, que estás muy delgadita, niña —señala Pruden y sonrío mientras busco, con disimulo, a Mateo por el bar.

Pero no está.

En ese momento entra Daniel y se dirige hacia nuestra mesa, dándome la pista que necesitaba para saber que hoy tampoco comerá aquí.

Supongo que me quiere evitar después del beso que nos dimos...

14

—Estás muy callada —me dice Nacho y lo miro intentando sonreír.

—Te estoy escuchando, para variar —miento y mi amigo alza una ceja, dándome a entender que no me cree—. Hoy estás más animado, ¿verdad?

—Sí, mucho más. Ayer... no fue un buen día.

—Lo sé... Pero es normal. No tienes que agobiarte por tener un día malo, sino intentar ir a por todas al día siguiente.

—Ayer me llamó la psicóloga y estuvimos hablando durante una hora. Me vino bien charlar con ella y hoy tengo ganas de volver a practicar en la piscina. Vendrás con nosotros, ¿verdad?

—Claro. No me lo perdería por nada del mundo —susurro procurando sonar convincente, aunque ahora mismo no tengo ganas de nada y mucho menos de coincidir con Mateo, a quien no he visto en todo el día.

Esta tarde se me ha pasado tan lenta y pesada que al

terminar solo estaba deseando irme a mi bungaló a descansar, pero mi amigo me ha llamado y... aquí estoy.

—Mi hermano me ha dicho que te ha visto mal a la hora del desayuno —comenta y se me corta el aliento al descubrir que Mateo también se lo ha contado a él... y la rabia comienza a agolparse en mi garganta porque esto no es normal. Lleva todo el día persiguiéndome la maldita llamada de Alexis por su culpa—. ¿Ha ocurrido algo?

—No. —Me esfuerzo por sonreír, aunque lo que me gustaría hacer ahora mismo es decirle un par de cosas al entrometido de su mellizo.

—¿De verdad?

—Sí —afirmo tratando de sonar más convincente—. ¡Qué narices! —resoplo cansada de aguantar el cabreo que siento por su culpa y observo cómo Nacho alza las cejas, sorprendido por mi reacción—. Tu hermano me tiene harta —exploto—. Me ha visto esta mañana un poco de bajón, ¡es cierto, lo confiesooo, yo también tengo días tontooooos!, pero él... Ni siquiera ha hecho el amago de preguntarme, noooo, sino que ha preferido ir después a contárselo a todo el mundo, para que vosotros fuerais los que me preguntarais —concluyo gesticulando con las manos, perpleja por todo este asunto—. ¡¡¡Aaajjj!!! Es que no lo soporto, Nacho. No puedo con él.

—Ya sabes cómo es, le cuesta... abrirse con los demás.

—¡Y una mierda! Le cuesta abrirse conmigo, Nacho. No sé qué narices le pasa conmigo, ¡te lo juro! A veces creo que, cuando entró en la adolescencia, se le congeló el corazón de golpe. —Resoplo cabreada—. Pero, mira, esto no se va a quedar así. ¡Ya me he cansado! —añado levantándome de repente del sofá.

—Pero ¿adónde vas ahora?

—A decirle un par de cosas en la cara al cafre de tu mellizo —suelto toda digna mientras comienzo a caminar hacia la puerta.

—Penny —me llama, pero mi cuerpo ya ha tomado la delantera y he salido del bungaló hecha una furia.

Pero... ¿es que Mateo se ha propuesto amargarme todavía más? Llevo un día horrible por culpa de la maldita llamada de Alexis, haciendo un esfuerzo por olvidar todo lo que provocó que me fuera de Madrid, y el tío no ha descansado hasta asegurarse de que todos me preguntaran sobre ese momento que solo él ha presenciado.

Bajo el sendero sintiendo que la rabia crece con cada paso que doy. Pero es que solo le ha faltado a Daniel preguntarme si estoy bien, ¡joder! Y creo que no lo ha hecho porque durante la comida ha vuelto a salir el temita.

¡¡Aaajjj!!

Paso por delante del almacén y me llama la atención que la puerta esté abierta, por eso no dudo en asomarme por si él está ahí.

Y... ¡bingo!

Nada más entrar lo veo de espaldas, dejando la caja de herramientas en una de las baldas de la estantería.

Y me da igual que ahora me resulte más atractivo que antes, que mi piel se erice tan pronto como lo tengo delante y que recuerde con todo lujo de detalles lo que pasó ayer entre los dos.

¡Estoy muy cabreada con él!

—Pero ¿de qué vas? —le espeto sin más y observo cómo Mateo se vuelve para mirarme con esa seriedad a la que estoy ya más que acostumbrada. Pero hoy no me afecta; es más, me crece, joder, como un maldito gigante—. ¿Has empapelado el camping entero para que todos sepan que me has visto jodida esta mañana o prefieres decírselo uno a uno a los clientes?

—No sé de qué estás hablando —suelta impasible.

—No te hagas el tonto conmigo, Mateo —farfullo con mala leche dando un paso hacia él. Mateo se echa el pelo hacia arriba y... ¡joder! Los músculos de sus brazos se contraen y la camiseta se le levanta ligeramente, por lo que puedo ver parte de su fibroso abdomen—. ¿Por qué les has contado a todos que me has visto así?

—Porque he pensado que necesitarías a alguien para hablar. Te he visto mal, ¡joder! —suelta cabreado.

Cabreado, ¡¡él!!

—¿Y por qué no me has preguntado tú?

—Porque sabía que no me lo contarías. Porque tú y yo... —murmura rabioso dando un paso hacia mí.

—Porque tú y yo, ¿qué? —replico muy chula, dando otro paso hacia él, pero es que este tema me está jorobando.

—Porque no somos amigos —gruñe con exasperación.

—Entonces, solo te preocupas por la gente con la que tienes amistad. Hombre, ¡de lujo!

—No he querido decir eso, ¡hostias! —grita gesticulando con rabia—. Sabía que *tú* no me lo contarías a *mí* —dice recalcando mucho los pronombres.

—O tal vez no has querido jugártela y tener que aguantar mis lloriqueos —indico con altanería mientras levanto la cara y él la analiza centímetro a centímetro—. Aunque, pensándolo mejor, quizá se deba más a lo que pasó ayer —suelto, y veo que aprieta los dientes; sin embargo, eso no me detiene—. A cómo acabamos besándonos como unos locos —susurro, y siento que mis pezones se endurecen con tan solo decírselo.

—Penny —me advierte para que no siga por ese camino, pero me da igual.

—Por esa misma razón llevas todo el día esquivándome. Dime, Mateo, ahora ¿me tienes miedo?

—¡No! —masculla dando otro paso hacia mí, como si quisiera asegurarse de que así no voy a tener dudas de que está siendo sincero conmigo—. No soporto tenerte delante.

—¿Por qué? —digo en un jadeo sin perderme detalle de su expresión seria, de cómo desliza sus fríos ojos por mi rostro hasta alcanzar mis labios, donde se detienen un segundo más de lo necesario, provocando que el enfado se transforme en algo distinto.

—Ya te lo dije. Me desquicias, jodeeeer.

Siento sus labios impactar con ferocidad contra los míos. Gimo al sentirlo, al notar su calidez, al notar su urgencia, como si necesitara besarme como el respirar. Lo oigo gruñir cuando lo cojo de los hombros para arrimarlo más a mí, a mi cuerpo, que en este momento tiembla de deseo. Mateo me besa de una manera animal, desesperada, como si ansiara embeberse de mí, como si no pudiera frenar sus impulsos y... me encanta. Noto de repente algo en mi espalda, como si hubiésemos chocado con lo que creo que es una estantería, pero tanto me da. Ahora mismo lo único que deseo es que Mateo siga besándome, que siga devorándome sin contemplaciones. Su lengua... joder, su lengua me tienta, me provoca, e intento responderle de la misma manera. Sus dientes aprisionan de vez en cuando mis labios, algo que consigue que gima contra su boca. Me succiona, me seduce, me vuelve loca.

Su mano baja por mi espalda, lentamente, para acabar cogiéndome del culo; entonces me levanta y me quedo a su altura mientras rodeo su cintura con mis piernas, bien pegada a él.

Mateo despega un poco sus labios de los míos, quedándose a un suspiro de estos. Me mira con la respiración pesada, acelerada, como también está la mía, para después deslizar de una manera lasciva su lengua por todo mi cuello mientras lo oigo jadear de placer.

—Mateo —gimo apoyando mis antebrazos en sus hombros y hundiendo mis dedos en su suave pelo.

Jadea contra mi cuello y lo empieza a besar, a mordisquear, para luego volver a besarme en la boca con la misma ferocidad. Gimo contra sus labios cuando siento el bulto de su entrepierna estimular mi clítoris a través de la ropa.

Me enloquece.

Me besa con gula.

No puedo parar de gemir y de atraerlo más hacia mí.

Me come. Me devora. Me excita. Me vuelvo totalmente chiflada.

Y solo quiero más.

Más.

¡¡MÁS!!

El sonido de un teléfono se interpone entre nosotros. Mateo se separa de mis labios hinchados, me mira a los ojos y comienza a soltar mi culo, que tenía bien cogido para que no me cayera. Cuando me deposita en el suelo, sin apartar la mirada de mí, coge su móvil.

—¿Qué? —suelta con voz ronca y tengo que apretar las piernas al intuir que ese tono tan grave es por mí—. Ya voy. Sí —dice cerrando un segundo los ojos para después mirarme de nuevo de esa manera arisca, consiguiendo que empiece a mermar mi libido, que tenía por las nubes—. Sí, estábamos hablando. Ahora vamos.

Cuelga, se guarda el teléfono en el bolsillo de los pantalones y comienza a echarse el cabello hacia atrás con nerviosismo.

—¿Era Nacho?

—Sí —masculla con rabia—. Tenemos que irnos —informa mientras se lleva la mano a la entrepierna, donde puedo intuir sin dificultar su excitación.

Vaya, vaya...

—Yo... —titubeo, porque la verdad es que tampoco sé qué decir después de acabar, otra vez, besándonos como unos desquiciados.

Pero Mateo parece que no está por la labor de hablar conmigo, porque se da media vuelta y se dirige hacia el fondo del almacén.

—Ve con mi hermano —oigo y dudo un instante si seguirlo o no.

Pero sé que es absurdo, cuando se cierra en banda es imposible razonar con él. Además... tampoco sé qué decirle. Por eso me doy la vuelta y camino lentamente hacia el bungaló de Nacho.

—¿Y Mateo? —me pregunta su mellizo nada más entrar en el salón.

—Guardando unas cosas en el almacén.

—¿Habéis hablado?

—Sí —susurro procurando sonar convincente para que se lo crea y que deje correr el tema—. Pero ya sabes que no se nos da bien llegar a un entendimiento.

—Ya...

Mateo llega enseguida y ni siquiera me mira o me habla, algo que ya me está resultando exasperante porque hace tan solo unos minutos nos estábamos besando como si el mundo estuviese a punto de acabarse.

Intento centrarme en Nacho y que no sospeche que entre su hermano y yo ha pasado algo que todavía sigo sin comprender cómo se origina, y vamos a la piscina los tres juntos. Me meto primero en el agua para ver cómo Mateo ayuda a Nacho a quedarse en el borde, para que así él se vaya dejando caer al agua con ayuda de sus brazos. Mateo rápidamente se mete dentro y entre los dos conseguimos que Nacho entre sin dificultad.

—¿Qué tienes ahí, Penny? —me pregunta este señalándome un lado del torso.

—¿Dónde?

—Ahí —señala de nuevo, y al mirarme veo que la tira del bikini se ha movido, revelando el dibujo que llevo en la piel desde hace unos años.

—Un tatuaje —susurro recolocándome bien la tira para que no lo vean.

—¿Y qué es?

—Si te lo dijera, te tendría que borrar la memoria, chato. Anda, no te despistes, que te tienes que poner cachas —lo animo, y veo que Mateo me mira con curiosidad.

—Sabes que hasta que no lo vea no pararé, ¿verdad, Penny? —replica Nacho, y lo miro de malas maneras.

—Se me había olvidado que mi amigo es un cotilla —suelto melodramática, porque tengo clarísimo que, si no se lo enseño, no me va a dejar en paz—. Es algo que me recuerda a los veranos que pasé aquí —comento restándole importancia. Aunque para mí este dibujo y su significado sean como mi vía de escape y mi chute de valentía—. Mira —añado mientras me pongo de puntillas y me deslizo la tira del bikini para que vean (ya que

154

Mateo está pegado a su hermano) el pequeño tatuaje minimalista de una ola de mar y encima tres pájaros con distintas formas. Todo sin relleno, solo el contorno de cada uno de ellos y el perfil de la ola, nada más.

—Es... muy bonito —lo halaga Nacho para después mirarme fijamente—. ¿Cuándo te lo hiciste?

—Cuando me fui a vivir a Madrid con dieciocho años. Quise no olvidarme jamás de cómo me sentía cuando venía y... —Miro de reojo a Mateo, que ahora mismo no despega sus ojos de mí y de mi tatuaje—... me lo hice —resumo encogiéndome de hombros mientras vuelvo a taparlo con la tira del bikini—. Y, ahora, basta de tanta cháchara, que creo que lo único que quieres es despistarnos para no hacer los ejercicios —bromeo con el fin de restarle importancia a todo para centrarme en él.

Le cojo las piernas a mi amigo mientras su hermano lo coge de los brazos para que no se hunda. Intento centrarme en los movimientos, ¡lo juro!, pero siento encima de mí las miradas de los mellizos. Sin embargo, una me llama más la atención que la otra. Una que me analiza con demasiada curiosidad mezclada con algo muy intenso que me hace moverme inquieta dentro del agua.

Pasamos un buen rato sin hablar de otra cosa que no sean los ejercicios que tiene que hacer Nacho, hasta que Mateo propone que lo cojamos como el otro día para que intente caminar. Me pongo a su lado centrándome en sonreír a mi amigo y animarlo, pero es bastante complicado cuando siento sobre mi piel los nudillos de su hermano.

¡Joder!

¿Me acaba de rozar intencionadamente con un dedo o ya me estoy volviendo del todo tarumba? Lo miro de reojo y no veo nada extraño en él; es más, está pendiente de los movimientos de Nacho y no de lo que provoca cuando su piel roza la mía.

—Creo que por hoy está bien —dice Mateo al poco y Nacho asiente conforme. Yo... creo que estoy a punto de saltar de alegría, de aullar como una loca y de pegarme tres largos en la piscina para poder desprenderme de esta tensión sexual acumulada.

¡Y eso que estoy dentro del agua!

—¿Te vas a poner cachas para salir tú solito o me tocará tocarte otra vez el culo? —le susurro a mi amigo cuando su hermano sale.

—Me gusta que me toques el culo —suelta y dibujo una pequeña sonrisa mientras niego con la cabeza.

—Descarado.

Lo subimos como la última vez, salgo después y me pongo directamente la camiseta, pues se me ha olvidado la toalla. Esta vez no me quedo aquí, simplemente me voy con ellos. Mateo cierra la verja y me despido de ambos en el sendero, para dirigirme a mi bungaló, y ellos, al de Nacho.

Entro para darme una ducha rápida y, cuando me he secado, me pongo mi camiseta vieja y me desenredo el cabello. En ese momento oigo unos golpecitos en la puerta que me suenan como si acabaran de aterrizar extraterrestres, pero es que no espero a nadie. Me acerco por si no son invenciones mías y alguien ha llamado de verdad.

Al abrir me encuentro con la última persona que pensaba que tocaría a mi puerta.

Algo que, con el transcurso de los años, se me da cada vez peor, de pena.

—Podrías haberte ahorrado tatuarte el pájaro que me representa —pronuncia con seriedad.

—Pero no quise —confieso—. Me gusta el dibujo tal y como lo creaste.

Nos quedamos un segundo callados, él mirándome y yo haciendo lo mismo. Sé que en este momento está asimilando lo que le he dicho y entiendo que le extrañe que lleve tatuado un dibujo que él hizo, que no dudé en hacérmelo tal y como estaba. Los últimos años no habíamos sido amigos, nos habíamos ignorado e incluso habíamos discutido por cualquier cosa, pero eso no quita que no guarde en mi memoria los años en que sí lo fuimos.

—¿Qué te ha pasado esta mañana? —indaga con un hilo de voz, y sé que le ha costado formularme esta pregunta que me ha perseguido durante toda la jornada.

—Me ha llamado mi ex.

—¿Y qué te ha dicho para que acabaras en ese estado?

—Quiere que vuelva a Madrid —contesto encogiéndome de hombros—. Pero no estoy así por lo que me ha dicho, sino porque me he dado cuenta de que no puedo escapar de lo que hice, de todas mis equivocaciones, de él. Yo... —Trago saliva para procurar serenarme—. Sé que tengo que afrontar mis problemas y que me estoy comportando como una cobarde, pero es tenerlo delante y... —Niego con la cabeza mientras cierro los ojos—. Es como si se me cerrara la boca, como si no consiguiera explicar lo que siento, como si supiera que él no me querrá entender.

—¿Te fuiste de Madrid sin avisarlo?

—Le dejé una nota. —Me encojo de hombros, consciente de que soy la peor persona del mundo... pero necesitaba irme y sabía que, si lo tenía enfrente, no podría dar ese paso.

—¿Lo quieres?

—No —sentencio sin dudar—. Ya no lo quiero... Yo —titubeo, pero suspiro esperando que a lo mejor él me pueda entender—. Nunca me he enamorado de la misma manera que lo hace Nacho. Siempre me ha parecido fascinante cómo el amor lo afecta a él, con qué intensidad lo vive, como si fuera algo imparable e infinito. Yo, aunque he sentido cariño por mis parejas, nunca he experimentado ese amor tan... visceral, tan de dentro, tan irracional. He sentido cariño, atracción e incluso fascinación, pero ese tipo de amor tan inmenso, no. Nunca.

—Mi hermano ha hecho demasiadas tonterías por amor. No creo que sea el mejor de los ejemplos.

—Y yo he hecho demasiadas tonterías porque creía que así la relación avanzaría, que yo me enamoraría y él me querría más. Al fin y al cabo, no creo que sea por culpa del amor, sino de las personas que eligen ese camino. Siempre he escogido el camino práctico y te aseguro que es incluso más complejo. —Me encojo de hombros—. ¿Te has enamorado de verdad alguna vez, Mateo? ¿Has amado a alguien de esa manera tan brutal y desenfrenada?

—No —contesta con rotundidad.

—¿Y no sientes como si estuvieras viviendo a medias?

—No —vuelve a soltarlo usando el mismo tono, como si estuviera cabreado de que le esté formulando estas preguntas.

—Yo sí que lo pienso... Te diré más: hace bien poco he descubierto que ni siquiera sabía qué era el verdadero deseo... Fue cuando nos besamos —susurro y veo que Mateo aprieta los dientes y los puños—. A ver, que ha sonado un poco mal y no quiero que imagines cosas que no son. No soy una frígida y mucho menos una mojigata. He tenido mis cosillas, ¡ya sabes!, como todo el mundo. He llegado al orgasmo y me he excitado, pero no de esta manera tan... animal, tan contundente e irracional. Es como si todo girara en torno al placer, a ese momento, a los dos, y lo demás dejara de importar.

—Penny —farfulla como si me estuviese advirtiendo de algo, pero cuando empiezo a hablar ya no hay quien me pare.

—Es posible que no hayas venido a hablar de este tema conmigo, pero... Existe algo aquí —digo señalándolo a él, que se encuentra ahora mismo rígido como una estatua, y después a mí, que parece que he comido lengua para cenar—. No tengo ni idea de lo que es y mucho menos sé si desaparecerá si... algún día tú y yo... Ya sabes —susurro haciendo un movimiento con la mano para que entienda a lo que me refiero.

—Penny —vuelve a llamarme, supongo que para que me calle. Pero mi lengua va más rápida que mi mente; ha puesto la quinta marcha y va cuesta abajo y sin frenos.

—El caso es que me encantaría experimentarlo. —Abre la boca dispuesto a hablar, pero no se lo permito—. Ya sé que me vas a decir que eres el rompecorazones de La Redondela, que tienes una cola de chicas esperando atender, que tus ligues te duran un par de horas como mucho y que me odias tanto que no sabes ni cómo he podido pensar en tal posibilidad. Pero... nos hemos besado un par de veces. Y creo que tú también sientes esta ilógica atracción, porque, si no, esto no funcionaría y... —Vuelve a abrir los labios para hablar—. Sin compromiso, que ya sé lo que me vas a soltar. «Nada de amor, Penny, que eso es caca y no soy de los que se enamoran.» Ya me avisó tu abuela de que las chicas te duran poco. Además, yo no quiero meterme en una relación ahora. Acabo de pasarlo mal por una que iba muy en serio. Joder, francamente mal, ¿para qué te voy a engañar? Y... ¡No sé! Me gustaría experimentar lo que podría llegar a ser esto y... Madre mía, ¡qué patética sueno, por favor! Pero es que nunca he tenido que hablar con un chico de este tema y no sé qué decir o hacer y... ¡Ay, *mareee*! Me estás mirando de una manera que me temo lo peor. He hablado demasiado, ¿verdad? La he cagado todavía más y, si antes me odiabas, ahora mismo me vas a expulsar hasta los confines del universo, ¿no? Si es que me pierde la boca y ahora mismo estoy muy nerviosa, porque estás aquí, yo no llevo ropa interior y solo puedo pensar en que me beses y que me toques para volver a sentir que todo desaparece a mi alrededor.

Mateo desliza sus ojos de nuevo por mi cuerpo, como si quisiera asegurarse de que digo la verdad, y me muerdo el labio inferior intentando contenerme y aparentar seguridad en mí misma y todas esas chorradas que hay que reflejar para que te vean sexy. Aunque en este momento creo que he metido la pata pero a base de bien, pero lo dicho dicho está y ahora toca apechugar.

Da un paso hacia mí y siento que el corazón me sale disparado del pecho. Observo cómo levanta una mano y desliza lentamente su dedo índice por mi pezón duro, provocando que gima.

—Joder —masculla, y me coge de la nuca para besarme con urgencia.

Jadeo contra su boca mientras hundo mis manos en su pelo, estrechándome más contra él. Adoro cómo me besa, me vuelve loca cómo me hace sentir, cómo incendia mi piel, cómo me provoca con su lengua, con sus dientes, con sus diestros labios.

—¡No! —suelta separándose un poco de mí, dejándome con la respiración acelerada, sintiendo cómo mi corazón bombea sangre a toda pastilla—. No, Penny, yo... Dime la verdad —me pide y asiento mientras busco sus labios y me responde con las mismas ansias que antes... gruñendo contra mi boca, con la respiración cada vez más desbocada, notando sus manos deslizarse por todo mi cuerpo.

Esta sensación es brutal y puedo hacerme adicta de buena gana.

—¿Y Nacho? —plantea a escasos centímetros de mi boca, y frunzo el ceño porque me he perdido.

¿Qué tendrá que ver ahora mi amigo en todo esto? Solo quiero que me siga besando.

—Pues supongo que durmiendo —susurro sintiendo la voz cargada de deseo—. ¿O me has mentido y le pasa algo? Si es que no aprendo, empiezo a hablar y a hablar... y a lo mejor es que estás aquí porque mi amigo me necesita. ¡Qué mala persona soy, joder!

—Penny —dice mientras hunde su mano en el interior de mi cabello, posándola sobre mi nuca y... cierro de golpe la bocaza que tengo para centrarme en sus increíbles ojos—, ¿tú y mi hermano...? —murmura y asiento para que prosiga, pero veo que duda y, entre que me está cogiendo, se ha acercado a mí y mi cuerpo se ha puesto en funcionamiento solo, tengo que hacer un esfuerzo enorme para centrarme en sus palabras.

Porque quiero que me vuelva a besar ya y deje de hablar.

—Ajá —lo animo.

—¿... habéis sido algo más que amigos?

Parpadeo un par de veces intentando asimilar lo que acabo de oír. Observo su gesto serio, cómo analiza todas mis expresiones, como si fuera de vital importancia saberlo y... no puedo evitar soltar una risotada histérica, porque me podría haber imaginado mil preguntas distintas y jamás hubiese acertado.

—Penny. —Está cabreado, pero no puedo parar de reír—. Maldita sea, Penny, ¿por qué te ríes?

—Porque Nacho jamás se ha fijado en mí de esa manera y yo, quitando que me pillé un poco por el causante de mi primer beso, que, al final, resultaste tú, tampoco —confieso encogiéndome de hombros.

Mateo expulsa el aire por sus labios con alivio, para después deslizar de nuevo sus pecaminosos ojos por mi cuerpo. Da un paso hacia mí y me alza la barbilla para besarme de esa manera que he averiguado que me encanta.

Como si yo fuera su oxígeno para respirar.

Como si no pudiera contenerse y necesitara más.

Como si sintiese este deseo desquiciante que siento yo.

Mis manos se mueven solas y se han colado debajo de su camiseta. Lo oigo gruñir mientras deslizo mis uñas cortas por su espalda, por su torso, como si quisiera memorizar cada poro de su piel. No contentas con lo que han descubierto, un mar de músculos prietos y piel cálida, se cuelan bajo el elástico de sus pantalones y sus calzoncillos para encontrar su duro culo.

—Penny —gime contra mi boca mirándome a escasos centímetros.

—¿No te gusta?

—Me gusta demasiado, joder —gruñe mientras me coge en volandas para acabar aterrizando en la cama.

Se separa un poco de mí, para mirar desde su altura cómo estoy tumbada, con la camiseta ligeramente subida mostrando mis muslos desnudos. Mateo se retira un par de veces el cabello con ambas manos, sin dejar de contemplarme, como si quisiera asegurarse de que soy yo y no otra persona. Me mira de una forma tan lasciva que tengo que apretar de nuevo las piernas para calmar la excitación. Se quita la camiseta rápidamente, de un solo movimiento, cogiéndola por detrás, y me quedo embobada admirando su cuerpo. Lo oigo suspirar mientras me lo como literalmente con los ojos, pero esto... esto es digno de mirar y, si no tuviera vergüenza de parecer una chiflada, hasta de fotografiar. Luego se quita los pantalones y se queda en calzoncillos.

¡Bru-tal!

Hago el amago de sacarme también la camiseta, pero Mateo da un paso hacia mí mientras niega con la cabeza.

—No, quiero quitártela yo —susurra con la voz tan ronca que provoca que se me seque la garganta de golpe.

Me remuevo inquieta mientras veo cómo vuelve a pasarse las manos por el pelo sin dejar de contemplarme.

Como tarde un poco más, capaz soy de cogerlo por los hombros y traerlo hasta la cama.

16

MATEO

Me tiro con fuerza del pelo sin poder dejar de mirarla. Todavía no me creo que hayamos acabado así: ella tumbada en la cama, tapada solo con una camiseta bajo la que se entrevé su seductor cuerpo, y yo... intentando memorizar cada gesto que hace, cómo sus pezones se endurecen cada vez más, cómo aprieta las piernas, cómo me mira expectante, excitada... por mí. Suelto el aire dando un paso hacia ella, sintiendo que las yemas de mis dedos desean tocar su piel sin remordimientos. Porque ella y mi hermano nunca han tenido nada, ¡joder!

Pongo una rodilla sobre el colchón y contemplo cómo Penny se abre delante de mí. Aún resuena en mi mente lo que me ha confesado y que me ha estado matando de la excitación hasta ahora.

Jamás ha sentido un deseo como el que hay entre los dos... y...

Me hincho como un puto loco al saber que he sido yo quien se lo ha provocado.

Deslizo una de mis manos por su pierna y me maravillo con su suave piel, pero, sobre todo, por cómo reacciona mi cuerpo con esta inocente caricia.

—Mateo —jadea con los ojos entreabiertos dirigidos a mí.

Tengo que armarme de autocontrol para no acabar follándola como un maldito desquiciado adolescente, pero sé que, si lo hiciera, ella no disfrutaría tanto. Y quiero que lo haga. Quiero oír cómo grita mi nombre. ¡Mi maldito nombre!

Por eso, sin dejar de mirarla, me pongo entre sus piernas. Penny, ¡joder!, esta chica me vuelve loco haga lo que haga y ahora mismo se muerde el labio al imaginarse lo que sigue. Con ambas manos, voy subiéndole la camiseta por sus cálidos y turgentes muslos, como si destapara un condenado regalo, un manjar que probaré hasta saciarme de él. Le quito la prenda recorriendo con mis manos todo su contorno, percibiendo que su respiración se acelera, cómo emite pequeños gemidos que me vuelan la cabeza. Y cuando la miro, hostias, tengo que volver a echar mano de mi puto autocontrol, porque es una jodida preciosidad.

La beso para intentar calmarme, pero ella comienza a tocarme y... todo empieza a dar vueltas a mi alrededor. Me encanta sentir sus dedos deslizarse por mi piel. Me vuelve jodidamente majareta notar cómo hunde ligeramente sus uñas en mis músculos y siento que voy a explotar si no consigo ser yo quien lleve el ritmo de todo esto.

Le sonrío cuando me separo de su boca, para besarla por el cuello, por el pecho. Joder... Estas tetas me vuelven loco y me recreo un poco más de la cuenta en ellas, arrancándole gemidos, mientras manosea mi cabello y dice mi nombre. Me acerco a su tatuaje, ese que me ha sorprendido que decore su piel, para admirarlo de cerca, para verlo con detalle. Cada trazo que yo mismo dibujé ahora está sobre ella, y lo lamo sintiendo cómo Penny se retuerce de placer. Después enfilo el camino hacia su estómago, que recorro a besos hasta alcanzar la cara interna de sus muslos.

—Me vas a matar —jadea con los ojos llenos de lujuria.

Sonrío al tiempo que me inclino hacia su pubis y noto cómo la sábana se tensa porque Penny la está cogiendo con fuerza, como si se estuviera preparando para lo que le voy a hacer.

No tardo en degustarla, en arrancarle gemidos que me hinchan como un maldito desquiciado. Le cojo del culo para tener mejor acceso a su clítoris, que provoco sin descanso, porque quiero y necesito que se corra contra mi lengua.

—Mateo —jadea de nuevo y una corriente de placer recorre mi espina dorsal al oír cómo me llama, con un tono de voz cargado de placer, de anticipación, y no tengo dudas de que está cerca de su liberación.

Y sigo, sin importarme nada más que ella, dándole lo que necesita, y siento que estoy tan duro que soy capaz de correrme en cuanto la vea llegar al clímax.

—Joder, sí. ¡Sí!

Y tiembla bajo mis manos, bajo mi lengua... Después del último gemido, la miro y compruebo que sus ojos ya están fijos en mí.

—Uf... —suelta y no puedo evitar sonreír—. Dime que tienes un preservativo.

—En ese cajón es donde los guardaba mi hermano —le señalo y observo que se gira y...

—¡Au! —chilla girándose para enfrentarme—. ¿Me has mordido el culo?

—Sí, y prepárate, porque no será la última vez —susurro, y Penny sonríe, sonríe cada vez más mientras me tiende el envoltorio del condón.

—¿Y yo puedo morderte también?

—Puedes hacer lo que te dé la gana —susurro y siento su boca impactar con ferocidad en mis labios.

Las manos de Penny comienzan a bajar mis calzoncillos; noto que aprieta mi culo, y se desliza hacia mi polla y... Se separa para mirarme a los ojos al tiempo que comienza a movérmela.

—Penny —susurro, y veo que sonríe de esa manera tan provocativa que tiene, asomando la puntita de la lengua por sus dientes blancos.

—Dime —dice juguetona.

Gruño mientras la vuelvo a recostar en la cama mientras ella se carcajea, me pongo el condón sin dejar de mirarla y se abre ante mí, dándome la bienvenida.

Joder...

Todavía no me lo creo.

Pero ya es demasiado tarde para pensar. Lo único que quiere mi maldito cuerpo es sentirla de todas las maneras posibles.

Jadeamos a la vez cuando nos unimos. No puedo evitar mirarla cada vez que me muevo, cada vez que siento lo que me provoca con cada uno de sus roces, de sus besos, de sus gemidos. Gruño cuando vuelve a decir mi nombre, de una manera suave, cargada de erotismo, y no solo una vez, sino varias seguidas... y me digo que no seré capaz de aguantar más. Por eso acelero mis movimientos sin dejar de contemplarla, como si quisiera asegurarme de que es ella, de que es Penny. Y me mira con la boca entreabierta, jadeante, tan preciosa, tan única, tan ella, que me corro como un maldito adolescente en su primera relación sexual.

Siento los dedos de Penny acariciar mi espalda cuando dejo de temblar, al fin satisfecho. Penny me besa la mejilla, y es demasiado agradable estar así, encima de ella, con nuestros cuerpos unidos, mientras me toca con lentitud.

Salgo a regañadientes de su interior para quitarme el condón, porque estaba demasiado bien ahí, y me tumbo a su lado agotado. Penny sigue acariciándome sin decir una palabra. Noto su aliento cálido impactar contra mi cara, veo su preciosa mirada fija en mí, solo en mí, y... se me cierran los ojos sin poder evitarlo.

Me despierto sintiendo un cuerpo a mi lado. Un sugerente y desnudo cuerpo que me abraza por detrás, haciéndome cosquillas con su respiración en la espalda. Al abrir los ojos, veo su mano cogerme con posesión el abdomen gracias a la tenue claridad que se cuela por la ventana. En este momento gime de gusto para después sentir contra mi espalda cómo frota su nariz contra mi piel.

¿Es de día?

Intento moverme despacio para no despertarla y poder irme a mi bungaló. Consigo apartar su mano y despegarme de su cuerpo sin que se despierte. Me levanto de la cama y me quedo como un imbécil contemplándola. Pero es que... está desnuda, con el cabello enredado sobre la almohada, su rostro relajado y con ese increíble culo de perfil que... Me cuesta mirar hacia otro lado, como también alejarme de ella.

Me froto la cara procurando despejarme para vestirme y salir de aquí antes de que se despierte, pero tenerla así delante de mis narices provoca que me cueste reaccionar.

Niego con la cabeza mientras me pongo los pantalones y acomodo mi erección, pues queda claro que no tuve bastante con lo de anoche, y me pongo la camiseta rápidamente, para recoger los calzoncillos y las zapatillas, ponerme solo los calcetines y mirar la hora.

¡Mierda! ¿Son las siete de la mañana?

La miro como si acabara de descubrir algo crucial y demencial, como si la realidad se hubiese materializado frente a mis jodidos ojos para recordarme que he acabado acostándome con Penny y que, por si fuera poco, me he quedado a dormir con ella toda la noche sin despertarme ni una maldita vez.

¡Ni una sola!

Niego con la cabeza al tiempo que abro la puerta con cuidado y salgo como un gallina de esta cabaña, esperando que nadie vea que cruzo el sendero casi a la carrera. Cuando ya estoy dentro de mi bungaló dejo escapar el aire y me dirijo a la ducha, intentando no darle mayor importancia a lo que ha sucedido. Es cierto que llevo más de medio año sin pegar ojo, que me despierto mil veces y que las noches se han convertido en una pesadilla para mí. Sin embargo, esta noche... he podido dormir del tirón y he descansado como creí que ya no lo volvería hacer.

Supongo que me habrá pillado más cansado de lo normal. Llevo tanto estrés encima últimamente que no es extraño que mi cuerpo haya decidido elegir precisamente este momento para relajarse.

Salgo de mi casa como todos los días, centrándome

en la ajetreada jornada que tengo por delante, pero mis ojos, sin orden explícita de mi cerebro, han decidido centrarse en el bungaló donde he dejado a Penny durmiendo. Me froto el cuello, haciendo un esfuerzo por focalizarme en mi maldita rutina y dejar de lado lo que sucedió anoche y no darle tanta importancia al hecho de que he dormido como un lirón a su lado.

Sin embargo, eso no me preocupa tanto como saber que tener a Penny entre mis brazos ha sido incluso mejor de lo que imaginaba.

Mucho mejor.

Una puta fantasía.

Entro en el bar cabreado, como si la sensación de relax al despertarme se hubiese evaporado en el camino al ser plenamente consciente de lo mucho que me ha gustado, y respiro con alivio al ver que todavía no ha llegado. Saludo a Rebeca y a mi abuela, que están hablando cada una a un lado de la barra, y enfilo hacia la mesa de Daniel para sentarme con él.

—Tienes buena cara —me comenta mi amigo analizando mi rostro como todas las mañanas, sin rastro de esa ironía característica en él. Supongo que me lo ha dicho en serio esta vez—. ¿Has podido dormir mejor?

—Sí —mascullo sin entrar en detalles y veo que Rebeca ya me trae el desayuno. Es lo bueno de venir siempre aquí, que ella ya sabe lo que tomo todos los días a esta hora.

—Joder, pues me alegro de que hayas podido descansar por fin. A lo mejor lo que necesitabas era ver que el camping empezaba a funcionar.

—Seguramente —farfullo dándole vueltas a la cucharilla de mi café con leche.

Y como si mi cuerpo supiera que está cerca, como si

mi piel me avisara, levanto la cabeza para verla entrar. Penny lleva puestos unos pantalones cortos verdes y una camiseta blanca que resalta todavía más el bronceado que está cogiendo. El cabello lo lleva todavía mojado y va sin rastro de maquillaje, algo que es típico en ella, y la verdad es que nunca le ha hecho falta. En este momento sus ojos me buscan y mi pecho se hincha como un puto egoísta desquiciado. No le quito la vista de encima mientras se acerca a la mesa donde se ha instalado mi abuela y me doy cuenta de que me hormiguean los dedos y de que no puedo despegar la vista de ella.

—Ey —me llama Daniel y al girarme hacia él lo veo estudiarme analíticamente—, ¿qué tal anoche con ella?

—¿A qué te refieres? —masculo, y creo que ha sonado como un maldito gruñido, como si temiese que él tuviera alguna sospecha de lo que sucedió entre los dos.

Cuando fui a hablar con Penny anoche para que me explicara por qué se había tatuado mi dibujo, ese que le regalé aquella tarde de agosto, todo dejó de importar cuando me confesó que quería que la besara, que la tocara...

—¿No fue anoche a la piscina a ayudarte con los ejercicios de tu hermano?

—Sí.

—Pues eso —resopla—. Joder, creo que el dormir mucho te afecta, illo. Vas lento de reflejos.

—Necesito mi café —digo alzando la taza y dándole un trago.

La busco con la mirada cuando oigo su sonora carcajada mientras bromea con mi abuela y Rebeca, ajena ahora mismo a cómo me siento, a lo que pienso después de lo que ha sucedido entre nosotros. Sigo sin entenderlo, esa es la verdad. Es como si, al tenerla cerca, todo mi cuerpo

se colapsara, como si no hubiese nada más a mi alrededor, solo ella. Solo Penny.

Cierro los ojos un segundo para después mirar de
nuevo a mi amigo, que me espera con una ceja alzada.
Creo que me ha pillado mirándola y seguro que este
desliz lo voy a pagar bien caro.

Menudo es cuando quiere tocarme los cojones y me
temo que toda la paz que he sentido al despertarme se
va a esfumar cuando estemos él y yo a solas.

17

MATEO

—¿Qué ha pasado con la amiguita que tanto odiabas? —oigo a mi espalda y me giro mientras me quito el sudor de la frente.

—Has tardado en venir a preguntar.

—Tenía curro y estaba esperando a que no hubiese espectadores —responde mientras señala el bungaló quince, en el que estoy arreglando el váter—. ¿O prefieres que te lo pregunte a la hora de comer cuando ella pueda oírme?

—No ha pasado nada —sentencio volviendo a centrarme en la cisterna, que pierde agua.

—Sigues mintiendo de pena y, además, he visto cómo la mirabas antes, illo —replica con tranquilidad y me encojo de hombros, dedicándome a mi trabajo—. ¿Te gusta?

—No.

—Mateo, soy tu amigo. Joder, ¡te conozco al dedillo, cabronazo! Esta mañana te la comías con los ojos.

—Te habrás confundido, porque es imposible que la mire de esa manera.

—Te estás engañando a ti mismo. Pero ¡allá tú! Eso sí, recuerda que Penny se irá a finales de verano a Madrid, que es la mejor amiga de tu hermano y, que, además, no sabes si volverá. No es uno de tus ligues veraniegos, Mateo. Esta chica conoce a toda tu familia —añade como si fuera el maldito Nostradamus para después girarse y marcharse, dejando esas verdades flotando en el aire.

Cierro los ojos un segundo, haciendo un esfuerzo por controlarme, para después soltar el aire por los labios y seguir con mi puto trabajo.

—Ya estoy aquí —anuncio entrando en casa de mi madre y veo que sale a recibirme con una sonrisa dirigida a mí.

—Justo a tiempo, cariño —comenta mientras me da un beso en la mejilla—. Ya tenéis la comida en la mesa y yo me voy al bar, que me está esperando vuestra abuela. Hasta luego.

Veo que sale casi corriendo del bungaló y me dirijo a la mesa del comedor, donde Nacho ya me está esperando.

—Me tratáis como a un puto niño —se queja mi hermano mientras me siento. Mi madre nos ha preparado nuestro plato favorito de siempre: espaguetis con atún y queso—. Puedo quedarme solo para variar, ¿eh?

—Lo sabemos —contesto tras darle un buen trago a mi vaso de agua—, pero nos gusta fastidiarte. Además, me apetecía venir a comer contigo y así mamá puede salir sin remordimientos por dejarte aquí solo.

—¿Esta noche vamos a la piscina? —me pregunta cuando ya le he hincado el diente a la comida.

—Claro —digo con la boca llena de espaguetis. ¡Están de muerte y, con hambre, todavía más!—. ¿Estás haciendo pesas? —pregunto al verlas en el salón, cerca de los sofás.

—Sí. ¡Quiero ponerme fuerte para que dejéis de tratarme como a un jodido inválido.

—Esta noche, si quieres, te tiro en bomba a la piscina —suelto. Nacho hace un amago de sonrisa—. Y si tanto quieres que no te tratemos como tal, podrías decirle a Penny que no es preciso que venga esta noche —susurro como si nada para después coger el vaso de agua y darle un nuevo trago.

Espero que no note que pasó algo entre nosotros y que, ¡joder!, no sé cómo cojones comportarme con ella si volvemos a estar en la piscina.

—¿Por qué?

—Porque no nos hace falta. Además, puedes sujetarte del bordillo mientras te ayudo con los ejercicios y así ella puede descansar o hacer lo que le dé la gana.

—Pero es nuestra amiga.

—Es tu amiga —matizo, y entonces Nacho se queda con el tenedor en el aire mientras me mira—. Por eso se ha quedado. Si hubiese sido por mí, se habría largado nada más entrar en este camping.

—Joder —resopla dejando el tenedor sobre el plato de malas maneras y frotándose la cara, nervioso—. No me acordaba.

—¿De qué estás hablando?

—Yo... —Duda un segundo para después mirar el plato de pasta casi intacto y dirigir la vista de nuevo a mí—. Quería habértelo contado antes, te lo prometo,

177

pero no sabía cómo ibas a reaccionar y... además... Bueno, ella dejó de venir y lo vi innecesario —suelta de carrerilla para después resoplar sonoramente—. Solo espero que me perdones por lo que hice...

—¿Qué hiciste?

—Yo... ¡Es que ni siquiera sé lo que te dije! —exclama todavía más nervioso y dejo el tenedor sobre el plato, pues ahora mismo se me ha cerrado el estómago de golpe—. Quería que dejarais de ser amigos y me inventé una patraña sobre ella —dice rápidamente sin mirarme, para a continuación, lentamente, levantar los ojos hacia mí esperando mi reacción.

Pero en este momento me siento frío, como si me hubiesen echado encima un cubo de agua helada. Porque no comprendo nada. No entiendo lo que me quiere decir mi hermano o, simplemente, no quiero aceptar que sea real.

—A ver, Nacho —susurro frotándome la cara para después quedarme con las manos posadas en la frente—, ¿me estás diciendo que me mentiste para que dejara de ser amigo de Penny?

—Sí —musita haciendo una mueca de culpabilidad.

—¿Por qué?

—Porque desde que nacimos lo habíamos compartido todo, ¡todo!, y quería a Penny para mí. Solo para mí.

—¿Estás... enamorado de ella? —susurro sintiendo que la bilis me sube a la garganta.

—¿Qué? No... ¡no! —niega con rotundidad—. No es eso. ¿Ves como siempre he sido un puto egoísta de mierda? La quiero como a una amiga, siempre la he querido de esa manera, Mateo. Yo... —Resopla para después encogerse de hombros—. Me di cuenta de que la mirabas de distinta manera ese año, y que ella te buscaba para hablar de tus dibujos o sobre cualquier libro que le recomendaras que se leyera. Teníais una conexión que yo no conseguía tener con ella y me asusté, temí que... os juntarais, que acabarais enamorados y me dejarais solo. Por eso lo hice...

—Nacho, me dijiste que Penny se burlaba de mí a mis espaldas, que detestaba que le enseñara mis dibujos, que le aburría soberanamente que le hablara de mis libros. Me aseguraste que aguantaba que estuviera con vosotros porque era tu hermano, porque le daba pena. ¡Joder! Me contaste que no me decía a la puta cara que no quería que os acompañara porque le daba lástima, y que no soportaba cada cosa que decía o hacía. Que le caía mal, fatal. Que pensaba de mí que era un chulo, un flipado de la vida y un friki solitario que creía que era mejor que los demás —suelto con rabia recordando cada una de las cosas que él me explicó que había dicho Penny—. Me he pasado todos estos años odiándola porque tú no querías que fuera su amigo... porque ¡¿la querías solo para ti?!

—Mierda —resopla incómodo y nervioso—. Soy un jodido cretino. Ni siquiera me acordaba de lo que te había dicho para conseguir alejarte de ella. Si te sirve de algo... lo siento mucho, muchísimo.

—¿Que lo sientes? —gruño apretando los puños con fuerza y mirándolo con furia—. Maldita sea, Nacho, jamás pensé que serías capaz de hacerme algo así. ¡Ella también era mi amiga!

—Lo sé, lo sé —murmura mirando su regazo, sus débiles piernas, y me obligo a calmarme al recordar su estado... al recordar lo mal que lo ha pasado durante estos meses—. Lo siento, Mateo. Pero Penny ha vuelto y me gustaría que volviéramos a ser todos amigos, como antes. Como al principio. Sin juegos ni celos por mi parte.

Lo miro sin abrir la boca. Cojo el agua para darle otro trago para intentar bajar la bola enorme que ahora siento en la garganta.

Joder, he odiado a Penny durante todos estos años sin motivos, todo por el caprichoso de mi hermano, que ha sabido hacerlo de puta madre engañándome tan bien que, con cada cosa que me contaba que ella decía, la odiaba un poco más.

De pronto mi móvil empieza a vibrar y me lo saco del bolsillo de malas maneras porque estoy muy cabreado con mi mellizo. Sin embargo, al desbloquear la pantalla y ver quién me ha enviado un mensaje, ese enfado se transforma en otra cosa distinta que consigue que mi pulso se acelere.

Es Elena...

Trago saliva rogando que Nacho no se dé cuenta y deslizo hacia abajo la notificación, sin llegar a entrar en el mensaje, para saber qué cojones quiere.

Soy capaz de ir al camping. No me
pongas a prueba. Llámame. ¡YA!

Bloqueo el teléfono y lo pongo bocabajo en la mesa. Al levantar la mirada, Nacho ya tiene los ojos fijos en mí.

—¿Me podrás perdonar?

—Claro —mascullo con dificultad sintiendo cómo la rabia todavía dirige mi cuerpo.

—¡Eres el mejor hermano de la historia! Entonces, decidido, esta noche también se viene Penny a la piscina. Y, por favor, deja de tratarla tan fríamente. Al principio no comprendía tu actitud, hasta que he caído en la cuenta de que era por mi culpa. Ella... es genial. Siempre lo ha sido.

Asiento para centrarme en mi plato de espaguetis. Se me ha cerrado por completo el estómago y solo puedo pensar en que tengo que hablar con Elena... de nuevo.

18

PENNY

—Me tienes que ayudar —suelta Rebeca nada más entrar en la parcela que estoy barriendo para después pasar un manguerazo y dejarla lista para el siguiente cliente.

—¿Otra vez en la cocina? —susurro estirando el cuerpo y quitándome el sudor de la frente, porque... telita el calor que está haciendo ya.

—No, aún no —contesta mirando a nuestro alrededor como si quisiera asegurarse de que no hay nadie cerca que nos pueda oír—. Me tienes que ayudar a convencer a mi madre. Es que... a mí no me gusta este trabajo, Penny. Llevo currando estos meses aquí porque, cuando acabé el bachillerato, no sabía qué hacer y mi madre me colocó en el bar para que no anduviera por ahí callejeando. Pero ahora... ahora sí que sé lo que quiero hacer. Me ha costado un poco, ¡es cierto!, pero quiero hacer un ciclo superior de finanzas. Siempre se me han dado bien los números, y aquí he estado haciendo la caja del bar todas las noches desde que entré a trabajar en el camping y... Quiero dedicarme a eso. Quiero trabajar en una oficina, de lunes a viernes, y poder vivir. Poder viajar y ver mundo y no estar esclavizada en un lugar de veraneo donde son otros los que se divierten y a mí me toca pringar —comenta cada vez más alterada.

—Te entiendo —digo con una sonrisa y veo que suspira aliviada, como si necesitara mi comprensión—. Y tu madre, ¿por qué no quiere que lo hagas?

—Porque dice que me cansaré y que volveré con el rabo entre las piernas. Pero necesito intentarlo, Penny. Quiero matricularme para este próximo curso que empieza. Sé que llego tarde, pero es posible que consiga plaza a última hora en algún instituto de la zona. Necesito que me ayudes a convencerla; no quiero marcharme sin más, no quiero hacerlo a sus espaldas y tener que cabrearme con ella para hacer lo que me apetezca.

—Te comprendo —susurro; aunque Rebeca tenga diecinueve años, se nota que no quiere estar mal con su madre por querer materializar su deseo—. Pero creo que, en vez de ser yo quien la convenza, va a ser mejor que lo haga Pruden. Son amigas y sé que tu madre valora mucho su opinión. Hablaré con ella cuando termine de limpiar las parcelas y espero persuadirla de que intente hacerla entrar en razón.

—¡Ojalá! Muchas gracias. Te debo una —dice con una sonrisa resplandeciente.

—Ya hablaremos de eso si conseguimos convencerlas... a las dos —indico. Rebeca alza la mirada al cielo.

Me temo que su madre es de ideas fijas, pero espero que entienda que su hija ya es mayor y tiene derecho a equivocarse las veces que haga falta.

¡Que me lo digan a mí!

—Ey —oigo a Daniel cuando por poco nos chocamos, yo al salir del bar y él al entrar—, pero ¿adónde vas con tantas prisas?

—A la piscina. Tu amigo ya le ha dado el recado a Rebeca para que me recuerde ser puntual —resoplo y veo que sonríe.

—Te veo más animada.

—Sí, he tenido un buen día. Agotador, es cierto, pero bueno, al fin y al cabo.

—El camping se va llenando.

—¿Verdad? No veas lo que me alegro por ellos.

—Sin embargo, aunque se llene estos meses, no sé si podrán pagar todas las deudas que tienen.

—¡¿Qué me dices?! —exclamo frunciendo el ceño—. Pero ¿tan mal están, Daniel?

—Sí. —Suspira mirando a nuestro alrededor para después acercarse a mí—. Mateo pidió varios créditos para adaptar el bungaló de Nacho de modo que pudiera tener un poco de independencia con la silla. Además... tuvo que pagar el entierro, pues no tenían seguro de decesos... —Se encoge de hombros y asiento al imaginarme que todo eso sumaría una gran cantidad de dinero, más los intereses que siempre cobran los bancos por dichos préstamos—. Está hasta arriba de pagos.

—¿Estás pensando en algo o me lo has soltado para que sea yo la que planee mi siguiente jugada?

—Lo segundo. He visto que se te dan bien estas cosas.

—Qué va. Esto es gracias a mi hermano, que es un hacha, el tío. Negocio que coge, negocio que triunfa. En todo caso... —digo dando un paso—, dame esta noche para darle vueltas, a ver si me ocurre algo para conseguir más ingresos. Pero, de esto, ni mu, que nos conocemos, chato, y luego te faltan piernas para ir a soltárselo al simpático de tu amigo —le advierto poniendo el dedo índice en mis labios y veo que Daniel asiente sin poder frenar una sonrisa—. Nos vemos, que, si llego tarde, capaz es Mateo de cerrarme la piscina para que no entre.

—Dudo que se atreva. Los tienes bien puestos, Penny, y él lo sabe.

Me río mientras muevo la mano a modo de despedida y salgo corriendo hacia la piscina. Entre que no paro de trabajar, me meto en historias que no debería y, por las noches, tengo sesión acuática, no sé cómo no acabo durmiéndome por los rincones. Pero, bueno, estoy contenta porque he podido hablar con Pruden y está conforme con ser ella la encargada de hacer ver —según ella es la mejor forma— a la madre de Rebeca lo increíble que será si su hija se pone a estudiar. «Tiene que creer que ha sido idea suya», me ha dicho. No tengo ni una mísera duda de que lo logrará. Esta mujer tiene el don de la persuasión.

Abro la verja de la piscina sintiendo los chipirones que me he comido en la garganta gracias al carrerón; sin embargo, todo deja de importarme cuando Mateo me mira y...

Todo lo que pasó anoche se reproduce al milímetro en mi mente. Escena a escena. Sensación a sensación. Uf...

Desde esta mañana en el desayuno que no lo he vuelto a ver. No sé si me está esquivando o tenemos tanto trabajo que nos ha sido imposible coincidir. En todo caso, me da igual la respuesta, porque ahora mismo me está mirando de esa manera que tanto me gusta, con tanta intensidad que provoca que mi piel se erice y mi respiración se acelere incluso más.

Todavía intento digerir el hecho de que anoche acabáramos acostándonos. Aunque más bien intento asimilar las sensaciones de sentir su cuerpo con el mío, de cómo se evaporaron todos mis problemas y solo estábamos él y yo, nadie más. Fue tan increíble que incluso esta mañana, cuando me he despertado sola en la cama, he dudado de si se había producido de verdad. Pero es que, además, he sentido una intimidad con él durante y después que con muy pocos he conseguido. Es como si terminar en la cama fuera lo normal en nosotros; como si no hubiese otra opción que acabar desnudos en busca del placer; como si estuviera escrito en algún lado que ese era nuestro destino... como también el hecho de que su presencia detenga mi mente y que me haya permitido descansar después de tantas semanas durmiendo mal.

—Penny, he convencido a mi hermano para que mañana nos lo tomemos libre y podamos quedar otra noche todos aquí —comenta Nacho mientras me acerco a la piscina; ellos ya están dentro—. ¿Tú crees que podrá venir Rebeca?

—Uf, pues no lo sé —susurro exagerando mi preocupación—. Ahora va muy liada y no sé si querrá venir aquí a tomarse unas cervecitas. —Al mirar a Nacho lo veo serio y... no puedo evitar echarme a reír, porque no sirvo para aguantar mucho más la farsa—. Seguro que le apetecerá. Mañana hablo con ella —digo mientras me quito la ropa y me acerco a la piscina.

—Genial.

—Me ha contado un pajarito que estás haciendo pesas por las mañanas —comento mientras me acerco a nado hasta donde están y veo que Nacho mira a Mateo y este niega con la cabeza, dándole a entender que él no ha sido.

—Te lo ha contado mi madre —resopla con frustración.

—Sí, pero no te sientas mal porque lo sepamos. Eso es lo que tienes que hacer, ponerte cachas de nuevo, y así dejaré de tocarte el culo para ayudarte a salir de la piscina.

—Dejaros de tanta cháchara y vamos a empezar —gruñe Mateo y clava en mí su mirada de una manera que... ¡a punto estoy de hacer hervir el agua de esta piscina!

¿Cómo he pasado de odiarlo a desearlo con tantas ganas? Y sé que pensé que con un meneo se me pasaría la tontería, pero, no: quiero más.

Mucho más.

Y lo peor es que no sé si Mateo está dispuesto a repetir, porque... se ha largado esta mañana cuando yo dormía y ni siquiera nos ha dado tiempo a hablarlo. Pero no sería extraño que no quisiera, que solo fuera un encuentro de una vez y que me quede con las ganas.

¡Qué rabia! Ahora que he catado lo que es tener un rollete de verano, me va a tocar contentarme con solo una noche.

—¿Puedes dejar las llaves en la tumbona y luego cierro? Me apetece nadar un rato —le pido a Mateo cuando ya están preparados para irse al bungaló después de los ejercicios.

—Siempre te ha gustado nadar de noche —recuerda Nacho con una toalla envolviéndolo y una sonrisa dirigida a mí.

—Es la mejor hora.

Mateo ni me responde, simplemente deja la llave

donde lo hizo el otro día y empuja la silla de su mellizo para salir de la zona de la piscina.

Levanto la cabeza al cielo estrellado; solo se oye el movimiento que hago dentro del agua, nada más. Suspiro de placer mientras comienzo a nadar lentamente, disfrutando de la paz y la quietud de esta noche, notando cómo se relaja mi agotado cuerpo.

—¿Aún sigues aquí? —oigo, y mis pezones se endurecen al saber que Mateo está cerca.

—Eso parece —le digo viendo cómo se acerca hasta la piscina.

—No sé qué hago aquí, me iba a dormir y... —titubea un segundo mirando la verja cerrada, para después mirarme a mí.

—Entra en el agua conmigo.

—No es buena idea. Además... nos pueden ver.

—Solo vamos a nadar, Mateo. —Me río.

—¿Solo? —Y se me corta la sonrisa de golpe, sustituyéndola por un gemido.

¿Cómo es posible que una única palabra consiga este efecto en mí? ¡Ni siquiera era una palabra subida de tono!

—Si no te fías, cierra la verja con el candado y diviértete un poco. Creo que también te lo mereces después de tanto trabajar.

Mateo duda un segundo, pero al final cierra la verja echando el candado, esta vez por dentro, y se acerca vacilante a la piscina. Me mira, para después negar con la cabeza, quitarse la camiseta y zambullirse tirándose de cabeza con una maestría digna de aplauso.

—Ya estoy en al agua —dice nadando lentamente hacia mí y se me corta el aliento al ver cómo me mira—. ¿Ahora qué se supone que tengo que hacer para divertirme?

—Eh... —susurro notando la garganta seca de repente y observando sus labios mojados, que relucen atrayendo toda mi atención.

Sin embargo, no me da tiempo a decirle nada, porque siento cómo me coge en volandas para tirarme lejos de él, hundiéndome en el agua. Al emerger lo busco y veo que sonríe de esa manera pecaminosa que se ha convertido en mi favorita en el acto. Nado hasta él sin dejar de sonreír porque, cuando éramos amigos, estas ahogadillas eran lo más normal entre nosotros. Al llegar a su lado me cuelgo de su espalda e intento, sin éxito porque el tío es grande y cachas, sumergirlo.

Mateo, con una facilidad pasmosa, me coge de nuevo en brazos y me vuelve a tirar. Cuando saco de nuevo la cabeza del agua, su sonrisa se amplía más, seguramente producida por mi cara de enfado. Vuelvo a la carga, a cabezota no me gana nadie, e intento desestabilizarlo utilizado mis piernas para quitarle su punto de apoyo. Forcejeamos entre risas, sin dejar de mirarnos, hasta que consigo hundirlo.

—Oléééé —grito como una chiflada y siento sus manos cogerme de las caderas para hundirme con él.

Trago agua. Joder, media piscina me he llevado fijo, y al salir a la superficie toso como si no hubiese un mañana. Después vuelvo a la carga porque me gusta luchar hasta el último aliento, pero Mateo me coge las manos, una a cada lado; sin embargo, eso no me detiene e intento volver a quitarle el punto de apoyo con mis piernas.

Lucho.

Sonríe.

Le saco la lengua.

Se ríe a carcajadas y ahí... ahí me uno a él sin poder evitarlo.

Nos miramos cuando se detiene la risa. Me acerco más y dudo un segundo por si me hace otra vez la cobra, pero me digo que no pierdo nada por intentarlo y tengo tantas ganas que lo beso.

Un beso húmedo, intenso, pero pequeño, para tantearlo, para comprobar si quiere repetirlo o no.

Al separarme, detecto que su mirada ha cambiado y noto que su respiración impacta con fuerza contra mi piel. Siento su mano rodearme la cintura para aproximarme a él. Gimo ya contra su boca, pues me aborda sin esperar más, provocando que me coja de sus hombros para pegarlo más a mí y hundir mis manos en su pelo.

Viviría en esta piscina con él.

Besándonos.

Tocándonos.

Como si nada más importase.

Como si no existiese nada más que nosotros dos.

La temperatura sube entre él y yo.

Las caricias son cada vez más atrevidas, los besos, más húmedos, y creo que nos hemos olvidado de que estamos en una piscina pública.

Mateo desliza el sujetador de mi bikini dejando mis tetas libres bajo el agua y me mira a los ojos mientras las acaricia con lentitud, causando que gima bajito... no sé si por notar sus dedos ahí o por la mirada provocadora que me está regalando, aunque seguramente se deba a un conjunto de ambas cosas.

Rodeo su cintura con mis piernas porque necesito sentirlo cerca y me muevo contra su erección, totalmente excitada. Mateo aborda mi boca sin contemplaciones mientras su mano se desliza por cada centímetro de mi cuerpo. Noto cómo dibuja cada curva con sus dedos, cómo se recrea en mi culo, en cada nalga, para después rozar con maestría muy cerca de mi vulva. Gimo sin dejar de tocarlo, de acariciar su cuerpo fibroso, hasta que llego a su trasero y meto la mano dentro de los pantalones para cogerlo sin impedimentos.

Menudo culito se gasta el niño.

—Penny —susurra con voz ronca y todo me da vueltas—, no podemos hacerlo aquí.

—Aguafiestas —murmuro, aunque sepa que tiene razón.

Le oigo reír y siento cómo tiembla el agua a mi alrededor. Debería reír más, mucho más, y sé que en parte es culpa de toda la carga que soporta desde el accidente. Y siento unas ganas tremendas de hacerle reír más, de aliviar esa carga, de que pueda vivir como un chico de veintidós años.

Como el chico que todavía vive en mi mente que adoraba dibujar, leer y conversar entre risas.

—Vámonos a tu bungaló —me propone cerca del oído, para después sentir que me besa en el cuello, lenta y tortuosamente.

—Ya estabas tardando en pedírmelo —murmuro y vuelve a reír mientras me mira. Sin embargo, esas carcajadas se detienen cuando deslizo mi mano por su cara y siento que traga saliva con dificultad.

No tardamos en volver a besarnos con ansia, como si estas ganas del otro no se fueran, sino que, con cada nuevo beso, con cada nueva caricia, aumentaran de intensidad.

19

MATEO

Me despierto sintiendo de nuevo la calidez de su cuerpo; la diferencia es que esta vez soy yo quien la abraza. Soy yo quien hunde la nariz en su espalda, para oler su piel, para volver a comprobar que es ella.

Que es Penny.

Abro los ojos y compruebo que ya ha amanecido y, despacio, levanto el brazo de su desnudo e increíble cuerpo para no despertarla y me doy la vuelta para irme.

—Buenos días —susurra. Al girarme la veo mirarme dedicándome una preciosa sonrisa—. ¿Escapándote de buena mañana? —añade alzando una ceja, socarrona.

—Yo... no sé qué hora es.

—Las siete —dice mirando su reloj de pulsera—. Aún queda un poco para empezar el día.

—Bien —susurro y me froto la cara.

Otra vez he dormido del tirón, sin despertarme ni una sola vez, y, aunque me siento descansado, el hecho de conseguir esta hazaña con ella me inquieta.

—¿Qué te pasa? —me pregunta y observo sus increíbles ojos azules mirándome de muy cerca.

—Nada —miento—. Tengo que irme a duchar y empezar a currar.

—Antes de que te vayas, quiero que sepas que no tienes que preocuparte porque esto... haya vuelto a pasar. Tengo que confesarte que te estoy utilizando para el sexo —suelta tan tranquila y... no puedo evitar echarme a reír—. Ríete, pero es la verdad —añade para después sacarme la lengua y unirse a mis carcajadas.

Y la miro, con su cabello despeinado, con sus labios hinchados por los besos que le di anoche, con esos atrayentes ojos azules fijos en mí, desnuda, genuina y...

No puedo evitar besarla con estas ganas locas de sentirla. Penny gime contra mi boca mientras desliza sus manos por mi torso mientras yo hago lo mismo por su espalda, hasta alcanzar ese increíble culo que no dudo en manosear a mi antojo.

—Mateo —susurra contra mi boca, algo que me vuelve loco que haga, y la beso con más ardor, pegándola todavía más a mí—, te está vibrando el móvil.

—Mierda —farfullo separándome de ella para girarme y ver que, en efecto, mi móvil vibra sobre la mesilla de noche—. Tengo que cogerlo.

—Lo sé —dice sin quitarme la mirada de encima.

Resoplo y vuelvo a buscar su boca sin importarme nada más. Siento cómo sonríe contra mis labios mientras se pega todavía más a mí. Me tienta. Me vuelve loco.

—Mierda —suelta separándose un poco de mi boca—. ¡Voy a hacer pis! —anuncia dando un salto de la cama y corriendo preciosamente desnuda hasta el cuarto de baño.

No aparto los ojos de ella hasta que desaparece de mi vista al entrar en el baño y, de nuevo, mi móvil vuelve a vibrar.

Lo cojo de mala gana y veo la pantalla iluminarse con el nombre de Elena. Cierro los ojos, maldigo por dentro y acepto la llamada al tiempo que me levanto.

—Dame dos putos minutos —susurro mientras me pongo los pantalones con una mano.

—Te he pillado con una tía, ¡fantástico!

No le contesto porque no quiero alertar a Penny y porque no tengo por qué darle explicaciones, ni tampoco quiero. Me pongo las deportivas sin calcetines, cojo mi ropa y me acerco a la puerta cerrada del cuarto de baño.

—Me voy, luego nos vemos.

—Claro —dice cantarina.

Y salgo corriendo del bungaló de Penny para dirigirme al mío.

—¿Qué cojones quieres ahora? —le espeto a Elena mientras cierro la puerta—. ¿Es que se te olvidó algo que decirme ayer?

—Pues sí. Por supuesto que sí.

Cierro los ojos mientras me estiro el pelo con fuerza, sintiendo otra vez en mi interior los remordimientos, la culpa que había logrado mantener a raya esta noche gracias a Penny. Pero me temo que lo que hice me perseguirá toda la vida, como una puta condena.

—Tienes que ver esto —dice Daniel entrando en mi despacho, y levanto la cara de las facturas para ver que no deja de sonreír.

—¿El qué?

—Levanta el culo y lo verás —me anima.

Dejo el lápiz sobre la mesa mientras me pongo en pie, sintiendo cómo mis músculos se quejan después de pasar casi toda la tarde en la misma postura. Salgo a la recepción, donde solo está mi abuela; eso es algo que ya ni me preocupa, porque sé que Penny no sabe quedarse quieta y, cuando no hay faena aquí, se busca otra tarea para ayudar.

—No seas duro con ella, ¿eh? —me advierte mi abuela y miro a Daniel, que ensancha todavía más su sonrisa.

—¿Qué ha hecho esta vez? —pregunto con resignación, como si ya hubiese aceptado que Penny hace lo que le da la gana sin importar lo que yo opine. Y los dos, en mi cara, se echan a reír.

A veces pienso que todos están en mi contra o simplemente disfrutan viendo cómo me cabreo.

Salimos y sigo a Daniel por el camping. No me dice de qué se trata, aunque haya intentado sonsacárselo un par de veces. Una música alegre llega a mis oídos de pronto y, a medida que nos acercamos, va aumentando en intensidad.

Y de repente la veo.

Está bailando mientras unos niños a su alrededor imitan cada uno de sus movimientos. Penny lleva la cara pintada con flores y estrellas, el pelo recogido despejando sus facciones y una amplia sonrisa que contagia a quien la mire. Va vestida con una falda de tul blanca y una camiseta fucsia ceñida al cuerpo.

Es la cosa más bonita que jamás he visto en mi vida.

—A Penny se le ha ocurrido ofrecer un servicio de canguro barra animadora infantil en el camping —me explica Daniel y lo miro un segundo extrañado, para después mirarla de nuevo porque sería un idiota si me perdiese alguna de sus genuinas sonrisas—. Hoy lo está haciendo gratis para promocionar el servicio y que la gente lo pruebe, pero a partir de mañana cobrará a los padres para que dejen a los críos con ella y así podrán salir a comprar o, sencillamente, relajarse sabiendo que los pequeños están bien cuidados y, sobre todo, entretenidos.

—Es una idea fantástica —suelto sin quitarle la vista de encima. En este momento alza la cara y sus ojos se quedan enredados con los míos un segundo.

Me sonríe ampliamente mientras me guiña un ojo y vuelve a ponerse a bailar con los niños, provocando que mi interior se remueva con ese simple gesto.

—Esta chica es increíble.

Asiento sin poder apartar la mirada de ella, porque Daniel tiene razón. Penny es increíble y yo la he odiado durante todo este tiempo sin razón por culpa de las mentiras de mi hermano. Me echo el pelo hacia atrás y me alejo de aquí después de pasar unos minutos embobado contemplándola, sintiendo cómo mi cuerpo se resiste.

Sé cómo no enamorarme, lo he hecho en multitud de ocasiones y he podido esquivar este sentimiento tan dañino sin dificultad. Sé que no tengo que preocuparme por besarla y adorarla cuando cae la noche porque ella se irá y todo volverá a la normalidad. No sería la primera vez que lo hago. Pero es cierto que no puedo olvidar que ella no es un rollo cualquiera, que ella fue mi mejor amiga durante muchos años y que no es para nada como yo sospechaba.

Debo tener cuidado y estar alerta ante cualquier indicio.

No puedo enamorarme de ella.

No quiero enamorarme de nadie.

Y mucho menos ahora.

—Entonces, sigues asegurándome que no te gusta, ¿verdad?

Me giro y veo a mi lado a Daniel, que no duda en mostrarme una sonrisa insolente.

—Vete a la mierda.

—Cuanto antes lo asumas, mejor para todos, Mateo. Se palpa la tensión sexual entre vosotros.

—¿No tienes trabajo pendiente?

Y el tío se carcajea en mi maldita cara.

Ten amigos para esto.

20

PENNY

Sonrío sin poder dejar de disfrutar de ver a Nacho bromeando de cualquier cosa y hablando sin parar para atraer la mirada de Rebeca. Esta, como es normal, pues mi amigo tiene una manera de ser que engancha, no le quita los ojos de encima y se ríe sin cesar de todas las tonterías que suelta.

Estamos en la piscina, sentados, como la primera vez, en círculo, cada uno en una tumbona. Hemos terminado la deliciosa cena que Rebeca nos ha traído y estamos charlando animadamente con una lata de cerveza o un refresco en la mano. Hace una noche perfecta, de esas en las que sopla una suave brisa que refresca el ambiente, impregnando este rinconcito de la sal de las olas.

—No es justo —me dice Daniel acercándose a mí y lo miro intentando adivinar qué es lo que me va a decir—. Llevo desde abril, Penny, ¡desde abril!, intentando que Rebeca se fije en mí —añade en voz muy baja—. Nacho sale de su cueva, abre la boquita y... ¡zas!, Rebeca lo mira como a un maldito superhéroe.

—No sabía que te gustaba Rebeca —confieso y me mira como si estuviese mal de la cabeza, algo que me hace sonreír.

—Solo me ha faltado imprimirlo en una camiseta. —Se encoge de hombros mientras mira a Rebeca, que ha empezado a plantearle preguntas a mi amigo acerca de los sitios a los que ha viajado—. Supongo que daba igual lo que hubiese hecho, ella jamás me habría mirado de esa manera.

—Mi padre suele decir que uno no elige de quién se enamora, sino que, simplemente, sucede.

—No me ayudas, ¿sabes? —protesta y no puedo evitar reírme para después, incapaz de evitarlo, buscar a Mateo con la mirada.

Él ya me está mirando y noto que un cosquilleo me recorre de arriba abajo.

—A ver si ahora lo consigo —comento centrándome en Daniel, pues Nacho acaba de introducir en la conversación a su mellizo—. No tengo ni la más mínima duda de que habrá por ahí una chica que se enamorará locamente de ti. Eres un chico divertido, muy buena gente y con una de las sonrisas más auténticas que he visto.

—No me digas tantas cosas bonitas que me pongo tontorrón —contesta y me echo a reír ante su descaro—. ¿Y tú qué me dices?

—¿De qué?

—¿Algún chico que te haya partido del corazón y estás, como diría Alejandro Sanz, poniéndole tiritas en este camping? —pregunta y alzo una ceja porque... no va tan desencaminado.

—Alguno hay —digo con una sonrisa—, pero no te preocupes que me han sobrado bastantes tiritas, ¿necesitas alguna?

—Eres mala, Penny. Muy mala —susurra ofendido. Me echo a reír ante su gesto melodramático—. ¿Qué vas a hacer cuando acabe el verano?

—Pues supongo que me tocará regresar a Madrid.

—Joder, illa, no te muestres tan contenta que me matas de celos —suelta con ironía. ¡Este chico es la monda! Y yo sin saber que estaba interesado en Rebeca, pobrecito.

—¿Y tú tienes planes?

—Vaya vaya... Esto sí que no me lo esperaba. Yo pendiente de la chica equivocada —dice con un tono guasón que me obliga a reírme—. Entonces, ojazos, tú y yo, ¿cuándo nos tomamos algo?

—¿Ojazos? —Me carcajeo—. ¿Es así como intentabas ligarte a Rebeca? Ay, Danielín, Danielín, no tiene que sonar tan estudiado lo que le quieras decir a una chica. Simplemente sé tú mismo. Además... tengo que advertirte que pierdes el tiempo conmigo. Ahora mismo no quiero nada con nadie y quiero volar bien alto, libre.

—Como un pájaro —susurra. Asiento con una sonrisa—. Tengo que confesarte que me encanta fastidiar a mi amigo y, ahora mismo, a Mateo solo le falta que le salga humo de las orejas al no poder oír lo que estamos hablando. Es como nuestro rol de amistad: yo lo fastidio y él se cabrea —comenta y no puedo evitar fruncir el ceño porque... ahora mismo me ha pillado un poco descolocada. ¿Mateo le ha contado que nos hemos liado? Y no puedo evitar echarle un vistazo para encontrármelo mirándome intensamente—. Te voy a decir una cosa, guapa. Él no me ha dicho nada, pero ahora mismo tu cara me ha dado la pista que necesitaba para confirmarlo. Pero, chist, no te agobies. Los rollos de verano tienen algo especial, ¿verdad? Cero compromiso pero toda la pasión que uno necesita —indica como si nada para después coger su lata de cerveza y alzarla en dirección a Mateo, que...

En este instante desliza sus atrevidos ojos lentamente sobre cada centímetro de mi ser con tranquilidad, para después centrar la mirada en su hermano, que ha empezado a contar aquella vez que, con siete años, los mellizos salieron sin permiso del camping para comprarle un regalo a su madre.

Me dejo caer en la silla enfrente de Pruden como si me pesara todo el cuerpo.

—Pero, niña, ¿estás bien?

—He dormido fatal —confieso poniendo los codos en la mesa para sujetarme la cabeza. Ahora mismo me duele tanto que parece que tengo dentro una orquesta tocando *Paquito el Chocolatero* con baile incluido.

—¿Y eso?

Y aquí viene el meollo del asunto.

Cuando el sueño nos cogió a casi todos de golpe, decidimos poner punto final al divertido pícnic en la piscina. Mateo, como ya es habitual, se llevó a su hermano al bungaló para que se acostara y los demás nos dedicamos a recoger la zona de la piscina para luego hacer lo propio. Pero, cuando me tumbé en la cama, con mi camiseta extralarga puesta y agotada por todo el día de trabajo, no conseguí pegar ojo. Es más, mi cuerpo se puso alerta, como si intuyera que Mateo podría dejarse caer casualmente por allí y acabar como las dos noches pasadas.

Pero Mateo no vino. Yo no me dormía. Y cuando ya el sueño empezaba a vencer mi mente, que no paraba de idear posibles excusas para presentarme en su bungaló, me desperté sobresaltada porque tuve una maldita pesadilla; una que, cómo no, me recordó lo que he dejado en Madrid y la razón por la que he bloqueado en mi móvil a Alexis, harta de recibir mensajes y llamadas todos los días.

—Ni idea —miento—. Supongo que estaba tan cansada que no lograba conciliar el sueño.

—Trabajas demasiado, hija —susurra. Me encojo de hombros porque la verdad es que me viene bien mantenerme ocupada. Eso me ayuda a mantener a raya mi mente, que se regocija dándole vueltas a todos mis problemas... haciéndolos incluso más grandes de lo que son.

—Esto por aquí —dice Rebeca poniendo mi desayuno delante de mí—, y, Penny, ¿me cubres un minuto? Ayer le prometí a Nacho que le llevaría mi especialidad para desayunar: tortitas de canela.

—Claro, ve tranquila, que me quedo guardando el fuerte.

—¡Eres la mejor! —exclama—. He dejado listo el desayuno de Mateo, solo falta que le prepares el café con leche —añade de carrerilla mientras sale corriendo del bar con un táper bien agarrado en la mano.

Empiezo a beberme el café y siento encima la mirada penetrante de Pruden. La miro, señala con la cabeza hacia la puerta y sonrío mientras me encojo de hombros.

—Ya sabes cómo es Nacho —le explico como si le hubiese leído el pensamiento, pues sé que ahora mismo está sorprendida de que su nieto le haya pedido a la camarera que le lleve el desayuno.

Lleva meses encerrado en ese bungaló sin permitir que vaya nadie ajeno a su familia y, claro, esto le parece muy extraño.

—Un zalamero de cuidado cuando quiere, sí —resopla, y sonrío dándole la razón.

Pero la sonrisa me dura poco porque veo que entra Mateo. Mateo, con el rostro serio y la mirada perdida. Mateo, que ni siquiera saluda, simplemente se deja caer en la silla libre de la mesa que ocupa Daniel. Mateo, que no me ha mirado ni una mísera vez.

—Voy a llevarle el desayuno —musito después de darle otro trago a mi café.

Me levanto, paso al otro lado de la barra, preparo el café con leche y se lo llevo todo en una bandeja, con cuidado de que no se me caiga.

—El desayuno de los campeones para el señorito —digo mientras voy dejando con cuidado la taza, el zumo y el bocadillo de pechuga de pollo.

Madre mía, menudo atracón se mete el tío de buena mañana.

—¿Y Rebeca? —suelta malhumorado, y al mirarlo se me corta el aliento.

Tiene el cabello húmedo y despeinado, pues le cae rebelde en la frente y me crea una necesidad imperiosa de apartárselo con la mano, algo que por supuesto no hago. Se nota que no ha parado de tocarse el pelo, con esa manía que tiene de echárselo para atrás. Debajo de sus ojos se marcan unas ligeras ojeras que me dan la pista de que él tampoco ha pasado buena noche, pero lo que me deja sin habla es su mirada. Es como si su voz reflejara una cosa y su mirada otra, porque en este instante me mira con... ternura.

—Eh... —titubeo intentando reaccionar—, ha salido a llevarle el desayuno a... —Miro a Daniel con cariño, porque intuyo que esto no le va a gustar—. Ha salido un momento —rectifico para después darme la vuelta, sin esperar a que me diga nada más, y regreso a mi mesa.

—Entonces mi nieto está enamorado —comenta Pruden y abro los ojos de golpe mientras siento cómo me palpita el corazón como un loco.

—¿Có-mo?

—Nacho —puntualiza y una extraña sensación me hace removerme inquieta—, que está intentando conquistar a nuestra Rebeca, ¿no? Pues fíjate que nunca me había imaginado que fuera ella su tipo. Elena era taaan superficial y materialista, tan pija; en cambio, Rebeca es todo lo contrario.

—Rebeca es un amor de chica —susurro mientras le doy un gran bocado a una de mis tostadas.

Debo reconocer que, aunque he decidido centrarme en Pruden, no puedo evitar mirar de reojo a Mateo, que está escuchando hablar a Daniel sin ni siquiera hacer el amago de echarme un vistazo rápido. Reprimo un suspiro para centrarme en desayunar y empezar a trabajar.

Es lo único que me mantiene cuerda y serena.

Apoyo las manos contra los azulejos para que el chorro del agua impacte en mi espalda. Esta noche no hemos quedado en la piscina porque Nacho estaba cansado y, después de cenar, he venido a mi bungaló a relajarme. La verdad es que mi cuerpo se resiente después de tantos días sin parar. Me duelen los músculos, me pesan los brazos y piernas, y creo que, aunque he comido como nunca, he perdido peso. Sin embargo, no me arrepiento de haber venido. Para nada. Necesitaba desaparecer, pero también olvidarme de todo lo que ha sucedido durante este tiempo con... Alexis. Eso lo he conseguido a ratos, pero me doy por satisfecha por haber tenido momentos de paz en los que simplemente he vuelto a ser yo.

Y llevaba tanto sin serlo que pensé que no me acordaría.

—¡Penny!

Me sobresalto al tiempo que veo que la puerta del cuarto de baño se abre de golpe y aparece Mateo con el rostro desencajado. Me mira, lenta y tortuosamente, mientras cierro el grifo para quedarme tal como estoy delante de él. Es absurdo intentar taparse cuando me ha visto desnuda ya un par de veces, ¿no? Y no tiene nada que ver que esté intentando provocarlo. Bueno... un poquito, pero él no lo sabe y ahora mismo juego en mi campo.

—¿Vas a decirme por qué has entrado sin llamar o me doy la vuelta para que sigas mirándome? —suelto para, precisamente, provocarlo.

Vale, creo que esto no se me da tan mal como pensaba, porque veo cómo traga saliva muy despacio y se retira un par de veces el pelo hacia atrás. Después expulsa el aire por sus increíbles labios, atrayendo toda mi atención a ese maldito punto.

Y tengo que admitir que él, haga lo que haga, me tiene mirándolo como una boba...

¡Uf!

—¿Por qué hostias estás utilizando tu tarjeta para pagar en el camping? —suelta con rabia y maldigo por dentro.

Mierda.

Si es que no pienso antes de hacer las cosas y, claro, así me va en la vida.

No le contesto porque... tampoco sé qué decirle. Cojo la toalla toda digna, me envuelvo con ella el cuerpo y salgo de la ducha como una diva. Pero el postureo me dura un par de segundos, pues es pillar la otra toalla para secarme el pelo y ver cómo Mateo me sigue mirando con esa dureza que, parecía, había ya superado con el transcurso de los días.

—Porque sé que necesitáis dinero —sentencio enfrentándome a su mirada—. Porque veo cómo te desvives por este camping, por tu familia, para que todo funcione mejor, y te mereces que te vayan bien las cosas, Mateo.

—Pero no a tu costa, maldita sea —gruñe dando un paso hacia mí—. No a tu costa, Penny —repite, pero esta vez utilizando un tono mucho más suave que eriza mi piel—. Ya me estás ayudando bastante. ¡Qué cojones! Me estás ayudando muchísimo. Gracias a ti el camping va como una flecha, gracias a ti estamos obteniendo ingresos extra con el nuevo ChiquiFun que has montado para los niños. Yo... No podemos, no puedo, aceptar tu dinero.

—No voy a permitir que me lo devuelvas, Mateo, como tampoco voy a dejar que me pagues por trabajar aquí. No tengo ningún gasto y ahora mismo no necesito el dinero.

—Penny —susurra negando con la cabeza.

—Utiliza ese dinero para ponerte al día en los pagos, ¿vale? Lo único que quiero es que os vaya bien. No os merecéis menos —aseguro posando mi mano sobre su brazo para que vea lo en serio que estoy hablando.

—Te lo devolveré algún día, te lo prometo —sentencia con seriedad.

—El año que viene puedo volver al camping, pero gratis y sin currar —indico con una sonrisa—. Y así estaremos en paz, ¿qué te parece?

Mateo niega con la cabeza mientras desliza una increíble sonrisa que me excita sin remedio. Me coge de la mano para arrastrarme hasta su cuerpo, provocando que grite por el susto. Sonríe mientras acaricia mi cara lentamente, tan cerca el uno del otro que puedo sentir su cálido aliento sobre mi piel.

—Aún no te has ido y ¿ya estás pensando en volver?

—No es verano si no estoy en La Redondela —susurro muy bajito.

Mateo roza con suavidad sus labios con los míos, de una manera tentadora, diferente, pero no por ello peor. Gimo contra su boca sintiéndome expectante, ansiosa, como si esperara el regalo de Navidad que pedí hace meses. Sonríe el muy canalla mientras sigue torturándome a besos pequeños, sin lengua, hasta que mi libido coge el mando. Me estrecho contra su cuerpo al tiempo que ahondo en el beso. Mateo sonríe contra mis labios, pero me responde de igual manera. Noto cómo la toalla cae a mis pies, las manos de Mateo deslizarse por mi piel...

Jadeo.

Todo me da vueltas.

Le quito la camiseta de malas maneras. No soy tan sexy como creo, pero parece que a él no le importa, porque me mira con un deseo candente en las pupilas. Vuelvo a abordar su boca, que me recibe con gusto, y comenzamos a caminar entre besos, caricias, en dirección a la cama. Nos reímos, nos besamos, sin dejar de tentarnos hasta acabar aterrizando los dos juntos, jadeantes, sobre el colchón.

No hablamos. Ahora nos movemos por impulsos o tal vez por la piel, y por el deseo. Besos, mordiscos, caricias. Todo me vuelve loca, pero mucho más ver sus ojos oscuros mirarme como si fuera la única, como si fuera especial, como si no hubiese nadie como yo... Trago saliva sintiendo la garganta seca cuando Mateo se cuela en mi interior después de ponerse el preservativo. Nos miramos a los ojos mientras marca el ritmo, primero lento, como si se quisiera asegurar de que me acomodo a su longitud, para después empezar a acelerar sus embestidas. Gimo, me retuerzo y, en un momento de inspiración, le doy la vuelta para ponerme yo encima.

Mateo me mira desde abajo sin perder detalle, desliza sus dedos por mi cuerpo hasta alcanzar mi inflamado clítoris y empiezo a moverme sintiéndome poderosa, fuerte y decidida... capaz de todo, incluso de surcar el mar más embravecido o volar hasta el infinito.

—Penny —gruñe y noto un ramalazo de placer que cruza todo mi ser al oír su voz tomada por el deseo.

Todo se descontrola. Él, tentando mi clítoris. Yo, cabalgándolo cada vez más rápido. Sus gemidos. Mi nombre en sus labios. Y grito, grito sintiendo que rozo el cielo con mi piel, que mi alma tiembla recibiendo un orgasmo tan brutal como duradero. Mateo gime mientras me coge de las caderas ayudándome a terminar, como si se quisiera asegurar de que disfruto, y eso provoca que el placer se intensifique incluso más.

Me dejo caer en su pecho, exhausta, satisfecha y relajada, y noto cómo sus manos recorren mi espalda lentamente, dibujando senderos o tal vez bocetos. Sonrío al intuir en todas esas líneas que desliza tan despacio sobre mi piel un pájaro con la letra eme escondida en su ala.

21

Penny

—¿Has hablado con Marisol? —le pregunto a Pruden refiriéndome a la madre de Rebeca.

—Sí, aunque es tozuda como ella sola y no quiere bajarse del burro. Pero ella todavía no sabe que yo soy terca como una mula —susurra con una sonrisa y me mira analíticamente mientras me recojo el pelo en una alta coleta—. ¿Dónde vas ahora, niña? Le voy a pedir a mi nieto que te obligue a descansar. ¡No paras quieta ni un segundo!

—Voy a preparar los bungaloós dos, cuatro y diez —enumero, pues son los que se han quedado hoy vacíos y hay que limpiarlos para los siguientes clientes—. Y no te preocupes, Pruden, estoy bien. No me gusta quedarme quieta y aquí hay tantas cosas que hacer que disfruto como una enana.

—Es verdad que te veo más contentilla últimamente, pero una cosa es eso y otra que te mates a trabajar. Debes disfrutar del poco tiempo libre que tienes —añade mirándome fijamente y sonrío al ver que no se le escapa ni una a la abuela de los mellizos.

—¡Y lo hago! Me está viniendo muy bien estar de nuevo aquí, es como si recargara las pilas.

—Mira, el que faltaba —suelta Pruden al ver que Mateo entra en la recepción y pillo que me echa una mirada rápida para después acercarse donde está su abuela apoyada—. ¿Adónde vas?

—Al despacho.

—Anda, anda —le dice Pruden interponiéndose en su camino—. Ve con Penny a preparar los bungalós. Mírala, se está quedando en los huesos. ¡En los huesos! —exclama melodramática señalándome y niego con la cabeza porque es cierto que he adelgazado un par de kilos, pero me siento más fuerte y mucho más ágil que antes. Supongo que el trabajo duro me está poniendo en forma.

—Pero, nana...

—Ni nana, ni leches en vinagre. Si no quieres que te dé un cosqui —suelta refiriéndose a un golpe en la cabeza—, date la vuelta y ayuda a la niña.

—No hace falta, Pruden. Puedo sola y él seguro que tiene cosas pendientes por hacer.

—Los números no se van a mover de su sitio y pueden esperar —insiste obstinada. Veo que Mateo se gira para alzar los ojos al techo, provocando que tenga que morderme el labio inferior para no echarme a reír.

—Está bien, tú ganas —acepta Mateo abriendo la puerta y señalándola para que salga yo primero.

—Como siempre —oigo a Pruden, y no puedo evitar sonreír cuando Mateo sale.

—Menuda es tu abuela —le digo mientras nos ponemos a caminar en dirección al almacén para coger lo necesario para preparar los bungalós.

—No lo sabes tú bien. —Chasquea la lengua, haciendo que me carcajee.

—Te diría que te colaras en el despacho sin ser visto para hacer las cuentas, pero me temo que ella sería capaz de echarte de allí cogiéndote de la oreja nada más descubrirte.

—Me sacaría de ahí de una patada —añade mostrándome una pequeña sonrisa socarrona que me hace reír.

—¡Mateo! —oímos y nos giramos casi a la vez para ver a una preciosa chica pelirroja correr hacia nosotros—. Te estaba buscando —añade mientras se tira, literalmente, a los brazos de él y este la coge por la cintura.

—Eh... —titubea mirándome de reojo para después apartar con cuidado a la recién llegada y mantenerla a una distancia prudencial—, ya estás aquí, pecosa, digo, Alicia —rectifica rápidamente y ella le echa tal mirada a Mateo que... bueno, creo que no hace falta decir que me incomoda, porque se lo ha comido con los ojos.

—¡Sí! Estaba deseando llegar para verte. Guau, estás más guapo cada año.

—Os dejo solos —susurro sintiendo un extraño sabor en la boca y ni siquiera espero a que me contesten. Me pongo a caminar dejando que la chica siga con su demostración de adoración total hacia él.

Pero ¿qué esperaba? Mateo está como un queso. Mucho más que eso. Está muy bueno y tiene ese halo de tío inalcanzable que lo vuelve irresistible. Es normal que las chicas se lancen a sus brazos. Es normal que tenga a varias mujeres detrás de él. No. No me ha molestado que esa pelirroja se abrazara a él. No me ha molestado que él la tocara. No...

¡Aaajjj...!

Bueno, un poco, sí, pero es que no me esperaba tener que presenciar una escena así a escasos centímetros de mis narices.

Niego con la cabeza desechando todos estos pensamientos al tiempo que entro en el almacén para coger una cesta con todo lo necesario para limpiar los bungalós y salgo de nuevo centrándome en el trabajo. Eso. El trabajo es lo único que me salva de mí misma, de esta mente tan negativa que intenta boicotearme cada pocos segundos.

¿Que Mateo tiene un ligue nuevo cada quince días? Pues, chico, ¡que le aproveche! Es joven, soltero y hace bien en vivir la vida a tope.

¡Ea!

Entro en el bungaló número tres, abro las ventanas y descubro el desastre que han dejado los huéspedes anteriores. Niego con la cabeza mientras me pongo los guantes y comienzo a quitar las sábanas y las toallas, para después ponerme a limpiar la cocina.

Anda que no hay pringue aquí...

—Penny. —Es Mateo, jadeante y con un tono urgente en su voz. Al girarme para mirarlo maldigo unas cien veces porque...

Porque no entiendo cómo he dejado de odiarlo a... sentirme atraída por él haga lo que haga... sintiendo una especie de fuerza intensa que me arrastra hasta él, notando una conexión increíble, como si supiera que él me entenderá irremediablemente.

Creo que el olor del desengrasante se me está subiendo a la cabeza...

—Dime.

—¿Por qué no me has esperado?

—Porque hay que preparar los bungalós y, además, no pintaba nada ahí —le aclaro volviéndome a girar para frotar como una posesa un manchurrón de tomate frito resecado en la encimera. De verdad, qué gente más cochina.

—Esa chica...

—¡No me tienes que dar explicaciones! —lo interrumpo rápidamente mostrándole una sonrisa que espero que me salga mejor de como la siento. Pues creo que ahora mismo podría hacerme pasar por el doble del Joker.

—Claro —masculla mientras veo por el rabillo del ojo que se acerca a la cesta para coger otro par de guantes y un estropajo, para acercarse a mí y ponerse a limpiar a mi lado.

No hablamos.

Cada uno nos centramos en la mancha que queremos eliminar en silencio.

Suspiro intentando armarme de paciencia y, sobre todo, tranquilizarme. No sé qué me pasa, es como si... hubiese algo flotando entre los dos; algo a lo que no sé cómo llamar; algo a lo que me da un poquito de miedo incluso procurar ponerle nombre. De repente oigo que Mateo abre el grifo, enjuaga el estropajo, coge un trapo para mojarlo también y... me salpica de agua ayudándose con la mano.

—¡Eeeeh! —protesto al sentir el agua fría mojar mi camiseta—. Pero ¿qué haces?

—Tenías una mancha —suelta tan pancho y entrecierro los ojos porque es obvio que me miente descaradamente.

Me giro hacia el pequeño cubo que tengo con agua y desengrasante y meto la mano para después salpicar a

Mateo sin ni siquiera dudar. Este abre los ojos y me mira como si acabara de firmar mi sentencia de muerte. Deslizo una sonrisa pretenciosa mientras me yergo, demostrándole que no lo temo, incluso que me parto con su reacción y que, si quiero, lo puedo volver a hacer. Es más, lo voy a hacer de nuevo. Me giro otra vez dispuesta a repetir la jugada cuando cae encima de mí un buen chorro de agua. Al girarme lo veo con la manguera extraíble del grifo de la cocina apuntando hacia mí.

Grito.

Se parte de risa.

Cojo el cubo de agua y se lo tiro por encima sin titubear.

Me mira como si fuera capaz de devolvérmela por triplicado.

Me carcajeo y siento su mano rodear la mía, para pegarme a su cuerpo mojado y notar su mano empapada rozar mi rostro con lentitud, como si quisiera memorizar mis rasgos. No tarda en abordar mi boca, que lo recibe con ansias, mientras siento cómo su cuerpo se aplasta más contra el mío y su mano se desliza por mi empapada piel, provocando que arda con cada una de sus caricias, con cada uno de sus besos, con cada uno de sus gruñidos.

—Illo —oímos de repente—. ¡Joder!, perdón —exclama Daniel rápidamente y nos separamos jadeantes, poniendo un par de pasos de distancia entre los dos—. Pensaba que estabas solo... —Y nos mira a uno y a otro sin ocultar una sonrisita divertida.

—¿Qué quieres? —suelta Mateo cabreado y me giro para que no vean que ahora mismo no puedo evitar sonreír como una boba.

Pero es que Daniel nos ha pillado besándonos. Madre mía, para ser exactos, nos estábamos dando un buen atracón de besos y caricias. ¡Uf!

—Decirte que esta noche tu hermano quiere ir a la playa. Me lo acaba de comentar Rebeca. Parece que se le ha metido entre ceja y ceja la idea y no hay quien lo saque de ahí —explica, y me giro para mirarlo porque eso es una buena señal. Es positivo que tenga ganas de hacer cosas, sobre todo de salir.

—¡Pues iremos! —anuncio como si me hubiesen pedido mi opinión y Mateo me lanza una mirada que me hace juntar las piernas.

Uf... este chico a mí me mata.

—No hay acceso para minusválidos, Penny —me recuerda Mateo, y hago una mueca de culpabilidad porque no había caído en ese detalle—. ¿Podremos llevarlo entre tú y yo? —le pregunta a Daniel.

—Por supuesto. Así que... tendrás que reservar fuerzas para luego, illo —añade con guasa, y Mateo le tira el estropajo sin dudar, provocando que este salga del bungaló echándose a reír a carcajadas.

—¿Te importa que te deje un segundo sola? Me gustaría hablar con Nacho y asegurarme de que está conforme con que lo llevemos a cuestas a la playa —me pide mirándome con seriedad.

—Claro. Ve sin problemas —contesto, y él asiente para después echarse el pelo hacia atrás.

Da un paso en dirección a la salida, para luego girarse y buscar mis labios. Me da un beso tentador que me hace estrecharme con fuerza a su cuerpo.

—Ahora sí me voy —susurra contra mi boca. Le doy un empujón juguetón mientras él me come con la mirada.

No puedo dejar de sonreír cuando me quedo sola y

sigo limpiando mientras recuerdo que no podemos evitar besarnos; que mi piel me impulsa en la dirección de Mateo; que mi ser se expande cuando él me toca, cuando él me besa; cómo me siento cuando está a mi lado; cómo no puedo parar de sonreír y cómo todos mis problemas se evaporan cuando estoy junto a él; cómo me es imposible no pensar en él, en lo que me hace sentir, en lo a gusto que estoy a su lado; cómo me gusta verlo cada día, a cada hora, como si no pudiese saciarme de él.

De repente me quedo petrificada con el estropajo quieto sobre una mancha de grasa. Frunzo el ceño y miro hacia atrás como si pudiera ver a Mateo a través de las paredes, algo que, por supuesto, no es posible, para después volver a mirar la mancha.

—Es solo un rollete de verano —me recuerdo—. Esto que empiezo a sentir por él no puede ser amor. No puede, ¿verdad?

22

MATEO

—Nacho, ¿qué comes, cabrón? —suelta Daniel mientras coge de un extremo la silla y yo de la otra para atravesar el pinar.

—¿Peso mucho? —pregunta mi hermano algo inquieto con la vista fija hacia delante, donde varios metros más allá están Rebeca y Penny, las cuales, a cada pocos pasos, giran la cabeza y nos miran preocupadas.

Sin embargo, lo que más me llama la atención es lo mucho que se está tropezando Penny. Cada dos por tres está a punto de caerse y creo que ya tengo un maldito callo en la lengua para no soltarle que tenga cuidado porque, si no, se hará daño.

Y no quiero que se lastime. Joder, si pudiera, ahora mismo la cogería de la mano para asegurarme de que, si se vuelve a tropezar, yo la sostendré.

—No tanto como deberías. Lo que pasa es que Dani es un esmirriado.

—¡Y una polla! —exclama mi amigo, molesto, y me echo a reír al ver lo fácil que me ha resultado cabrearlo—. Eso eres tú, illo. Claro, tanto derrochar energías con otras actividades mucho más placenteras, ahora me toca a mí aguantar más peso que tú.

Le echo una mirada de advertencia para que cierre el pico, pero este simplemente se ríe en mi cara.

—¿Estás viéndote con alguien? —me pregunta mi mellizo, y tengo que controlar mi carácter, pues en este momento me gustaría decirle un par de cosas al entrometido de mi amigo.

—¿Y cuándo no, Nacho? Tu hermano tiene siempre mucho que ofrecer a las preciosas chicas que hay en el camping —interviene el muy cabrón, y juro que tiene suerte de que esté sosteniendo la silla de ruedas en alto; si no, le tiraría a esa cabeza tan dura que tiene un gran pedrusco.

—¿La conozco? —plantea con la mirada anclada al frente, y aprovecho para hacerle un gesto a Dani para que mantenga la boca cerrada.

—No —miento—. Déjate de tanta cháchara y agarra fuerte la silla —le pido a Daniel, que me mira como si acabara de decir una blasfemia.

—Creo que no he pensado bien esta idea —susurra mi hermano y siento que se me forma un nudo en la garganta—. Tiene que ser incómodo para vosotros llevarme así.

—No te preocupes —le aseguro mostrándole una sonrisa.

—Penny, al final te caerás —suelta Nacho y suspiro aliviado al darme cuenta de que él está pensando lo mismo que yo—. Nunca la he visto tropezar tanto como hoy...

—No tendrá muchas fuerzas en las piernas —murmura por lo bajini Daniel y le echo otra mirada de advertencia.

—Eso es porque no para de mirar hacia atrás para saber cómo estamos. Ya sabes que Penny no puede dejar de meter esa naricilla entrometida que tiene en todos los *fregaos* —añado para quitarle hierro al asunto y entonces Daniel se ríe en mi cara, provocando que le vuelva a echar otra mirada asesina—. Mira, ya se ve la playa —comento señalando con la cabeza las vistas que por fin tenemos enfrente.

Miro a Nacho, que sonríe, sonríe de verdad, como si hubiese necesitado esta escapada más que nada, y toda la tensión que siento en los brazos se esfuma al verlo tan contento.

Cuando llegamos a la arena, Rebeca y Penny ya han extendido una gran toalla para que nos sentemos todos. Dejo a mi hermano sobre esta, para después dirigirme hacia la silla, que hemos dejado a unos pocos pasos de donde estamos. Cojo unas bolsas que llevaba colgadas de las abrazaderas y, al girarme, me doy cuenta de que Nacho se ha puesto a hablar animadamente con Rebeca. Frunzo el ceño porque parece que esté intentando seducirla...

—¿Ahora te das cuenta? —susurra Daniel señalando la escena, y al mirarlo veo resignación en sus ojos.

—¿Lo sabías?

—Claro. —Se encoge de hombros y abro mucho los ojos, sin disimular que ni siquiera lo sospechaba.

—Y aun así estás aquí...

—No me gusta perderme ningún sarao, illo —contesta mostrándome una sonrisa, aunque sé que en el fondo este tema le ha afectado. Le gustaba Rebeca, de eso no tengo ninguna duda, porque, si no, no hubiese estado tantos meses detrás de ella—. ¿Por qué no le has dicho que Penny y tú estáis liados?

—Porque es su amiga, porque sé que la quiere muchísimo, porque está empezando a querer mejorar y a salir y no sé cómo se tomará que ella y yo hayamos traspasado todos los límites.

—Una bonita manera de decir que os acostáis —se mofa, y le lanzo una mirada furiosa—. Solo digo la verdad, tío. Se os ve bien juntos.

—No vayas por ahí, Dani —le pido.

—Solo digo lo que he visto y ya sabes que Penny me gusta.

—Lo sé —comento viendo cómo Penny se quita la ropa para lanzarse al agua. No he conocido a nadie a quien le guste tanto el mar como a ella, tanto que incluso lo lleva tatuado en la piel—. Pero todo es mucho más complicado de lo que parece desde fuera. Por eso te pediría que cerraras la boca y no se lo contaras a nadie.

No le doy opción a contestarme, pues me siento al lado de mi hermano, que ahora mismo está desplegando todos sus encantos ante Rebeca. Daniel se sienta junto a la camarera; no veo rastro de celos o dolor, es como si hubiese aceptado que ese sería el desenlace para ellos. Solo una bonita amistad. Nada más.

Busco con la mirada a Penny. Está disfrutando del mar, mirando las estrellas, y se me pasa por la cabeza cómo acabaremos ella y yo con todo este tema. Cuando ella quiera volver el año que viene... Frunzo el ceño y me tiro el cabello para arriba frustrado, pues ni siquiera he pensado en esa posibilidad.

Porque nunca he tenido la necesidad de plantearme nada con ninguno de mis ligues.

Porque nunca me ha preocupado que se fueran.

—¿Estás bien? —me pregunta Nacho de repente, ayudándome a que pare de darle vueltas a algo que no puedo controlar.

—Sí, solo tengo hambre —miento de nuevo y veo que Daniel me echa una mirada, dejándome claro que no se ha creído ni una sola de mis palabras.

Hago un amago de sonrisa que se desvanece cuando Penny sale del agua... tan perfectamente real, con el cabello echado hacia atrás, con la piel brillante, con ese cuerpo que me pide que lo adore hasta el final de mis días.

Daniel carraspea y atrae mi atención. Ahora mismo se está riendo por lo bajini, supongo que se me da de pena disimular que miro de diferente manera a Penny. No lo sé. La verdad es que ni siquiera he sopesado la posibilidad de no ocultarlo. Ni siquiera lo hemos hablado. Simplemente, creo que es lo mejor para Nacho o... para nosotros.

Eso es lo de menos, francamente, mientras pueda estar a solas con ella.

—¿Cenamos? —pregunta esta cuando llega a nuestra altura.

Coge una toalla, se envuelve entera y se deja caer entre Daniel y yo.

No me mira.

No se aproxima más a mí que a mi amigo.

No da indicios de lo que está pasando realmente entre nosotros para que nadie piense que entre ella y yo hay algo más que una amistad renovada.

No tengo dudas de que a Penny se le da mejor fingir que no tenemos ni idea de cómo sabe la piel del otro.

—¿Te has divertido? —le pregunto a Nacho mientras empujo su silla en dirección al bungaló de mi madre.

—Mucho —contesta—. Quería enseñarle las estrellas a Rebeca, ¿sabes? Por eso quería ir esta noche a la playa, es el mejor sitio para verlas y... Para mí, lograr que haya sonreído mientras le señalaba las constelaciones ha hecho que haya merecido la pena todo el jaleo que os he hecho pasar.

Asiento con una sonrisa, pues después de cenar ambos se han puesto a hablar entre susurros mientras Penny, Daniel y yo hemos intentado darles cierta intimidad. Ha sido un tanto complicado, ya que compartíamos la misma toalla, pero creo que no nos ha salido tan mal. Bueno... A decir verdad, ha sido Daniel el que ha tenido el peso de toda la conversación. Penny andaba muy torpe, como si estuviese nerviosa, pues se le ha caído el refresco encima, un trozo de bocadillo ha aterrizado en la arena e incluso se ha mordido la lengua. Y yo... estaba demasiado ocupado fijándome en cada uno de los gestos que hacía Penny como para preocuparme por hablar.

—No sabía que te gustaba Rebeca —susurro, y Nacho se gira para mirarme.

—Fue un flechazo —comenta, y sonrío porque mi hermano ha vuelto del todo—. Fue verla con ese pelo azul suelto, con esa tímida sonrisa, con esos bonitos ojos grises que intentaba esconder... y se me aceleró el corazón. Me gusta mucho, Mateo, y solo espero poder recuperarme rápido para no tener que inventarme reuniones absurdas para todos para poder pasar tiempo con ella.

—Seguro —digo sin dudarlo—. Solo necesitas un poco de tiempo para terminar de ponerte bien.

—Sí. —Suspira mientras subimos la rampa de la cabaña y abro la puerta para meterlo en casa.

—Ah, ya estáis aquí —dice mi madre levantándose del sofá para recibirnos—. Madre mía, pero si lleváis arena hasta en el pelo —suelta, y nos miramos los dos para darnos cuenta de que tiene razón.

—Se ha levantado viento, mamá, y nos hemos rebozado como unas croquetas —susurra Nacho sonriendo.

—Anda, tira para el cuarto de baño, croquetilla —señala esta con una sonrisa y lo guío hasta allí.

—¿Necesitas ayuda? —le pregunto cuando lo dejo en el interior.

—No —contesta abriendo mucho los ojos—. Anda, lárgate de aquí y descansa o... no. Ahora que sé que tienes por ahí a una chica que te deja sin fuerzas... es posible que vayas a hacerle una visita, ¿verdad? —suelta, y no tengo dudas de que mi madre ha estado atenta a lo que ha dicho.

—No, me voy a la ducha y al sobre, que aquí hay personas que trabajan mañana y no están a la sopa boba mirando las musarañas.

—¡Capullo!

—No sabes lo que te espera cuando te recuperes, hermanito. Me voy a tomar unas bien merecidas vacaciones.

Nacho se ríe mientras encara la silla a la ducha habilitada para él.

—No te tiene que gustar tanto esa chica para no hacerle una visita nocturna —vuelve con el temita y eso que he procurado despistarlo.

—Me largo —aviso saliendo del cuarto de baño y cerrando la puerta tras de mí, aunque eso no me impide oír las sonoras carcajadas de mi hermano dentro.

—Está de buen humor —murmura mi madre señalando adonde está Nacho.

—Se lo ha pasado muy bien.

—Se nota. —Sonríe aliviada—. Tu abuela me ha contado que le gusta Rebeca —añade en el mismo tono de voz y no puedo evitar sonreír porque mi nana se entera de todo. ¡Incluso antes que yo!

—Eso parece.

—Bien. Me gusta esa chica —indica asintiendo—. ¿Y tú?

—Me voy ya, mamá.

—Y esa chica que ha nombrado tu hermano, ¿quién es? ¿Está en el camping o vive en el pueblo?

—Creo que se me ha metido arena en los oídos, porque no oigo nada —suelto teatralmente mientras me dirijo hacia la puerta.

—Mateo —me advierte poniendo los brazos en jarras, y no puedo evitar sonreír al tiempo que me acerco para darle un sonoro beso en la mejilla—. No seas tan caradura y háblame de ella.

—Uf, qué cansado estoy. Mañana nos vemos, mamá —contesto abriendo la puerta y saliendo a la carrera de aquí.

—Ya te pillaré, ya, bandido —me dice, y muevo la mano despidiéndome de ella sin poder evitar sonreír.

Llego a la altura de mi bungaló del mismo buen humor, sintiéndome... bien, ¡joder! Y llevaba tanto tiempo sin sentirme así que me permito recrearme un poco en este estado. Me quedo mirando el bungaló de Penny; la luz encendida se cuela por la cortina echada y me encojo de hombros asumiendo que es absurdo ya intentar negarme algo que quiero hacer. Subo los dos escalones de un solo salto, llamo con los nudillos a la puerta y no tarda nada en abrirme, con el pelo todavía lleno de sal, de arena, con la misma ropa que ha usado antes, tan bonita que, ¡hostias!, se me remueve algo por dentro.

—Te estaba esperando —me dice, y mi pecho se hincha como el de un gorila—, para ducharnos juntos —susurra haciéndome pasar.

Ni siquiera le respondo, porque, en cuanto cierra la puerta, la aprisiono contra esta y la beso con las ganas que llevo reprimiendo toda esta maldita noche. Penny gime contra mi boca mientras comenzamos a quitarnos la ropa entre besos, caricias y sonrisas.

23

PENNY

—¡¡Nacheteee, prepárate para perder al parchís!! —suelto abriendo la puerta de su bungaló y veo cómo en ese momento Rebeca y él se separan, como si se estuvieran dando un beso—. Perdón, perdón. Creía que estabas solo —me disculpo, porque normalmente llamo, pero he visto a Cata en el bar y me ha dicho que él estaba solo viendo la televisión.

—No pasa nada —dice Rebeca con una sonrisa—. Me iba ya a trabajar —añade mientras se levanta del sofá.

—¿Luego nos vemos? —le pregunta Nacho y la camarera sonríe mientras asiente.

No puedo evitar sonreír mientras Rebeca pasa por mi lado y me guiña un ojo. Después me acerco a mi amigo, a quien le ha cambiado el semblante de un día para otro. A mi amigo, el amor, le da fuerzas y vitalidad.

—Bueno, bueno... —canturreo y veo que Nacho me muestra una amplia sonrisa al tiempo que se encoge de hombros—. ¡El correcaminos del amor al ataque!

—Me gusta —me confiesa, y no puedo evitar sonreír porque se nota que está contento.

—Y yo me alegro de que te guste. Es una buena chica.

—Sí —admite con una sonrisa—. Solo espero estar a su altura.

—Lo estás, Nacho. Simplemente trátala como se merece y disfruta como si todo fuera la primera vez.

Mi amigo sonríe mientras asiente.

—Entonces, ¿vienes a perder al parchís?

—No te lo crees ni tú, chato. Te voy a dar un repaso que lo vas a flipar —replico cogiendo el tablero, las fichas y los dados para ponernos a jugar.

Echamos la partida entre risas, bromas, pullitas y gritos, sobre todo los míos. ¡Se me da fatal perder, qué le vamos a hacer! A medio juego llega Mateo. Mateo, recién duchado, con el pelo mojadito y mirándome de esa manera que... Bueno, que me distrae sin remedio.

—¡¡No valeee!! —protesto porque mi amigo me ha matado ya dos fichas seguidas y al final voy a perder.

Mateo se ríe. Le saco la lengua porque tiene la culpa de que esté perdiendo, pero, claro, él no lo sabe y Nacho se parte de la risa. Acaba ganando mi amigo, pero no me quejo porque Cata, mientras terminábamos la partida, nos ha hecho la cena y nos ponemos los cuatro a degustar las deliciosas hamburguesas que ha preparado. Por supuesto, Nacho me da la matraca con que él es el ganador, pero me hago la ofendida y hablo con Cata de lo mal ganador que es su hijo.

—Cuando quieras la revancha, ya sabes —suelta Nacho a modo de despedida cuando ya me he levantado para marcharme a mi bungaló.

Sí, mi amigo es muy majo.

—Reza lo que sepas para que no te gane un día, porque, como lo haga, te lo voy a recordar eternamente —contesto picada y veo cómo este se carcajea en mi cara.

—No sé por qué jugáis solos, si al final acabáis siempre así —recuerda Mateo y me doy la vuelta para sacarle la lengua, pero él me muestra una sonrisa... que me hace imitarlo.

Qué se le va a hacer, una no puede ni siquiera ofenderse...

Pero sé que, en el fondo, tiene razón. Mateo siempre tenía que hacer de mediador entre nosotros porque nos picábamos en exceso con cualquier juego y, si jugábamos solos, al final nos enfadábamos y dejábamos de jugar. Mateo nos daba equilibrio; imagino que por eso, cuando dejamos de ser amigos, también dejamos de competir Nacho y yo.

—Yo también me voy. Buenas noches —se despide Mateo dándole un beso en la mejilla a su madre y un puñetazo juguetón a su hermano en el hombro.

Les digo adiós y comenzamos a recorrer el sendero juntos.

—He pillado a Rebeca y a Nacho besándose —susurro y veo que Mateo no disimula que se sorprende.

—Vaya... Parece que contemplar las estrellas funciona. Estoy por añadirlo a mi repertorio —suelta. Me giro para verle la cara y... ya me está echando una mirada socarrona que me hace negar con la cabeza con resignación.

—Pero eso es para buscar el amor, y tú... huyes de eso, ¿no? —Le guiño un ojo y él ensancha la sonrisa.

—Sí —contesta mientras me coge la mano y me detiene en medio del camino—. Es mucho más divertido esto —susurra para después buscar mis labios con urgencia, provocando que sonría contra ellos.

Y sé que no hay nadie por aquí a estas horas, pero besarnos en medio del sendero provoca que se me acelere el corazón, que me excite sin remedio como si lo que estuviéramos haciendo estuviese mal, como si fuera algo prohibido... pero, a la vez, eso lo hiciera incluso más tentador.

Mateo me mira a escasos centímetros de mis labios, me guiña un ojo y comenzamos a correr cogidos de la mano, para alcanzar mi cabaña, entrar y... comernos a besos.

¡Cómo me gusta acabar así la noche!

—Penny... ¿qué haces aquí? —me pregunta Cata abriendo la puerta de su bungaló, y sonrío porque solo han pasado dos días desde que cené con ellos. Parece que esté más tiempo aquí que en otro sitio—. Nacho no está.

—¡Lo sé! Tenía un huequecito libre y he pensado en hacerte compañía. Además, mira lo que traigo. —Alzo una bolsa transparente con pintaúñas de diferentes colores, limas y acetona—. Hoy toca tarde de chicas.

Cata esboza una pequeña sonrisa mientras abre la puerta y me deja entrar. Pasamos al salón, donde se han dejado la televisión puesta, pero a un volumen muy bajito. Me siento en una esquina del sofá y veo que ella empieza a trajinar en la cocina. Supongo que me estará preparando algo para beber. Al girar la cabeza hacia la mesilla que hay pegada al brazo del sofá descubro una foto en un precioso marco nacarado. En ella están posando los mellizos, deduzco que ahí deben de tener diecinueve o veinte años, sonrientes, activos, delante del enorme eucalipto situado dentro del recinto del camping. Me fijo en Mateo, en su sonrisa despreocupada, en su mirada cálida y bonachona, en lo guapo que era y es y... No puedo evitar reprimir un suspiro al recordar cómo esta mañana nos hemos despertado de nuevo uno al lado del otro, en la misma cama, después de habernos quedado dormidos abrazados, como si ya hubiésemos aceptado que es normal que acabemos así: juntos. Cuando hemos abierto los ojos, hemos pasado un buen rato besándonos... hasta que se ha marchado a su bungaló a prepararse para ir a trabajar. Creo que nunca me ha costado tanto salir de la cama como hoy, con lo bien que estaba con él acurrucada.

—Recuerdo que te gustaba el granizado de limón, ¿verdad? —dice Cata trayendo con ella dos vasos llenos.

—¡Me encanta! —exclamo, y ella sonríe mientras se sienta a mi lado.

Cojo el granizado y le doy un gran sorbo. Está tan fresquito y hace ya tanto calor que entra de vicio.

—Y, ahora, cuéntame, ¿quién te ha hecho venir esta tarde hasta aquí? —me plantea con tranquilidad y abro mucho los ojos por la sorpresa, pues no me esperaba esa pregunta.

—Ya te lo he dicho. Tenía un huequecito, sabía que los mellizos se habían ido a rehabilitación y Rebeca me ha prestado su bolsa de la manicura. Por cierto, esa chica tiene un gusto increíble para estas cosas. Mira, hasta hay uno con purpurina, Cata. Las uñas te van a quedar que ni a la Preysler.

—Ha sido mi madre, ¿verdad? —suelta sin tragarse toda mi explicación.

—Sí —confieso mientras me encojo de hombros.

—Lo suponía. Desde que ha amanecido, no ha parado de llamarme por teléfono con cualquier excusa. —Suspira mientras se retuerce las manos—. No la culpo, entiendo que esté preocupada. Hoy hubiese cumplido años mi marido, el primero que no va a celebrar —murmura con un hilo de voz y se me encoge el alma al verla tan triste—. Creo que mis hijos no han caído en la fecha que es o tal vez intentan protegerme para no verme mal. Sobre todo, mi Mateo... No sé qué hubiese hecho sin él estos meses, Penny. Gracias a él no nos hemos hundido ninguno.

—Tiene que ser muy duro.

—Lo es. Ignacio era... el amor de mi vida —susurra con la voz tomada por las emociones al hablar de su esposo—. Juntos pensábamos que éramos invencibles. Juntos peleamos para que el negocio de mi familia fuera hacia delante. Juntos criamos a nuestros hijos... y ahora... él ya no está. Es tan injusto que un hombre lleno de vida, de bondad, de amor, haya tenido que marcharse tan pronto, dejando a sus hijos aún jóvenes, dejándome a mí... —Solloza y busco su mano para apretársela con cariño—. ¿Sabes de lo que me arrepiento?

—No.

—De no haberle dicho más veces que lo quería; de no haberme ido con él de viaje cuando me lo proponía; de no abrazarlo más fuerte; de no darle muchos más besos... El tiempo es efímero, Penny, nunca pierdas la oportunidad de decir o hacer lo que quieras. —Cata se limpia las lágrimas que han empezado a desbordarse de sus ojos, para después suspirar de una manera entrecortada. Es evidente que está muy afligida—. Hoy hubiese cumplido cincuenta y dos años. Hoy hace exactamente siete meses que nos dejó y... —Solloza de nuevo—. Lo echo tanto de menos, Penny... tanto... que a veces pienso que nunca voy a volver a estar bien; que nunca voy a hallar la paz y el equilibrio que sentía cuando él estaba cerca; que nunca voy a volver a ser la que era.

—Cata —susurro abrazándola con fuerza y ella me responde del mismo modo, por lo que percibo cómo tiembla por el llanto.

No sé el rato que permanecemos así, abrazadas. La verdad es que no me importa. Creo que Cata ha sido fuerte durante estos meses por Nacho y no se ha permitido sentirse triste delante de nadie porque su hijo la necesitaba. Todo ese dolor, esa pena, la ha ido reprimiendo, provocando que se fuera marchitando por dentro.

—Cuánto lo siento, Penny —susurra separándose de mí mientras busca un pañuelo y se seca sus lágrimas—. Has venido a hacerme la manicura y yo hablándote de mis penas.

—No te preocupes, Cata. Lo de las uñas era una excusa para pasar la tarde contigo.

—Yo... —duda un segundo—. Da igual.

—Dime.

—Ignacio quería que sus cenizas se quedaran en este camping, ¿sabes?, bajo el enorme eucalipto donde me pidió... que me casara con él —musita con lágrimas en los ojos al recordar ese momento de sus vidas—. Desde que lo enterramos ahí, yo no... No he podido acercarme a él. Nacho me necesitaba e ir sola se me hacía cuesta arriba, y tampoco he querido pedírselo a Mateo... Bastante tiene encima, el pobre. ¿Querrías acompañarme? A lo mejor, estando con alguien, consigo hacerlo.

—Por supuesto. Vamos ahora.

—¿De verdad? No quiero entretenerte más de la cuenta. Sé que el camping está hasta la bandera y...

—De verdad —la interrumpo mostrándole una sonrisa para que se dé cuenta de que lo hago encantada.

Asiente mientras me coge la mano y sonríe entre lágrimas, para levantarnos juntas y salir del bungaló en dirección al eucalipto.

24

Cata no suelta mi mano, como si necesitara el apoyo de alguien para enfrentarse a este lugar. Supongo que debe de tener muchos recuerdos de este sitio, muchos más de los que me ha comentado por encima. Noto que tiembla cuando vemos el inmenso árbol delante de nosotras. La miro preocupada, pero ella me hace un gesto indicándome que está bien. Caminamos cogidas en silencio hasta detenernos frente a este imponente eucalipto y me sorprende el hecho de que, justo en este lugar, un par de pasos más atrás del árbol, le di mi primer beso a Mateo cuando éramos unos adolescentes.

Cata se arrodilla en el suelo y la acompaño poniéndome en esa misma posición. Toca la tierra con una de sus manos, sin soltarme con la otra y sin dejar de llorar.

No habla, solo deja salir el llanto y tiembla al encontrarse de nuevo aquí.

La miro de reojo y me muerdo el labio inferior, sin

saber si voy a meter la pata o, tal vez, es lo que necesita la madre de los mellizos.

—Hoy hubiese sido tu cumpleaños, Ignacio —susurro tocando la tierra y centrándome en cómo mis dedos la remueven suavemente—. Yo... —se me quiebra la voz—. Solo quiero darte las gracias por mostrarme lo maravilloso que es el cine. Gracias a ti descubrí joyas cinematográficas que todavía, de vez en cuando, vuelvo a ver. Gracias, también, por... —se me escapa una sonrisa entre las lágrimas al recordar—... por hacer la vista gorda cuando nos colábamos en la piscina. No tengo ninguna duda de que lo sabías, porque nos dejabas la verja abierta para que no tuviéramos que saltarla. Pero no te preocupes, que seguiré manteniendo el secreto para que Nacho siga creyendo que éramos unos rebeldes y que nadie se enteraba de nuestras excursiones nocturnas. —Sonrío con pesar—. ¿Sabes? Muchas veces he sentido celos de los mellizos por tener un padre tan increíble como lo eras tú. Mi padre... —Cierro un segundo los ojos—. Cuando yo nací él era mayor y tenía ya dos hijas adolescentes... y creo que fui demasiado inquieta para él. Nunca tuvo tiempo para mí y fui yo la que debí amoldarme a él, interesarme por su trabajo, para tener un poco de relación paternofilial, pero tú... Daba igual que estuvieras agotado, siempre estabas dispuesto a hablar con nosotros, a recomendarnos películas o a participar en algún juego de mesa. Siempre tenías una palabra amable para tus hijos e incluso para mí. Nunca te vi enfadado y anda que no tuviste razones con los cafres de tus hijos, sobre todo con Nacho. Yo... Siento tantísimo lo que te pasó, Ignacio. Solo quiero que, allá donde estés, te sientas orgulloso de tus hijos. Ellos son fuertes, valientes y han aprendido del mejor: de ti. Y tu esposa, creo que no tienes dudas de que te adora por encima de todo, y sé que conseguirá aprender a vivir sin ti, aunque te eche muchísimo de menos, porque, detrás de un gran hombre, siempre hay una gran mujer, y así es Cata. Una gran mujer que tuvo la suerte de tener a su lado a un hombre tan bueno como tú.

—Penny —susurra Cata; al mirarla me tengo que secar las lágrimas con el dorso de la mano.

—Me siento todavía culpable por no haber estado con vosotros ese horrible día. Si yo lo hubiese sabido... —Se me quiebra la voz y noto que Cata me estrecha con fuerza contra ella.

—Penny, creo que has llegado justo cuando más lo necesitábamos —la oigo decir y me estrecho más contra su cuerpo, y así nos quedamos un par de minutos abrazadas—. ¿Podrías dejarme un segundito a solas? Me gustaría hablarle como has hecho tú.

—Claro —murmuro levantándome del suelo y me seco las últimas lágrimas que se han deslizado por mi cara—. Estaré justo ahí, ¿vale?

Cata asiente y me alejo de ella lo suficiente como para no oírla y dejarle intimidad, pero cerca por si me necesita. Yo...

¡¡No quería echarme a llorar delante de ella!!

Quería ayudarla, quería que tuviera un día menos malo, sobre todo cuando Pruden me ha comentado que hoy hubiese sido el cumpleaños del padre de los mellizos y que, seguramente, su hija estaría muy triste, encerrada en su casa. Lo último que pretendía era acabar derramando lágrimas al recordar la gran persona que fue Ignacio.

No sé el tiempo que aguardo de pie a una distancia prudencial, viendo cómo Cata se encoge, cómo toca la tierra, cómo alza la mirada al cielo, al árbol, cómo se limpia los restos del llanto... hasta que, al final, se levanta y me mira con una pequeña sonrisa.

—Gracias —me dice mientras me coge del brazo y comenzamos a caminar de nuevo en dirección a su bungaló.

—¿Por qué?

—Por este momento. Por esta idea. Por querernos tanto. Y ahora... —susurra limpiándose las últimas lágrimas que le caen por las mejillas—... vamos a que me hagas esa manicura y a bebernos ese granizado ya líquido —añade intentando sonar más animada.

—Planazo.

—Sobre todo, el granizado calentucho —indica sacando la lengua con asco, haciendo que sonría débilmente—. Cambiando de tema... ¿Tú estás bien? Llevo muchos días queriendo preguntártelo, pero nunca encuentro el momento apropiado para hacerlo. Mi madre me contó que te llamó el otro día tu exnovio y que te afectó bastante.

—¿Has hecho alguna vez algo de lo que te arrepientes totalmente? —planteo con un hilo de voz.

—Claro que sí... Somos humanos y es normal hacer idioteces. Sobre todo, a vuestra edad. Uf, es la mejor época para hacer tonterías, te lo aseguro. Pero lo importante no es la vergüenza o la rabia que te pueda dar hacer algo, sino, cuando te das cuenta de que has hecho algo mal, poder afrontarlo, disculparte e intentar aceptarlo como parte de tu crecimiento como persona. Eres aún muy joven, Penny. Tienes toda la vida por delante para seguir cometiendo errores, para arrepentirte de ellos, para aprender, para buscar tu propio camino, tu propia manera de ver la vida.

—Pero ¿y si soy una cobarde y elijo el camino fácil?

—El camino fácil no existe, cariño —susurra mientras me aprieta con ternura el brazo que todavía tiene cogido—. Al principio te crees que sí, pero luego te das cuenta de que ese camino es todavía más complicado que el que has descartado. A veces asusta tomar esa decisión, el orgullo y el miedo nos bloquean y la mente nos dibuja una realidad que a lo mejor ni siquiera llega a presentarse —comenta, y asiento mientras comenzamos a subir por la rampa de la entrada de su casa—. ¿Puedo preguntarte de qué te arrepientes?

—De no ser tan fuerte como a veces quiero demostrar; de permitir que me utilicen; de quedarme al lado de un hombre del que no estaba enamorada, aunque al principio quise amarlo con todas mis fuerzas; de no pararme a pensar si mis decisiones me hacen feliz o no y de no haber tenido el valor de decirle a la cara que ya no podía continuar así.

—Por eso estás aquí: has huido de él.

—Sí —confieso mientras entramos en el bungaló—. Me pidió que me casara con él en una fiesta, rodeados de todos sus amigos y socios, Cata. Yo... —Cierro los ojos para después tomar asiento en el sofá y taparme los ojos con las manos—. Le dije que sí porque era lo que se suponía que tenía que hacer. Además, fue tan bonito, como siempre soñé que sería: él hincó la rodilla en el suelo mientras tenía abierta una cajita con una preciosa y carísima alianza. Todos nos miraban expectantes. Todos nos aplaudieron cuando respondí que sí y él me besó antes de pedir champán para celebrar nuestro compromiso.

»Pero esa noche no pude dormir. Esa noche me ahogaba la idea de pasar toda mi vida con él. Esa noche pensé que me volvería loca, porque sabía que no tenía que haber accedido a casarme con él. Sabía que estaba cometiendo un error. Por eso, me levanté de la cama de madrugada, le dejé una nota en la cocina diciéndole que me iba a ir de casa y que no me buscara, con la alianza encima. Esa misma mañana llamé a Pruden. Solo pude llevarme un par de cosas, el resto las tuve que comprar por el camino, y me vine aquí...

—Entiendo... —musita Cata mientras me coge la mano y me mira con sus bonachones ojos, esos que ha heredado Mateo—. Pero tienes que ponerte en su piel, cariño. Él te ama y seguramente no entenderá qué ha pasado para que aceptaras casarte con él y, a la mañana siguiente, decidieras desaparecer.

—No lo entiendes, Cata, yo... —Sollozo—. Yo... —titubeo un segundo, pero es como si sintiera una necesidad enorme de contárselo, de quitármelo de encima, de verbalizar de una vez todo lo que he vivido, todo lo que he callado y todo lo que he guardado en mi interior por miedo o por vergüenza, de sacarlo fuera y afrontar mis debilidades, como ha hecho Cata arrodillándose donde están enterradas las cenizas de Ignacio—. Nos conocimos en un *casting* para una película hace nueve meses. Estaba cansada de recibir negativas, de trabajar en cualquier oficio menos de actriz, y decidí que, si ese año no me daban ningún papel, dejaría de intentarlo. Alexis formaba parte del elenco que elegía a los actores y, aunque no me seleccionaron (según ellos no daba el perfil), llamé su atención. Él es mayor que yo, tiene treinta y cinco años; es seguro de sí mismo, un emprendedor, un tiburón del sector audiovisual y del espectáculo... Me gustaba la manera en la que me trataba. Era... distinto a todos los chicos con los que había salido y le di una oportunidad pensando que, tal vez, lo que necesitaba en mi vida era a alguien así... a alguien que supiera lo que quería y que me diera la estabilidad que necesitaba. Es cierto que me eclipsó su estilo de vida, ¿a quién no le habría pasado? Pasé de frecuentar pubs normalitos a frecuentar fiestas exclusivas. Y al principio me trataba como a una princesa, más que eso. Era como si se desviviera por mí; me halagaba, me agasajaba, me hacía sentir única, especial... hasta que consiguió lo que quería.

—¿Sexo? —susurra Cata, y niego con la cabeza.

—No. Que yo confiara ciegamente en él, que mis padres lo vieran como el novio perfecto y que me fuera a vivir a su casa a las pocas semanas de empezar a salir.

—¿Tan rápido?

Asiento con pesar.

—Nuestra relación siempre estuvo acelerada, como si fuéramos a contrarreloj y Alexis lo quisiera todo ya... Me decía que el tiempo era oro y que valoraba no perderlo por costumbres anticuadas. Yo... me dejé deslumbrar por él y por su mundo. —Suspiro mientras niego con la cabeza al no haber prestado atención a esas cosas que ya hacían intuir que esto no iba a acabar bien—. No tardamos mucho en asistir a multitud de fiestas como pareja formal, a eventos de todo tipo. Y, sin darme cuenta, poco a poco, empezó a decirme qué tenía que ponerme, cómo me tenía que mover, con quién tenía que hablar e incluso cómo debía sonreír. Todos hombres, todos posibles inversores para su productora, famosos directores, actores o personajes con mucho dinero e influencias... Al principio ni siquiera me molestó pasearme con vestidos tan cortos y escotados. Estaba viviendo el sueño de cualquier chica, ¿no? Estaba viviendo dentro de una burbuja que ni en mis mejores sueños hubiese imaginado. Además, pensaba que, al ser mi pareja, tenía que ayudarlo en lo que necesitara. Él siempre me decía que yo era su amuleto de la suerte, pues su negocio comenzó a despuntar al poco de empezar a salir juntos, y que no podía asistir sin mí a ningún evento. Poco a poco, casi de una manera imperceptible, Alexis me fue pidiendo más favores... que tuviera más atenciones con sus posibles inversores, que fuera más cariñosa, más accesible, más divertida y mucho más... sexy —musito mirándome las manos, notando que me cuesta hablar, pero, aun así, obligándome a sacarlo fuera—. No sé cómo ocurrió, pero él acabó marcando todos mis pasos. A veces, cuando le decía que no me apetecía ir a alguna de esas fiestas, me recordaba que vivía en su lujoso ático, que pagaba mi ropa, mis caprichos y mi comida, y que le debía demasiado como para tener la poca vergüenza de negarme. Fue como cerrar los ojos, abrirlos y verme dentro de un laberinto del que no encontraba la salida. Yo misma, incluso, llegué a regañarme y a reprocharme que fuera tan poco considerada, porque... ¿cómo iba a estar mal cuando vivía como una reina? Lo tenía todo, es cierto. Dinero, joyas, vestidos carísimos, fiestas espectaculares a las que ir, gente interesante que conocer y un hombre atractivo a mi lado que dejaba claro ante todo el mundo que me adoraba y que se empeñaba en mostrar que se desvivía por mí..., alguien que decía que haría cualquier cosa por verme feliz. Aunque todo eso era pura fachada...

—¿No te quería?

—No lo sé, Cata. No sé si él me ha querido de verdad alguna vez en estos nueve meses. No sé si solo era una chica voluble que él acogió para darle forma según sus necesidades. Y yo... Al principio sentía admiración por él, fascinación por todo lo que hacía, por cómo hablaba e incluso cómo se movía. Es un hombre muy interesante, con mucha personalidad y con un don para hablar. Pero me temo que, para él, yo era un peón que movía a su antojo. No tenía ni voz ni voto, solo podía acatar sus órdenes... porque, si no lo hacía, se enfadaba y me castigaba con su silencio... Hasta que todo se complicó un poquito más. —Me muerdo el labio inferior mientras retuerzo mis manos—. Una noche, en una de esas fiestas, donde empecé a beber de más simplemente para intentar adormecer mi mente porque se oponía a ese extraño modo de vida, uno de sus posibles inversores... me besó en contra de mi voluntad. Le di una bofetada, me encaré con él y salí corriendo hacia donde estaba Alexis... Él... —Niego con la cabeza sintiendo que algo me aprieta en el pecho y me impide respirar bien—. Me echó la bronca por haber pegado a un hombre tan importante y con tanto dinero, sin importarle nada más que su maldito negocio. Le dio la vuelta a la situación, de tal manera que acabó dejando claro que yo era la responsable de todo y me recriminó que ese posible inversor pudiera sentirse ofendido por mi reacción, argumentando que, sin duda, yo lo había malinterpretado. ¡¡Había malinterpretado que me besara en contra de mi voluntad!!

»Esa fue la primera noche que empecé a sentir que me ahogaba. Esa fue la primera noche que empecé a cuestionarme mis decisiones y el poder que le había dado a Alexis sobre mí sin pensar en las consecuencias.

—Dios mío, Penny —susurra, y siento cómo se me escapa una lágrima—. Ese hombre es... horrible. Normal que huyeras de él.

—Sí, pero no lo hice esa noche. Me costó mucho dar

ese paso, Cata. Siempre había creído que jamás me pasaría algo similar. Estaba convencida de que sería de esas mujeres que, a la mínima señal que viese, me largaría y dejaría al tipo en cuestión. Pero no fue así. Era como si no me reconociera, como si no pudiera tomar esa decisión, como si mi personalidad se apagara cuando él estaba delante, como si mis fuerzas se evaporaran cuando él me miraba. Sentía miedo porque no sabía cómo reaccionaría cuando le dijera que ya no quería estar con él. Y, cada día que pasaba, ese temor crecía, haciéndose más y más grande. No sabía cómo salir de esa situación. Lo que me hizo huir fue la perspectiva de no poder escapar nunca de él. Eso es lo que me empujó a marcharme, y no todo por lo que pasé antes.

—¿Él te... pegó?

—No —susurro—. Nunca me puso la mano encima, pero echaba por tierra todo lo que decía o hacía, aunque siempre de una manera fingidamente inocente, como si en realidad lo hiciera por mi propio bien. Tanto es así que llegué a pensar que no era suficiente para él. Porque siempre rectificaba todo lo que hacía o decía y siempre me pedía más: mejores sonrisas, hablar mejor, aprender a saber estar en todo momento... Y, como si eso fuera poco, a veces me amenazaba con no darme dinero... porque... dependía económicamente de él. Dejé de trabajar porque él me lo pidió. No tenía amigas, porque según él no tenía tiempo para atenderlas, pues teníamos una agenda muy ajetreada de viajes y fiestas. A veces veía a mi hermana mayor, que ahora vive en Madrid, o me acercaba a Valencia a ver a mis padres, pero como máximo un par de días porque, según Alexis, me necesitaba. Era como si no soportara que me alejara; como si necesitara marcar todos mis pasos; como si no se fiara nunca de mí. Pero, cuando estaba con él, me sentía como un elemento decorativo que solo mostraba cuando le interesaba.

—¡Madre mía, Penny! Él te anulaba y tú te creías todo lo que él te decía porque pensabas que eso era tener una relación. Pero te aseguro que no, cariño. Tener una pareja no es someterse al otro. No es dejar de ser tú para amoldarte a sus gustos. Elegir a alguien con quien pasar el resto de tu vida es elegir la paz, el equilibro, la esencia de ti misma. Es ser libre, pero al lado de otra persona. Es querer lo mejor para el otro y, a su vez, que esa persona quiera lo mejor para ti. Es amar en cuerpo y alma, tanto que incluso serás capaz de dejarlo marchar si así la otra persona es feliz. El amor no esclaviza, cariño, sino que libera.

—Yo nunca he sentido ese amor que describen las películas o las novelas. No se me ha parado el tiempo, no he sentido mariposas en el estómago, no he notado que mi mundo girara más lentamente. ¿Y si... no sirvo para amar y no sirvo para que me amen?

—Penny —murmura cogiéndome de nuevo la mano—, cada persona es distinta y también lo es su manera de vivir el amor. No puedes comparar lo que sientes con nadie y mucho menos intentar buscar algo tan idealizado. El amor es tan sencillo que, cuando lo encuentres, te darás cuenta de lo equivocada que estabas al pensar que no sirves para él. Amar es encontrar en una misma persona a tu mejor amigo, a tu mejor compañero, a tu amante y a quien le confiarías tu alma, porque sabrás que la cuidará incluso mejor que tú; una persona con la que podrás mostrarte tal y como eres sin miedo. Porque él te amará por esa razón. Porque él te cuidará incluso en el peor de tus días. Porque él te ayudará a abrir las alas lo máximo posible y a volar tan alto como quieras.

—¿Y si no encuentro nunca ese amor?

—Lo harás. No tengo la menor duda. A veces cuesta un poquito llegar hasta él, pero sé que un día abrirás los ojos, mirarás a ese chico y sabrás que es lo que estabas esperando para amar con todo tu ser.

El sonido de las voces de los mellizos en la entrada del bungaló me hace abrir mucho los ojos y mirarla asustada.

—Por favor, Cata, no le cuentes esto a nadie y mucho menos a... ellos —le pido con un hilo de voz.

Cata asiente mientras me aprieta la mano, mirándome con tanta ternura que tengo que hacer un esfuerzo titánico para no echarme a llorar otra vez.

—Creo que elijo el pintaúñas rosa con el acabado en purpurina —comenta señalando la bolsa de Rebeca y sonrío al ver cómo está disimulando ahora que acaban de entrar sus hijos.

—¡Marchandooo! —suelto centrándome en esta tarea mientras borro cualquier rastro de lágrimas de mi cara y siento la mirada de los hermanos anclada en nosotras.

—¿Qué tal la rehabilitación? —le pregunta Cata a Nacho.

—Bien... ¿Qué hacéis?

—¿No lo ves? —señala su madre—. Tarde de chicas.

Alzo la vista rápidamente hacia ellos haciendo un esfuerzo por esbozar una sonrisa que, ahora mismo, no siento, y compruebo que Nacho se ha acercado a su madre para ver los pintaúñas, pero Mateo tiene los ojos fijos en mí.

Trago saliva procurando concentrarme en limar

las uñas de Cata, esperando que él no note que esta tarde he podido hablar de lo que llevo huyendo desde que llegué. No sé si ha sido por el momento tan íntimo que he compartido con ella, pero las palabras sobre esa relación han brotado solas por primera vez en mi vida. Nadie sabe por todo lo que he pasado con Alexis. Solo Cata.

25

MATEO

Mi madre sonríe sirviendo los platos de la cena delante de nosotros. Penny bromea con Nacho mientras le pone la botella de agua delante y, aunque ahora mismo las dos parecen contentas, no tengo ninguna duda de que han estado llorando. Cuando hemos entrado, sus ojos estaban brillantes, hinchados, y Penny no paraba de apartar su mirada de mí...

Cenamos mientras mi madre pasea con orgullo las uñas que le ha pintado Penny y Nacho protesta porque su amiga le ha pintado dos uñas en contra de su voluntad, riendo, bromeando, intentando que él no recuerde qué día es hoy...

—Estoy cansado —dice mi hermano después de cenar—, ¿podemos dejar los ejercicios de la piscina para mañana?

—Claro —contesto, porque sé que el fisio hoy lo ha machacado y se merece una tregua.

—Podríamos ver una peli todos juntos —propone

Penny con una sonrisa y mi madre y ella se miran un segundo (como si se comunicaran con ese gesto), para después volver a centrar la atención en nosotros.

—Me parece una buena idea —comento, y mi madre sonríe satisfecha por mi respuesta.

Nos levantamos de la mesa para recoger y aprovecho que ellas están cuchicheando en la cocina para buscar el título de la película.

—¿Quién te ha dicho que la vas a elegir tú? —suelta mi mellizo acercándose con la silla de ruedas al salón.

—Nadie, pero creo que ya va siendo hora de que no todo gire en torno a ti, capullo —replico simplemente para fastidiarlo, tal como solía hacer antes de aquella tarde que nos cambió por completo a todos.

—Bah, seguro que eliges una de *La guerra de las galaxias*... Me voy a pegar una siesta buena a tu salud..., capullo —me rebate siguiéndome el juego y sonrío mientras introduzco en el reproductor de DVD la película que quería.

Me siento en la esquina del sofá al lado de la mesita auxiliar, mi madre llega antes y se sienta justo en la otra esquina, al lado de donde está Nacho, dejando libre el sitio de en medio, donde Penny se deja caer con tranquilidad.

—¡Dale al *play*! —exclama esta entusiasmada.

Trago saliva mientras pongo en marcha el DVD, esperando que mi elección no fastidie el momento. Nada más empezar, mi madre gira la cara hacia mí y me sonríe, para después mirar de reojo a mi hermano, que se ha quedado quieto al ver que he puesto *El Padrino,* la película preferida de nuestro padre. Siento el dedo de Penny rozar mi pierna, como si supiera que también me afecta ver esta película, como si supiera qué día es hoy.

La miro de reojo, pero ella sigue con la vista anclada en la pantalla... tan bonita, tan serena, tan increíble...

Trago saliva haciendo un esfuerzo por centrarme en la peli, aunque lo único que me apetece ahora mismo es cogerla de la mano delante de mi familia, estrecharla contra mi cuerpo y darle un beso en la cabeza.

Me froto la cara, me remuevo un poco en el sofá y Penny me mira con esos enormes ojos azules que tanto me recuerdan al mar, al verano, a las risas...

«¿Estás bien?», me pregunta en silencio, solo moviendo los labios, esos labios rosados que tanto me gusta besar.

Asiento y, de repente, me coge la mano que tengo apoyada en el asiento y entrelaza sus dedos con los míos, y noto cómo mi pecho se ensancha, se expande, y cómo el corazón me retumba desbocado al darme lo que llevo ansiando desde que ella se ha sentado a mi lado.

La película avanza, mi madre se limpia algunas lágrimas, mi hermano también, y yo solo puedo pensar en que mi padre, ahora mismo, estaría feliz de vernos a todos juntos aquí.

—Gracias por todo —susurra mi madre mientras le da un cálido abrazo a Penny antes de marcharnos.

—A ti —responde esta despidiéndose de ella para comenzar a bajar la rampa.

—*El Padrino* era la película favorita de mi padre —le digo al poco, caminando uno al lado del otro sin tocarnos, dirigiéndonos adonde están nuestros bungalós.

—Te acuerdas de qué día es hoy, ¿verdad? —pregunta con un hilo de voz y asiento cuando se gira para mirarme—. Ha sido un regalo perfecto para tu padre.

—Yo también lo creo. Por eso has pasado esta tarde con mi madre, ¿no?

—Sí, me lo ha pedido tu abuela —me explica, y sé que, si ella hubiese sabido antes que hoy era su cumpleaños, no habría hecho falta que nadie le dijera que fuera a hacer compañía a mi madre.

—Gracias.

—No me des las gracias. Siempre me ha gustado hablar con tu madre. Ella... sabe escuchar —susurra encogiéndose de hombros.

—¿Quieres... que entre? —pregunto cuando estamos cerca de nuestros bungalós.

Sé que es absurdo que se lo pregunte, llevamos todas estas noches pasadas durmiendo en la misma cama. Pero hoy es un día raro y... simplemente ha salido de mis labios sin pensar.

—Claro, pero... estoy con la regla —responde dejando claro que esta noche no va a haber sexo. Y entonces siento algo en mi interior que me hace removerme inquieto y, para intentar controlar esta sensación, me echo el cabello hacia atrás.

—Esta noche no quiero estar solo —suelto, otra vez sin pensar, y me arrepiento al instante de mostrar delante de Penny que esta fecha me entristece, pero, además, me recuerda todo lo que hice.

—Yo tampoco quiero estar sola —contesta mientras entrelaza su mano con la mía y me arrastra hasta su cabaña.

Entramos y... tengo la sensación de que algo ha cambiado. Penny echa la tupida cortina para tener intimidad y me dice que va un momento al aseo. Me siento en la cama, me llevo las manos a la cara e intento buscar mi autocontrol, ese que me ha ayudado a afrontar estos meses tan duros. Sin embargo, hoy es como si se hubiese cogido el día libre, porque noto que todo me afecta..., la fecha que es, estar aquí, saber que Penny y yo solo vamos a dormir y no tener la excusa del sexo para quedarme aquí a su lado...

Empiezo a dudar de todo, incluso de mí mismo; de todo lo que he creído, de todo por lo que he luchado, de todo lo que estoy ocultando. Me levanto de la cama como si quisiera huir, pero nada más ver a Penny salir del cuarto de baño todo se esfuma. Todo. Me sonríe mientras se quita la ropa delante de mí, para ponerse su enorme camiseta desteñida. Pasa por mi lado, abre la cama, se tumba y me señala el hueco donde llevo durmiendo estos días.

Expulso el aire por los labios, le señalo el baño y me encierro ahí un segundo, solo para mirarme en el espejo, para echarme agua fría en la cara y para darme cuenta de que nunca he tenido escapatoria; de que fue llegar ella y todo a mi alrededor cambió...

Todo, sin excepciones.

Vuelvo a salir, me quito los pantalones, la camiseta y me tumbo a su lado en ropa interior. Penny me recibe con una sonrisa y dejo en libertad mi cuerpo, que me pide estrecharla contra mí y hundir mi nariz en su pelo, permitiéndome este desliz en mi autocontrol, como si fuera incapaz de detenerlo.

—¿Estás bien? —me pregunta al cabo de unos minutos en silencio, abrazados, simplemente sintiéndonos.

—No —confieso por primera vez—, pero lo estaré.

Penny alza la cabeza para mirarme a los ojos de cerca y busca mis labios con su boca para darme un tierno beso que desata algo en mi interior que... no consigo frenar. Sollozo. Penny me mira y, sin decir nada, me acoge entre sus brazos para reconfortarme.

No hablo, ahora mismo no puedo ni siquiera intentar expresar lo que siento. Solo lloro, todas esas lágrimas que he reprimido desde aquella maldita tarde, mientras ella me estrecha cada vez con más fuerza contra su cuerpo, como si quisiera aliviar mi dolor, mientras besa mi frente, frota mi espalda con ternura y me demuestra lo equivocado que estaba por haberla odiado durante tantos años.

«Me lo estás poniendo muy difícil, Penny... Lo estoy intentando de todas las maneras posibles, estoy poniendo toda mi fuerza de voluntad, pero cómo no enamorarme de ti si eres justo lo que siempre he querido.»

Y sé que debería levantarme de aquí y largarme.

Sé que debería poner punto final antes de que todo se complique todavía más, porque no quiero hacerle daño. Eso es lo último que me gustaría hacer.

Pero no puedo...

No puedo ni quiero apartarme ahora mismo de ella.

Siento que Penny me da otro dulce beso en la frente sin dejar de acariciar mi espalda y no puedo imaginar un lugar mejor que este: con ella a mi lado.

26

Abro los ojos y siento la mano de Mateo rodear mi cintura mientras respira acompasado, relajado, algo que me hace intuir que sigue durmiendo plácidamente. No puedo evitar sonreír mientras disfruto de esta increíble sensación. Despertar juntos, enredados, después de una noche distinta a todas las demás. No hubo sexo. Solo caricias, besos y palabras susurradas mientras estábamos abrazados. Fue hasta más íntimo que acabar desnudos, como si volviésemos a ser esos amigos que fuimos, pero incluso mejor. Mateo se mostró vulnerable por primera vez delante de mí. Ni siquiera de niños recuerdo haberlo visto llorar o quejarse de algo. Anoche se me rompía el alma al oír cómo lloraba mientras me abrazaba. Anoche me di cuenta de que haría lo que fuera por devolverle la sonrisa, por hacerle sentir bien, por aliviar ese dolor que lleva arrastrando desde hace tanto tiempo. Pero, sobre todo, me di cuenta de que hay algo que ha cambiado en mí por completo. No sé si se deberá a que he podido hablar por primera vez de lo que me ocurrió con Alexis con su madre y ahora me siento más libre, como si me hubiese quitado un enorme peso de encima. Pero despertar esta mañana con él a mi lado me ha hecho percatarme de algo que llevo esquivando todos estos días. Mateo no solo me atrae, no solo me gusta, no solo siento que con él tengo la fuerza colosal que creí haber perdido, sino que, además, lo quiero de una manera distinta... de una manera que nunca antes había experimentado; una manera natural, sin forzar nada, sin darle vueltas, simplemente sintiéndolo en mi pecho latir de forma acompasada.

—Hummm... Penny —susurra entre sueños y... algo en mi interior me hace cosquillas, me hace removerme inquieta, pero, sobre todo, me hace sonreír, porque es como si reafirmara lo que he asumido hace un instante.

Mi pecho podría reventar ahora mismo... y me da miedo, mucho miedo, ponerle nombre a esto tan nuevo que siento por él.

Porque no sé qué es lo que Mateo piensa y mucho menos lo que quiere.

Porque no sé si es el momento indicado para volver a meterme en una relación cuando la anterior sigue tan reciente en mi mente.

Porque temo que se fastidie todo esto que tenemos.

Y como si estuviera esperando este momento, mi mente me arrastra a un recuerdo de un verano que pasé aquí. Creo que teníamos once años. Ignacio montó una tienda de campaña en una parcela próxima a su bungaló para que durmiéramos allí. Esa noche fue increíble. Nos divertimos tanto, nos reímos tanto, que me dolía hasta la barriga, y cuando llegó el cansancio nos tumbamos en una cama inflable los tres juntos. Yo, en medio, por supuesto, porque me encantaba estar rodeada de mis mellizos.

Pero cuando la oscuridad lo llenó todo y solo se oía el ulular de las aves nocturnas, me entró miedo y me abracé a Mateo sin dudar. Él siempre me protegía, siempre cuidaba de mí, y sabía que no se quejaría si me acercaba a él para no estar asustada; algo que sí haría su hermano. A Nacho siempre le gustaba reírse de todos, aunque siempre lo hacía con cariño y no con maldad. Recuerdo cómo Mateo me abrazó de inmediato y me susurró al oído que siempre estaría a mi lado para protegerme, que no tuviera miedo. Me quedé durmiendo así, acurrucada en su pecho, escuchando el latir de su corazón, sabiendo que él estaba conmigo. A la mañana siguiente Nacho se burló de nosotros, pero sobre todo de mí, por ser una gallina a quien le daba miedo la oscuridad. Mateo me defendió diciendo que el que había tenido miedo era él, y no le importó que su hermano no cesara de burlarse durante semanas de esa confesión.

Una vez más me protegió. Porque siempre había sido así. Nacho era el que me hacía sonreír sin cesar, y Mateo, el que me hacía sentir segura, el que me daba paz.

Sentir un beso en el hombro me ayuda a salir de mis recuerdos para girarme y ver los ojos somnolientos de Mateo.

—Buenos días —susurro y le doy un beso en los labios.

—Hummm... —ronronea mientras me abraza y se acurruca a mi cuerpo—. ¿Qué hora es?

—Muy temprano.

—Mejor —dice mientras me da un beso de esos que me roban el aliento.

—¿Cómo estás? —le pregunto con un hilo de voz y me aparta con cuidado un mechón de pelo para dejarlo detrás de mi oreja mientras me mira fijamente.

—Bien —contesta y me da un increíble beso—. Bien —añade más convincente para a continuación volver a atacar mis labios—. Cada vez mejor —indica contra mi boca para luego acallar mi risa con esos labios tan magistrales que tiene—. ¡Maldito teléfono! —protesta cuando empieza a sonar y no puedo evitar sonreír divertida mientras me besa de nuevo y se gira para ver quién es—. Dime, Dani —responde girándose para deslizar sus dedos por mi cara, por mis labios, y me da un beso rápido—. ¿Otra vez? —Alza los ojos al techo mientras niega con la cabeza—. Sí, ya voy. ¡Cierra la puta boca! —suelta y capto cómo su amigo se carcajea de él, para a continuación ver que Mateo deja el móvil y se frota la cara con ambas manos.

—¿Problemas?

—¿Y cuándo no? El camping es viejo y, cuando no son pitos, son flautas —farfulla mientras se gira hacia mí—. Me tengo que ir.

—Ya...

Siento su mano enterrarse detrás de mi nuca para acercarme a él y adorar mis labios con lentitud, tentándome con su lengua, arrancándome gemidos que provoca con sus dientes para después darme un beso húmedo en los labios.

—Me voy —repite y... vuelve a besarme haciendo que sonría contra su boca—. Me tengo que ir... —Sonrío de nuevo mientras respondo con todo mi ser a cada beso que me da, a cada caricia, a cada segundo compartido... como si se nos acabara, como si el mundo pudiera terminar en el siguiente minuto—. Maldito seas, Daniel

—gruñe antes de abordar mi boca como un loco, y me arranca jadeos con este increíble y pasional beso.

Finalmente se levanta a regañadientes y se pone la ropa sin dejar de mirarme. Se echa el cabello hacia atrás, se acerca a mí y me da otro beso, este mucho más corto, pero no por ello menos tentador. Me mira una vez más y sale del bungaló dejándome revolucionada en cuerpo y alma.

No sé qué voy a hacer ahora que me he dado cuenta de que esto no solo es un rollete de verano...

—Como siempre, complicándote todavía más la vida, Penélope —me digo al tiempo que me obligo a levantarme para comenzar el día.

Me siento en el que es ya mi sitio en el bar y Pruden observa cómo cojo el tenedor y empiezo a engullir la cena que —¡bendita seas, Rebeca!— ya tengo servida en la mesa.

—Pero, mi niña, ¿qué son esas prisas?

—Los mellizos me esperan en la piscina dentro de —levanto la muñeca para ver la hora y hago una mueca de disgusto— quince minutos. ¡Mierda!

—No sé cómo no acabas durmiéndote por los rincones, Penny —dice Rebeca antes de levantarse de su silla para atender a un cliente que acaba de entrar.

—Ni yo —farfullo sin dejar de comer. ¡Qué hambre!—. Es que se me ha complicado la tarde —informo a Pruden, que no me quita los ojos de encima. En este momento Daniel se sienta a nuestra mesa. Parece que a él también se le ha hecho tarde—. Después del Chiqui-Fun, he ido a preparar dos parcelas y una cabaña y... ¡Mira qué hora es!

—Una polvorilla como siempre —susurra con una sonrisa la abuela de los mellizos—. Bueno, yo ya no aguanto más, niña. Lo he intentado, de verdad, de corazón, pero, si tardo un poco más, me acabarán saliendo las letritas esas que salen al final de las películas —añade con gracia mientras sigo comiendo como si mi vida dependiera de ello. ¡Llego tarde!—. Allá va: ¿ya te ha dicho mi nieto que te quiere? —suelta a bocajarro.

La comida se me va por otro lado.

Toso.

Toso, toso y creo que me pongo roja del esfuerzo.

Los ojos me empiezan a lagrimear y veo cómo Pruden me mira con cara de culpabilidad.

Pero... ¿cómo me puede soltar eso y quedarse tan pancha?

Daniel empieza a darme golpes en la espalda y le lanzo una mirada que podría fulminarlo mientras él me sonríe y niega con la cabeza.

—Te prometo que no le he dicho nada a nadie —me asegura tendiéndome el vaso de agua una vez que consigo dejar de toser.

—¿Conque tú lo sabías y no me has dicho nada? —le recrimina la anciana dándole un fuerte golpe en el hombro, provocando que este se eche a reír—. Ya te cogeré yo por banda, muchacho. Estas cosas se cuentan, no se callan y mucho menos a una abuela —añade mientras niega con la cabeza, desaprobando su actitud, y después me mira a mí cruzando las manos sobre la mesa—. Llevo viendo a mi nieto salir de tu bungaló todas las mañanas desde hace semanas, niña —susurra y abro mucho los ojos al no esperarme esto—. Soy vieja, pero no tonta, y me imagino que no irá a asegurarse de que te levantas a la hora correcta, ¿no?

—Eh... —titubeo y miro de reojo a Daniel, que ahora mismo tiene los ojos bien abiertos, sin perderse ni una palabra de lo que hablamos. ¡Anda que no le gusta un buen chisme al amigo!

—¿Y bien? —insiste—. ¿Te lo ha dicho ya o no? Porque, como no lo haya hecho, le doy un cosqui que lo espabilo enseguida —afirma envalentonada y resoplo mirando el plato donde todavía me queda parte de la cena.

—No hemos hablado de eso, Pruden.

—¡Ya estamos! —exclama alzando las manos al techo—. Como lo coja, se le van todas las tonterías a este niño.

—Por favor, Pruden, no le digas nada, yo... —Me muerdo el labio inferior—. No quiero que se asuste...

—Ay, mi niña —dice mientras me coge la mano y me mira con sus diminutos ojillos—. Se nota que os hacéis bien. Tú estás mucho más animada y él... Ay... —Suspira con una sonrisa—. Mateo está mucho más tranquilo, mucho más relajado y feliz.

—No creo que ahora mismo esté muy tranquilo, Pruden —interviene Daniel—. Aquí la niña llega tarde y ya sabes lo que odia la impuntualidad tu nieto.

—Seguro que no le dice nada. La quiere, lo sé —asegura mientras se toca la nariz, como si me quisiera decir que no se le escapa nada, y titubeo mirando la comida que me he dejado, notando que se me ha cerrado de golpe el estómago.

—Creo que debo irme ya —susurro para después coger el vaso de agua y terminármelo entero.

—¿No vas a acabar de cenar? —me pregunta Pruden preocupada.

—Se me ha quitado el hambre —contesto mientras me levanto, les sonrío y me marcho sintiéndome extraña.

¿Mateo me quiere?

En este momento todo me da vueltas y no sé ni siquiera qué pensar, porque todavía estoy intentando averiguar qué es lo que siento por él.

Que sí, que me gusta mucho. Pero mucho mucho. Que empiezo a notar algo distinto en mi interior cada vez que lo veo, como si se me retorciese el estómago. Que no puedo evitar sonreír cuando pienso en él y eso es la mayor parte del tiempo porque no consigo quitármelo de la cabeza, pero... Ahora mismo no puedo plantearme meterme en otra relación. Hace nada he salido de una complicada y muy tóxica, ¿cómo me voy a meter de lleno en otra? Además... tengo miedo. Tengo mucho miedo de decir o hacer algo que provoque que vuelva a perderlo como amigo.

Me sentiría tan culpable si volviésemos al punto de partida... Una de las cosas que más me gusta de estar con él es que he recuperado a mi otro mejor amigo.

Todo me da vueltas, el estómago incluso me molesta y no sé si se debe a que finalmente casi no he cenado o a todo este jaleo en el que me he metido solita.

—¡Al fin! —oigo a Nacho nada más entrar en la zona de la piscina y, al buscarlo, lo veo ya en el agua junto a su mellizo, que está de espaldas a mí—. Mateo ha estado a punto de ir a buscarte.

—La tarde se me ha complicado, lo siento —susurro mientras me quito la ropa y me acerco a la piscina para meterme dentro.

Nado hasta ellos oyendo cómo hablan de los nuevos ejercicios que tiene que hacer hoy. En cuanto los alcanzo, me levanto y...

Mateo me mira mostrándome una pequeña sonrisa que me hace suspirar, quitándome de golpe todo el guirigay que tenía en la mente. Es como si, al tenerlo delante, no tuviese dudas de que, sea lo que sea lo que tenemos, me encanta. ¡Qué leches! Esto... esto no lo he sentido nunca por nadie... Sonreír simplemente con una mirada; que mi cuerpo se erice; que mi corazón lata más deprisa; que mis problemas dejen de importar; que quiera abrazarlo, besarlo hasta acabar dormida... Esto nunca, jamás, me había pasado con un chico.

Esto tiene que ser el amor.

Tengo miedo, es cierto. Porque nunca he sentido nada así por nadie. Porque no sé si Pruden tiene razón o no. Porque temo que me haga daño, incluso más del que me hizo Alexis. Porque me da pavor ser yo quien le haga daño porque aún no le he contado la verdad y no sé cómo reaccionará cuando se entere. Sin embargo, no puedo pensar en otra cosa que no sea estar a solas con él, besarlo, abrazarlo, hablar de cualquier cosa y sentirlo con cada centímetro de mi cuerpo.

Si esto no es amor, no sé qué nombre ponerle.

—¿Todo bien? —pregunta Nacho al ver que me he quedado callada.

—Sí, ¡sí! Vamos al lío, chato —suelto intentando sonar desenfadada.

No sé si lo consigo, aunque eso es lo de menos. Sin embargo, nada más sentir uno de los dedos de Mateo rozar intencionadamente mi cintura, me obligo a ponerme al cien por cien con los ejercicios, para terminar cuanto antes y poder tener a Mateo para mí sola.

27

PENNY

Termino de pintarme unas llamativas mariposas en la cara para empezar mi turno en el ChiquiFun. Este servicio cada vez va mejor; los niños se lo pasan tan bien que quieren repetir todos los días y, claro, eso hace al camping ganar más dinero.

Reprimo un suspiro mientras me cepillo con cuidado las dos coletas que me he hecho a cada lado de la cabeza, pensando en... Mateo, cómo no. Desde que he dejado de verlo como un rollete de verano y siento que, cada día que pasa, lo nuestro crece más y más, todo va incluso mejor. Conversamos mucho, nos reímos todavía más y compartimos todas las noches, sin importar nada excepto pasar juntos ese poco tiempo, abrazándonos, hablando entre susurros y sintiendo cómo Mateo dibuja en mi piel líneas imaginarias que me encantaría ver.

No le he dicho que su abuela sabe que nos estamos viendo a escondidas.

No le he dicho que, con cada minuto que pasa, este

tímido sentimiento, al que ya le he puesto nombre, se hace cada vez más fuerte.

No le he dicho que durante el día estoy deseando que llegue la noche, para estar con él, para tenerlo para mí sola.

Y no he dicho nada de eso porque sigo siendo una cobarde que prefiere callarse antes que darle cualquier excusa para dejarme.

Yo... Sé que tengo que contárselo, pero quiero vivir tantas cosas a su lado que las palabras al final se me quedan atascadas en el fondo de la garganta y disfruto de las sensaciones.

Me encanta estar con él.

Me vuelve loca que me toque, que me bese, que hable conmigo de las cosas cotidianas...

Disfruto cada segundo a su lado y lo último que quiero es estropearlo verbalizando lo que siento.

Esta vez me voy a permitir disfrutarlo todo sin pensar en nada más.

Sonrío mientras salgo del bungaló totalmente preparada para mi trabajo.

—¡Penny! —me llama Rebeca nada más salir—. Te estaba buscando —añade con una amplia sonrisa.

—Aquí me tienes, por lo tanto... ¡cuentaaa! —exclamo al ver lo contenta que está; sin duda eso significa que hay un chisme que me quiere soltar.

—Pruden lo ha conseguido —anuncia cogiéndome las manos, y veo que sus ojos se llenan de emociones—. Mi madre ha aceptado que deje de trabajar y que vuelva a estudiar.

—¡Síí! —chillo mirando al cielo para después abrazarla con fuerza, porque... anda que no le ha costado a la mujer acceder—. ¿Y ya has mirado adónde irás?

—Sí. Tenía tantas esperanzas puestas en que Pruden lo lograría que estos días he quedado con Nacho para que me ayudara a buscar instituto. Ya tenemos unos cuantos en la lista. Ahora tengo que esperar a la repesca, porque las matrículas fueron el mes pasado, pero, si no es en un instituto, me iré a otro. Ay, ¡qué feliz estoy!

—Y yo de que lo estés —susurro con una sonrisa reprimiendo las ganas que tengo de preguntarle por esa amistad especial que está teniendo con Nacho ya aparte del grupo.

Pero, como bien diría Pruden, las cosas de palacio van despacio y tampoco quiero que Rebeca se asuste al saber que mi amigo es el correcaminos del amor... aunque ya sepa, por Nacho, que besos los hay en cada uno de sus encuentros, pero quieren ir despacio. ¡Algo que entiendo más que nadie!

Ay, son tan monoooos.

—Me voy a contárselo a Nacho —dice superfeliz—. Luego nos vemos.

No puedo evitar sonreír mientras la veo correr hacia arriba por el sendero para hablar con mi amigo, que seguro desplegará sus dotes de romántico total para enamorarla por completo. Menudo es Nacho cuando le interesa alguien.

—¿Adónde vas tan sonriente? —oigo, y al girarme hacia el bungaló nueve veo asomarse a Mateo.

Mateo, con una camiseta blanca que le queda espectacular.

Mateo, con una sonrisa dedicada a mí mientras desliza sus tentadores ojos por todo mi atuendo de animadora infantil.

Mateo, que, haga lo que haga, me pone a mil por hora y revoluciona mi cuerpo por dentro y por fuera.

—Es un buen día —susurro acercándome a él.

—Me alegro de que lo sea. El mío está siendo horrible —añade para después mirar hacia un lado y el otro y arrastrarme al interior para apoyarme contra la pared y besarme de una manera tan tentadora que estoy a punto de cogerme vacaciones y pasarlas entre sus brazos—. Ahora estoy un poquito mejor —susurra contra mi boca, haciéndome sonreír.

—¿Solo un poquito?

—A ver, deja que pruebe otra vez —dice para volver a abordar mis labios con gula, dejándome con la respiración entrecortada cuando se separa—. No, mucho mejor.

—Me tengo que ir a trabajar —comento contra sus labios sin parar de sonreír.

—Tienes un jefe esclavista.

—Ya te digo, no me deja ni descansar —resoplo, y Mateo se separa un segundo de mis labios para mirarme con seriedad, con tanta que no puedo evitar echarme a reír. ¡Si es que me lo como!—. Me voy. —Le doy otro beso—. Luego nos vemos, patrón —suelto con guasa y es Mateo quien se echa a reír mientras salgo de la cabaña a la carrera.

Al final llegaré tarde.

No puedo parar de carcajearme. Creo que me lo paso yo mejor que los niños. Estar con ellos me hace... sentir libre. Libre para hacer payasadas, para troncharme de risa, para inventar palabras, mundos de fantasía, dibujos, y para creerme una experta en el baile, algo que por desgracia no soy. Pero bueno, ¡que me quiten lo *bailao*!

Los pequeños —hoy tengo un grupo de diez en total— me abrazan casi a la vez cuando me despido de ellos hasta otro día. Recojo mis cachivaches, apago la música y la tranquilidad en esta parte del camping vuelve a llenarlo todo.

Adoro hasta el sonido de cada rincón de este sitio. No sé cómo he aguantado cuatro años sin venir aquí cuando siempre había sido mi lugar favorito del mundo. Y no sé si se debe a que aquí viven los mellizos, a lo precioso que es La Redondela o a ambas cosas a la vez.

Me cuelgo al hombro la bolsa con el material y me doy media vuelta, dispuesta a marcharme a mi bungaló para quitarme este disfraz.

—¿Penny?

Me quedo congelada.

Ni siquiera respiro, es como si me hubiese anulado hasta la capacidad para hacerlo.

Me giro lentamente, teniendo miedo de que sea real, deseando que solo sea una invención de mi mente, un fallo neurológico que me ha hecho oír una voz que no debe estar aquí, que no puede estar aquí. Sin embargo, el rostro atractivo de Alexis, sus ojos verdosos, su barba cuidada y su pose estudiada me hacen dar un paso atrás. Es más que real.

—¿Q-qué haces aquí? —balbuceo como puedo—. ¿Có-cómo has sabido que...? ¿Cómo...?

—Por los movimientos de tu tarjeta, cariño —susurra dando un paso hacia mí y yo reculo sin dudar. Porque no quiero tenerlo delante. Porque mi cuerpo, mi piel, mi corazón, mi alma y mi mente lo rechazan sin dudar—. Penny... estoy teniendo mucha paciencia contigo. ¡Incluso he venido hasta aquí, amor! He dejado que... —Me mira sin disimular lo que le horroriza verme disfrazada—... que hicieras lo que sea que estuvieras haciendo aquí. Te he dado tiempo, espacio, pero, preciosa, tienes que volver ya conmigo. Hay gente que te echa de menos, yo te echo de menos.

—No.

—Penny, cariño.

—¡¡¡No!!! —grito sintiendo cómo las lágrimas comienzan a emborronar mi visión.

—Tenemos una boda que preparar, un increíble vestido que elegir, un viaje de ensueño que planear —añade dando otro paso hacia mí y cogiéndome de la mano, pero enseguida me zafo de él.

Me da asco que me toque.

Me da rabia que esté frente a mí.

Me da miedo que lo estropee todo al haber venido aquí.

—No, Alexis. —Se me quiebra la voz al nombrarlo—. No me voy a casar contigo, no voy a volver contigo. No te quiero y tú... tú no me quieres. Esto... es una equivocación.

—Escúchame, niñata —suelta cogiéndome fuerte del brazo y arrimándome a él con dureza, demostrándome el gran poder que tiene y lo poco que le gusta que las cosas no salgan como y cuando él desea—. Vas a venirte conmigo ahora, vas a casarte conmigo y vas a hacer todo lo que yo te diga sin rechistar. ¿Lo has entendido? Tus vacaciones se han acabado y ahora toca volver al mundo real de mi mano.

—No —vuelvo a negar, pero usando un tono mucho más bajo, sintiendo otra vez que me ahogo ante su presencia, ante sus palabras, ante su influencia, ante ese poder que destila su voz, su personalidad arrolladora—. ¡No! —repito un poco más alto, porque no estoy dispuesta a volver a cometer el mismo error.

Me ha costado salir de ahí, pero tengo claro que nunca volveré.

Nunca.

—¿Qué quieres? Dime una maldita cifra.

—No quiero dinero, solo quiero que... me dejes en paz.

—Pero no puedo, preciosa —replica apretándome más el brazo y diciéndomelo al oído, sintiendo su aliento, que me da arcadas—. Aunque me joda reconocerlo, te necesito para crecer todavía más. Tu cuerpo, tu cara, esos ojos y mis habilidades para los negocios nos harán ricos.

—Déjame, Alexis —balbuceo mientras noto que tiemblo y que las fuerzas comienzan a abandonarme—. Por favor, déjame.

No puedo permitir que él tome otra vez el control. Soy fuerte. ¡Soy fuerte!

—¿Qué ocurre, Penny?

Siento que todo me da vueltas al reconocer la voz de Mateo. Me da vergüenza mirarlo, me da miedo que vea que soy una cobarde, alguien incapaz de enfrentarse a sus peores temores, porque siempre he sido fuerte en su presencia.

—No le pasa nada —responde Alexis por mí, apretándome todavía más el brazo y arrimándome más a su cuerpo—. Solo está contenta de que su prometido haya venido a por ella —suelta con tranquilidad.

Y ahí sí que busco con la mirada a Mateo, a quien se le ha endurecido el gesto y me observa como si todo lo que hemos vivido fuese una mentira, una farsa inventada por mí. Siento que me mareo todavía más, que el aire se me escapa, pero aun así comienzo a negar con la cabeza para que él me vea. Busco en mi interior el valor que necesito, porque sé que lo tengo, aunque Alexis me ha vapuleado tanto que incluso he llegado a dudar de ella, de mi fuerza.

—No —digo con un hilo de voz sintiendo cómo las lágrimas vuelven a emborronarlo todo, pero aprieto los puños intentando centrarme en acabar con esto cuanto antes; en acabar ya con esta historia; en demostrarme a mí misma que puedo enfrentarme a la peor de mis pesadillas: a la versión de mí que él creó durante esos meses que pasé a su lado—. Él es mi ex —sentencio para que Mateo no tenga dudas.

Él me mira un segundo, para después observar a Alexis con dureza, irguiéndose, demostrándole la seguridad que siempre tiene.

—Ex, dice... Ay, tontina. Las parejas, cuando discuten, no se separan, sino que procuran arreglarlo. Sabes que te quiero, Penny, que eres lo más importante en mi vida, y tú, cariño, estás loca por mí, por eso nos vamos a casar en unos meses...

—¡¡NOOO!! —grito dándole un empujón para separarlo de mí, para que deje de hacerme daño tanto física como emocionalmente—. Déjame en paz, Alexis.

—Cariño.

—¿No has oído lo que ha dicho? —interviene Mateo poniéndose a mi lado.

Alexis lo mira un segundo, para después recolocarse bien el cuello de su polo blanco de Lacoste y volver a posar la mirada en mí de una manera fría, estudiada.

—¿Y tú quién coño eres para interponerte entre mi prometida y yo? —espeta desdeñoso dirigiéndose a Mateo.

—Su amigo —contesta dando un paso hacia él y protegiéndome con su cuerpo.

—¡Su amigo! —se mofa mirándolo con asco, como si fuera una sucia rata callejera y él, el más rico de los reyes, para después volver a fijar su mirada en mí. Una mirada repleta de rabia, de ira, de codicia—. Te voy a dar una última oportunidad, Penny: vente conmigo ahora y olvidaré toda esta escenita que me estás obligando a protagonizar.

—¡No! —niego sin dudar—. No quiero irme contigo, Alexis, ni ahora, ni nunca.

—Te vas a arrepentir de esto toda tu insulsa vida, Penny. Nadie te dará lo que te puedo ofrecer yo. ¡Nadie! Y mucho menos este... amigo tuyo.

—No quiero nada de ti, Alexis. ¡Nada! —me reafirmo para que no tenga dudas—. Solo que te marches, que me dejes en paz y que me olvides para siempre. Porque, si no lo haces... —Siento que mi voz tiembla, pero me yergo y pruebo otra vez—. Porque, si no lo haces, haré que te arrepientas durante el resto de tu vida. Sé que no te gustan los escándalos y no dudaré en hablar con tus socios, con tus inversores e, incluso, con la prensa si sigues molestándome. Nadie querrá volver a hacer tratos contigo. Nadie.

Sonríe.

Sonríe como un maldito enajenado, como un hombre que conoce su poder y todo lo que puede lograr con él, incluso anular a una joven perdida como lo era yo.

—¿Y te crees que alguien te creerá?

—Me dará igual intentarlo las veces que haga falta para que, por lo menos, la duda sobrevuele por encima de ti y del nombre de tu empresa.

Alexis se queda mirándome, con esa sonrisita chulesca, con ese porte de hombre de negocios consciente de su poder. Antes me parecía admirable su manera de ser, ahora me da asco todo lo que hace.

—Te estás equivocando conmigo, Penny.

—Por favor, márchate de aquí. No quiero volver a verte nunca más —susurro temblando, aunque intento que él no lo note.

No quiero que vea lo débil que me siento cuando está delante.

—Tampoco eres tanto... querida. Dentro de unos días tendré del brazo a una sustituta que te dará mil vueltas y no me causará tantos dolores de cabeza. Y tú te arrepentirás de haber perdido esta oportunidad toda tu vida —farfulla simplemente para herirme, como para resarcirse al no salirse con la suya, y se da la vuelta como si nada.

Se va.

Se marcha sin añadir nada más y siento cómo el alivio se mezcla con el miedo en mi cuerpo.

No paro de temblar y me sorprende un incontrolable sollozo que sale por mi boca y que intento detener con ambas manos. De repente los brazos de Mateo me estrechan contra él; lo cojo con fuerza, como si él fuese mi salvavidas, como si él pudiera aliviar todo mi dolor, como si él fuera la respuesta a todas mis preguntas. Siento que me quita la bolsa del hombro, para después notar que caminamos lentamente, de lado, sin dejar de abrazarnos, como si no le importara que nos vieran.

No puedo parar de llorar. No puedo dejar de culparme por ser tan descuidada, tan inocente y tan tonta de creer que usar su tarjeta no traería complicaciones. Solo quería ayudar a Mateo y... con eso le he dado la ubicación exacta a Alexis para encontrarme.

—Penny —susurra Mateo en mi oído—, sube los escalones. Hemos llegado a mi casa.

Hago lo que me ha pedido sin tan siquiera mirar, todavía muerta de la vergüenza; todavía pensando en que Mateo ha presenciado cómo soy cuando Alexis está delante...

Me sienta en su cama, sin dejar de abrazarme, y suspira como si también necesitara aliviar este momento.

—Lo... siento —sollozo sin poder mirarlo aún.

—¿Sientes que tu exnovio sea un gilipollas? —me plantea y, al alzar la mirada hacia él, veo que tiene los ojos fijos en mí.

—Siento no haberte contado la verdad, pero... —Me encojo de hombros—. Me daba miedo que cambiara tu manera de verme.

—Eso es imposible. Siempre he sabido que tenías un gusto pésimo para los tíos —murmura con seriedad y no puedo evitar sonreír aun sin ganas.

Y... se lo cuento todo sintiendo que las palabras salen solas por mis labios. Le explico quién es Alexis, cómo lo conocí, cómo llegué a vivir con él, cómo empezó a utilizarme, cómo me sentí al darme cuenta y cómo escapé hasta llegar aquí. Mateo no me interrumpe ni una sola vez. Solo me escucha, me aprieta la mano, la rodilla e incluso me acaricia la espalda sin dejar de mirarme, de demostrarme que está a mi lado. Cuando me callo, él me abraza y rompo a llorar de nuevo, pero esta vez aliviada al saber que ya ha terminado, que Alexis ya no forma parte de mi vida y que, al fin, he podido recorrer ese camino que veía tan complicado.

He sido capaz de hacerlo. He podido ser fuerte delante de él y ahora... Ahora me permito ser débil con Mateo, que me sigue abrazando, que me besa la cabeza mientras, despacio, nos tumbamos en la cama.

No sé el tiempo que pasamos así: yo llorando y él a mi lado acariciándome con ternura. Lo miro a los ojos y Mateo me da un beso en la frente.

No hacen faltan las palabras, porque sé que Mateo siempre estará a mi lado, y yo, al suyo. He recuperado a mi amigo, aunque no sé si, al enterarse de todo lo que he vivido con Alexis y todo lo que he hecho por él, he perdido la posibilidad de ser algo más que eso.

28

MATEO

Abro los ojos y veo a Penny durmiendo abrazada a mí mientras yo la estrecho con un brazo, como si quisiera protegerla hasta en sueños. Nos hemos quedado dormidos después de que me contara quién era ese hombre que la miraba como si fuera un objeto de gran valor, que la cogía como si le perteneciera y que le hablaba con tanta dureza que no sé cómo he conseguido mantener el control. Trago saliva apretándola contra mi cuerpo al tiempo que doy gracias por haber tenido la estúpida necesidad de ir a verla después de terminar de arreglar el bungaló. No sé qué hubiese pasado si no hubiera estado cerca. No quiero ni imaginármelo. Cuando la he visto temblar como un pajarillo delante de ese capullo me he asustado. Era como si fuese otra persona distinta, como si temiese a ese tipo de una manera irracional...

La contemplo mientras sigue durmiendo gracias a la poca luz que se cuela por la ventana porque la cortina no ha quedado del todo echada. Es todavía de noche, no sé qué hora exactamente, pero la verdad es que me importa bien poco. Me fijo en que las llamativas mariposas que llevaba pintadas en la cara esta tarde ahora son dos manchas borrosas en rosa y amarillo. Las coletas están deshechas, pochas, y varios mechones se han soltado y ahora rozan su sereno rostro. Sus ojos están hinchados por todo lo que ha llorado; aun así, es la chica más bonita que he visto en mi vida.

Me froto la cara con la mano que tengo libre intentando encontrar algo de mi autocontrol, pero creo que simplemente este se ha dado cuenta de que soy un maldito caso perdido.

La quiero.

La quiero tanto que me duele verla mal, que hubiese sido capaz de patearle el culo a ese tipo con tal de que sonriera e, incluso, hubiese aceptado que se marchara con él si es lo que ella hubiera querido... sin importar que me dejara de nuevo solo.

La quiero como solo los idiotas pueden amar, sintiendo que mi pecho se infla de amor nada más mirarla, nada más acariciarla, nada más besarla, nada más tenerla a mi lado todas estas semanas.

La quiero tanto que no sé qué voy a hacer cuando decida irse.

La quiero tanto que sé que no me la merezco, como tampoco merezco vivir este increíble tiempo a su lado, pero me he dado cuenta de que, cuando de ella se trata, soy un maldito egoísta.

—Hummm... —ronronea frotando su nariz en mi camiseta, para después alzar la cara y mirarme con esos ojos tan azules que me gustaría poder admirar todos los días de mi vida—. ¿Qué hora es?

—No lo sé.

Penny levanta la mano para ver su reloj de pulsera y me mira de nuevo haciendo una mueca de culpabilidad.

—Son las cinco de la mañana.

—¿Te apetece ver el amanecer en la playa? —le propongo, y Penny abre más los ojos, sin disimular ni un instante lo mucho que le ha gustado la idea.

—¡Sí! —Mira a nuestro alrededor—. ¿Estamos en tu bungaló? —susurra, y asiento. Es la primera vez que ella entra en mi casa, siempre he sido yo quien ha estado en la suya... para tener una vía de escape. Una vía de escape que nunca he necesitado con ella, porque siempre he querido estar a su lado, incluso cuando todavía no lo había aceptado—. Voy un momento al baño, ¿vale?

—Claro.

Penny duda un instante, pero antes de levantarse me da un beso en los labios y salta de la cama como si todo el dolor que sintió ayer se hubiese esfumado al inicio de este nuevo día. Me froto la cara, me tiro el cabello con fuerza para atrás después de verla entrar en el aseo y me quedo mirando el techo, pensando en todo lo que me contó, en cómo temblaba entre mis brazos con cada cosa que ha vivido por culpa de ese desgraciado, en cómo me hubiese gustado aliviar su dolor y haberle reventado la nariz a ese idiota.

Giro la cabeza cuando oigo la puerta abrirse y Penny aparece con la cara limpia, el pelo suelto y sus ojos fijos en mí. Me levanto para acercarme a ella. Acaba de descubrir que tengo, sobre una pequeña mesa pegada a la pared, varios dibujos y sonríe mientras desliza sus dedos por esos bocetos. No sé si se dará cuenta de que en todas mis creaciones está ella. Sus ojos, sus manos, su sonrisa, lo que me hace sentir, lo que me gustaría decirle...

—Creía que habías dejado de dibujar...

—La mayoría de ellos son antiguos, solo hay un par nuevos. Últimamente no paso mucho tiempo en casa —murmuro y ella me muestra una sonrisa de culpabilidad que me encantaría borrar con mis labios.

—Son preciosos —dice mientras cojo una sudadera y se la tiendo para que la utilice. Por la madrugada hace frío y no quiero que esté incómoda en la playa.

—¿Cuál es tu favorito? —le pregunto después de ver cómo se la pone y mete las manos en el interior del bolsillo frontal. La prenda le queda enorme, pero aun así no puedo evitar pensar en lo increíble que le sienta mi ropa.

—Este —señala el eucalipto cuyo tronco esconde dos sombras que se besan a escondidas—. Es el árbol donde está enterrado tu padre, ¿verdad?

—Sí.

—Siempre has tenido un don para plasmar en un papel lo que ves —comenta sin dejar de observarlo—. Es como si estuviese viendo una fotografía, pero incluso mejor, porque transmites tus sentimientos con cada línea, con cada sombra, con cada detalle...

—No solo he dibujado el paisaje... Fíjate bien —la animo y me mira un segundo para después coger el papel y perderse en la multitud de detalles que tracé con carboncillo hace años.

Frunce el ceño, me mira, vuelve a estudiar el dibujo y duda un segundo.

—Hay una pareja besándose... —murmura muy bajito y asiento.

—Así es —susurro, y Penny me vuelve a mirar como si acabara de darse cuenta de algo crucial, que puede cambiar el rumbo de todo o no. Abre la boca, la cierra, para después abrirla sin decir nada, como si no lograra encontrar las palabras apropiadas o no tuviese el valor de expresar lo que se le ha pasado por la cabeza. Pero no quiero que rompa este momento con preguntas que no sé si podré responder. Por eso me encojo de hombros con indiferencia, restando importancia a que dibujé nuestro primer beso a los pocos días de producirse, y señalo la puerta—. Vamos a la playa antes de que empiece a amanecer.

Deja el dibujo mientras asiente y salimos del bungaló en silencio, solo roto por el sonido de nuestros pasos sobre la gravilla.

Saludamos a Pepe, el vigilante, al salir por la puerta y nos adentramos en el pinar que lleva a la playa. No puedo parar de espiar de reojo a Penny; va tropezándose cada dos por tres, hasta que al final decido cogerle la mano para que no acabe cayéndose al suelo.

Penny me mira cuando nuestras manos encajan y le sonrío para que se relaje. Solo nos hemos cogido la mano, algo que ya hemos hecho un par de veces... aunque para mí lo signifique todo... No tardamos en alcanzar la playa; a estas horas está solitaria y la luz tímida de la luna menguante se refleja en las olas.

Me siento en la arena a unos pasos de la orilla y espero a que Penny haga lo mismo. Ella duda un instante, para después encogerse de hombros y colocarse justo delante de mí, entre mis piernas, apoyando su espalda en mi pecho. La abrazo desde atrás sin dudar y ella se relaja entre mis brazos mientras contemplamos el hipnótico balanceo de las olas.

Me encanta tenerla así para mí.

Me encanta que ella quiera estar así conmigo.

Aunque sepa que esto es solo una ilusión que se desvanecerá en mis malditas narices más temprano que tarde.

—Mateo, yo... —susurra y cierro los ojos porque me temo lo que me va a decir. Esto mismo que lleva rondándome desde que me he despertado y la he mirado.

Nuestra relación ha cambiado desde hace tiempo; ya no solo nos buscamos para el sexo, ahora disfrutamos simplemente de la compañía del otro, nos ayudamos, nos apoyamos... y esto no es lo que hablamos. Esto no es un rollo de verano, esto es mucho más.

—¿Te gusta estar conmigo? —le pregunto, y Penny gira su rostro para mirarme a los ojos, como si le sorprendiese que intuyera lo que me iba a decir.

—Sí —contesta segura.

—Entonces no te preocupes por nada más —sentencio mientras le doy un beso en la frente y ella me responde con una bonita sonrisa.

Se acomoda de nuevo en mi pecho, entrelazamos nuestras manos y nos quedamos contemplando cómo la luz empieza a abrirse paso a través de la oscuridad. Y pienso que eso mismo ha hecho Penny conmigo. Se ha abierto paso a través del dolor, del miedo, de la culpa que baña cada milímetro de mi ser, para hacerme sentir de nuevo... bien y en paz.

Sé que esto no durará para siempre e incluso debería ser yo quien echara el freno o provocara el final de lo que está empezando a crecer en mi interior. Pero durante este verano me permito ser un poco egoísta, tenerla a mi lado, hasta que ella se marche o hasta que se dé cuenta de la verdadera clase de persona que soy...

Le doy otro beso en la cabeza cuando el sol comienza a iluminar con timidez esta playa, sabiendo que, cuando llegue el momento de dejarla partir, en mí se romperá algo para siempre.

—¿Cuándo vais a dejar de ocultarlo? —me suelta Daniel sentándose a mi mesa para comer.

—Ya te lo dije, esto es mucho más complicado.

—Illo —suelta con gracia provocando que lo mire de malas maneras—, tu hermano está tirándole los tejos a Rebeca delante de todo el mundo y ha mejorado milagrosamente casi de un día para otro. Creo que ya va siendo hora de que mires por ti para variar.

—¿Por qué dices «milagrosamente»?

—Bah, Mateo, ¿es que no te has dado cuenta? Lleva solo un maldito mes yendo al fisio y ya está empezando a caminar con ayuda de una muleta. Una muleta, tío. Que sí, que se fracturó las piernas y que estuvo jodido por culpa de ese accidente. Eso no te lo discuto. Pero no tengo dudas de que tenía más cuento que Calleja y lo que le pasaba era que no le daba la gana caminar —añade sin fingir siquiera que le sabe mal soltarme eso a la cara.

—Siempre lo he sabido —susurro, y él me mira sin ocultar su sorpresa—. Los médicos hablaban conmigo, Dani. Soy el único que sabe que su estado era más psicológico que otra cosa. Aunque estos meses que se ha pasado sin andar después de la fractura le han hecho perder masa muscular y ha tenido que fortalecer de nuevo las piernas. El psicólogo que lo trataba me recomendó que no lo obligara a caminar si Nacho no quería. Tenía que ser él mismo quien decidiera hacerlo y recuperarse, porque debía hacerlo por sí mismo y no por nadie. Lo ha pasado mal, muy mal, Daniel.

—Todos lo habéis pasado mal, pero tu hermano

siempre ha sido un egoísta —comenta mientras me encojo de hombros porque... no puedo culpar a Nacho de que lo fuera. Él fue quien sufrió el accidente. Fue él quien estaba ahí cuando mi padre murió. Fue él quien se sintió culpable cuando...—. Pero no nos desviemos de lo que importa: la chica de los ojos azules —reconduce la conversación, alzando las cejas repetidamente, interrumpiendo mis pensamientos.

—¿Qué?

—¿Cómo que qué? Te gusta —afirma, y asiento porque sería un imbécil si lo volviese a negar—. ¿Más que eso? —tantea; sonrío buscándola con la mirada. Está a la mesa con mi abuela y Rebeca, comiendo mientras charlan animadamente.

—¿Y qué más da? Ella se irá después del verano, ¿no? —susurro al tiempo que cojo la copa para dar un trago enorme de agua.

—Entonces seremos dos los que nos iremos... —suelta, y lo miro sin ocultar mi extrañeza—. Me he alistado en el Ejército.

—¿Cómo que te has alistado en el Ejército?

—Como lo oyes —dice encogiéndose de hombros—. Necesito un cambio de aires, illo. Me gusta trabajar aquí, pero esto no es lo mío. Siempre he querido alistarme, tú lo sabes, pero mis padres me necesitaban cerca y he ido posponiéndolo. Ahora... Ahora necesito que me hagas un favor.

—¿Con qué?

—Mi puesto... dáselo a mi padre. Es muy orgulloso, tú lo conoces bien. No encuentra a nadie que lo contrate y está *acojonao*. Sabes que es una máquina con las reparaciones, mucho más que yo. No tengo dudas de que vas a ganar con el cambio.

—Dalo por hecho, Daniel.

—Gracias, tío —resopla aliviado—. Eres un buen amigo.

—Por eso has decidido alistarte ahora, ¿verdad?

—Sí. Pero todos ganamos con esta decisión, ¿no crees? Yo, al fin, emprendo el sueño que tengo desde niño y mi padre sigue trabajando en el pueblo.

—Te voy a echar de menos.

—Lo sé. No sé qué harás sin mí, illo. Mi padre no es tan gracioso como yo y te vas a aburrir —suelta de cachondeo, y sonrío al ver que está decidido a perseguir su sueño—. Cuando pueda, vendré de visita. No os libraréis tan fácilmente de mí.

—Uf, ya me había hecho ilusiones —bromeo siguiéndole el juego y él me mira como si lo hubiese herido, para después echarnos a reír.

Lo echaré tanto de menos que no sé qué haré cuando llegue el momento y se vayan a la vez él y Penny.

29

PENNY

Miro el teléfono fijo de la recepción dudando un segundo si usarlo o no. Ayer mismo comprobé que ya no tengo línea en el móvil. Sé que no me debería extrañar, al fin y al cabo lo pagaba Alexis y ya no hay nada que me ate a él. Es más, cuando esta mañana Mateo se ha ido de mi bungaló para prepararse para trabajar, he cogido las tarjetas de crédito que me dio y las he cortado en trocitos enanos, sintiéndome mejor con cada trozo que saltaba. Tanto que, si lo llego a saber, lo habría hecho hace semanas.

Al final cojo el teléfono y marco veloz el número de mi madre mientras disfruto de la tranquilidad que suele reinar en la recepción después de comer. Por esa razón he animado a Pruden a que se fuera con su hija a dar una vuelta por el centro comercial. Ambas necesitan distraerse, hacer algo por y para ellas y dejar de preocuparse por todo y por todos... aunque sea un ratín, pues estamos en temporada alta y el camping está cada vez más lleno. ¡Menos mal!

—¿Mamá? —pregunto cuando oigo que aceptan la llamada.

—¿Penny? ¿Eres tú?

—Sí. —Sonrío al oír su voz grave y ligeramente nasal.

—Y tu padre diciéndome que sería el de Vodafone para intentar vendernos algo. Menos mal que no te he hecho caso. ¡Es la niña! —le dice a este y no puedo evitar poner los ojos en blanco, porque mi madre tiene la manía de hablar con mi padre aunque esté con alguien al teléfono—. ¿Desde dónde me llamas? Este número no lo tengo guardado...

—Estoy en el camping La Redondela —contesto y suspiro aliviada al poder decir al fin la verdad.

—¿Y qué haces ahí? ¿Y tu novio? Ay, Penny, no me lo digas... —suelta sin ni siquiera dejarme abrir la boca.

—Ya no estamos juntos.

—¡Nooo, cariño! Pero si era un buen hombre, un hombre que te quería bien y que te podía dar todo lo que necesitabas —comenta preocupada y estiro el cuello comprobando que ya no me afecta tanto oír hablar de él... como si enfrentarme a Alexis me hubiese quitado ese peso que me impedía respirar tranquila.

—A veces las cosas no salen como esperamos —susurro, y mi madre simplemente se queda en silencio—. ¿Cómo estáis vosotros?

—Bien, bien... —responde apática, supongo que la noticia de que ya no tendrán un yerno rico no le ha sentado bien—. Acabamos de llegar a Italia, esto es precioso.

—Me alegro de que estéis disfrutando —comento mientras le doy vueltas a un bolígrafo que tengo entre los dedos.

—¿Has hablado con tus hermanos?

—Solo con Marina y Pascual, ¿por qué?

—Por nada, por nada... —Se calla, oigo cómo habla entre susurros con mi padre y después suspira, como si hubiese tomado una decisión—. Nuria está embarazada —anuncia, y asiento como si me pudiera ver—. Tu padre habló el otro día con ella y parece ser que no lo está pasando muy bien. El médico le ha recomendado reposo absoluto y, claro, con dos criaturas más, poco reposo puede hacer.

—Oh, vaya. Luego la llamaré por si necesita que me acerque a echarle una mano.

—Penny. —Se calla y oigo hablar de fondo a mi padre, pero no lo entiendo bien porque se oye más el sonido de la calle.

—¿Qué?

—¿Por qué estás ahí y no te has ido a Valencia?

—Porque me apetecía ver a los mellizos —miento, pues no quiero que se preocupen al saber la verdad, ya que no ganaría nada con explicarles que el novio perfecto que ellos creían que era Alexis resultó ser un controlador de manual que me hacía sentir insegura.

—¿Y hasta cuándo estarás ahí?

—No lo sé. Es posible que hasta que se acabe el verano. Les estoy echando una mano en el camping...

—Bien... Si necesitas que volvamos o...

—No, mamá —la interrumpo rápidamente, porque lo último que quiero es que modifiquen sus planes de viajar por Europa con su autocaravana por mí—. Estoy bien. Cuando termine la temporada estival, es posible que os vaya a visitar adonde estéis —añado mirando la puerta de la recepción, que acaba de abrirse.

—Eso sería fantástico.

—Ahora tengo que dejarte, acaba de entrar alguien en la recepción —informo—. Cuidaos mucho, ¿vale?

—Tu padre te envía un abrazo.

—Besos para los dos —finalizo la llamada, y miro a la mujer que camina hacia mí con soltura.

Se detiene delante del mostrador sin quitarse las enormes gafas de sol Chanel que ocultan sus ojos. Va vestida con un bonito y elegante vestido recto de color azul pastel, calza zapatos de tacón finos y lleva un bolso que valdrá más que todo mi armario, incluyendo hasta el mueble. Sonrío dispuesta a darle la bienvenida, aunque temo que se haya equivocado de establecimiento. Esta mujer tiene pinta de ir a los mejores hoteles con *spa* y no a un camping al lado de una de las pocas playas vírgenes que existen.

—Buenas tardes —la saludo y esta baja lentamente las gafas por el puente de su nariz para mirarme por encima de los oscuros cristales—, ¿en qué puedo ayudarla?

—Quiero ver a Mateo —suelta con insolencia al tiempo que se quita por completo las gafas y puedo ver, al fin, sus ojos marrones enmarcados por unas frondosas pestañas negras.

—¿Me puede decir quién pregunta por él para informarlo?

Cojo el teléfono para marcar su número.

La mujer estira sus perfectos labios rojos en una sonrisa ensayada, me vuelve a mirar otra vez de una manera extraña y después coloca una mano sobre el mostrador, dejando ver unas uñas impecables y unos deslumbrantes anillos adornando sus dedos.

—Elena.

Me quedo congelada al oír ese nombre.

La miro de nuevo para asegurarme de que es la Elena de Nacho y no otra. Es cierto que hace cuatro años que no la veo y en cierta manera todos cambiamos con el paso del tiempo. Trago saliva al observar cómo me mira con altanería, con soberbia y con algo más que no sabría identificar y ahí, justo con esa manera de mirarme arrogante, es cuando no tengo ninguna duda de que esta Elena es la exnovia de mi amigo... la que lo dejó con el corazón malherido y a la que intentó, esa fatídica tarde, recuperar.

—¿Vas a llamarlo o qué? —me apremia con impertinencia—. Me suena tu cara —comenta al ver que ni siquiera muevo un dedo—. ¿Te conozco?

—Soy Penny —contesto y entonces abre ligeramente más los ojos.

—La amiguísima, claro... —comenta con desfachatez—. Parece que Nacho tenía razón, te encanta estar donde nadie te llama —añade con la clara intención de hacerme daño—. Y bien, ¿vas a llamar a Mateo o me tocará ir a buscarlo?

Marco el número de Mateo mientras la miro de reojo sintiéndome incómoda, como si... sobrara de nuevo en este camping.

Cuando Nacho la conoció el último verano que pasé aquí, Elena hizo lo imposible para que me fuera. Incluso le molestaba que estuviera en el camping aun sin ver a su entonces novio, algo que logró enseguida. Era como si no soportara saber que había otra chica que tuviera buena relación con él; como si se sintiera intimidada o amenazada por mí, cuando jamás le hice nada. Es más, quise ser su amiga, pero ella ni siquiera hizo el amago de intentarlo.

Aunque tengo que reconocer que me ha dolido lo

que ha dejado caer que decía Nacho de mí, sé que tampoco puedo creérmelo del todo. Elena sería capaz de afirmar que el cielo es morado si con eso consiguiera algo. Siempre ha sido así, una lianta, una mujer capaz de todo para que las cosas saliesen como ella quería.

—Sí —dice Mateo al aceptar la llamada.

—Ven a la recepción —susurro como puedo, porque jamás me hubiese esperado vivir algo así—. Está aquí Elena.

Mateo ni siquiera me responde, simplemente cuelga y yo dejo el teléfono sobre su base con tanta lentitud que es como si me hubiesen robado toda la energía de golpe. Elena me mira mostrándome la seguridad aplastante que siempre ha tenido. Ahora que la miro bien, no sé cómo no la he reconocido de inmediato. Es cierto que en la actualidad se viste mucho mejor, su apariencia exterior es impecable. Es como si acabara de salir de la peluquería y de la esteticista justo antes de dejarse caer por aquí. Su largo cabello negro tiene un brillo que podría protagonizar cualquier *spot* publicitario de champú. Su rostro está tan inmaculado y libre de imperfecciones que juraría que no ha experimentado los inoportunos granitos premenstruales en ningún momento de su vida. Su postura erguida, su barbilla alzada, me confirman lo que ya intuí de ella desde la primera vez que la vi: esta chica sabe lo que quiere y no tendrá ningún escrúpulo hasta alcanzar la meta.

Pero ¿cuál es la meta?

Antes lo tenía claro, era Nacho. ¿Y ahora?

Es... ¿Mateo?

—Siempre he sabido que aprovecharías cuando me fuera para volver aquí —pronuncia prepotente—. Para volver a acercarte a Nacho.

—¿Por qué no me has preguntado por él y sí por Mateo?

—Ay... querida —suelta con fingida modestia—, hay tantas cosas que nadie sabe y tantas cosas que yo sé... que podrían hacer temblar estas paredes... —comenta con una sonrisita.

Me sobresalto al ver que la puerta se abre de repente y aparece Mateo con el rostro desencajado y con claros indicios de haber corrido hasta aquí para llegar lo antes posible. Me mira primero a mí, de una manera que no sé cómo tomarme y mucho menos interpretar, para después deslizar la mirada hasta Elena, quien, al verlo, se lo come literalmente con los ojos.

—¿Puedes dejarnos a solas, Penny? —pregunta Mateo controlando su tono de voz, sin mirarme, prestándole toda su atención a Elena. Esta me echa una mirada como si ella hubiese ganado algún punto imaginario en una supuesta competición.

—Sí, Penny, Mateo y yo tenemos mucho de que hablar —secunda la idea Elena acercándose a él lentamente, como si controlara cada centímetro cúbico de lo que la rodea, incluso al mellizo.

Asiento sin abrir la boca porque ahora mismo mis neuronas están intentando encontrar algo de lógica en todo esto. Salgo de detrás del mostrador de la recepción y paso por delante de Mateo, que continúa con la mirada clavada en Elena, quien, a su vez, lo mira como si fuera su juguetito.

—Si me necesitas, estaré en el bar.

—Quédate fuera y que nadie entre —me pide usando el mismo tono de voz, sin apartar la vista de ella.

—Siempre tan pendiente de los detalles, Mateo... —susurra Elena con aire seductor y salgo de la recepción dando incluso varios pasos de más para alejarme lo máximo de allí, sin obviar lo que Mateo me ha indicado.

¡No entiendo nada!

Estoy histérica, como si no pudiera permanecer quieta mientras vigilo la puerta de la recepción para que nadie entre. Y ya sé que me ha pedido expresamente eso, pero es que no sé por qué razón.

Miro hacia el bar y pienso que a esta hora estará solo Rebeca, por si va alguien a tomarse algo fuera de los horarios habituales. Echo un vistazo al sendero que lleva a los bungalós del personal, al final de este está la casa donde se aloja Nacho. Es la primera vez que se ha quedado completamente solo en su casa, después de ir mejorando día a día de una manera tan asombrosa que estamos pensando que ha ocurrido un milagro. Después me muerdo el labio inferior y miro el sendero que lleva a la entrada del camping, por donde vendrán Pruden y Cata de un momento a otro tras su tarde de madre e hija. Y me temo que, como alguno de ellos se entere de que Elena está aquí, de que está hablando con Mateo... no se lo tomará nada bien.

¡¡Como se entere Nacho!!

Niego con la cabeza nerviosa, pensando en tal posibilidad. Porque, si él supiera que Elena, la chica que ha amado con cada célula de su ser, está ahora mismo en este camping hablando con su mellizo, él... no sé cómo podría reaccionar. Mi amigo es impetuoso, tiene un carácter explosivo que puede surgir en cualquier momento... y sé que esto no le haría ni pizca de gracia, sobre todo que Mateo se lo esté ocultando...

Pero ¿qué hace Elena aquí?

¿Por qué Mateo y ella están hablando a solas?

¿Es posible que entre ellos dos...?

No.

No puedo ni siquiera plantearme esa posibilidad. Es imposible que Mateo le haga eso a su hermano. Entonces... si entre ellos no hay ninguna relación amorosa o sexual... ¿qué hace aquí? ¿Por qué quiere hablar con él? ¿Por qué me ha pedido Mateo que salga de la recepción?

¡¡¡Aaaajjj!!! Me voy a volver loca, ¡maldita sea!

Elena sale después de unos eternos minutos en los que creo que me he desquiciado rompiéndome los sesos para deducir de qué pueden estar tratando Elena y Mateo. Durante este rato he pasado de pensar en una posible invasión extraterrestre inminente aquí en la zona de la que solo ella está al tanto a un meteorito que va a caer justo en este camping. Sin embargo, aun así, sería ilógico que esa mujer se preocupara por alguien que no sea ella misma.

Cuando Elena ve que me acerco para entrar de nuevo en la recepción, me sonríe con soberbia mientras se echa el cabello hacia atrás antes de colocarse sus enormes gafas de sol, todo ello como si fuera una de las Kardashian, con todo el glamur y la seducción volcados en esas dos pequeñas acciones.

—Me quedé con el hermano equivocado —dice como si nada—, tenía que haberme fijado desde el principio en Mateo. Tan serio, tan práctico, tan racional y servicial... En fin, espero que tú tengas mejor ojo que yo al elegir o... mejor no —añade enigmática dedicándome una sonrisita irónica que puede que esconda sus verdaderas razones.

—Solo me hablas de Mateo —suelto, y veo que ni siquiera se inmuta—. ¿Te da igual lo que le pasó a Nacho por ir a hablar contigo? ¿Tan poco corazón tienes?

¿Tan poco te ha importado Nacho cuando estuviste más de tres años con él?

—Nuestros caminos se separaron por una razón —comenta con tranquilidad— y no se pueden volver a cruzar por eso mismo —pronuncia dando un par de pasos para después girarse y volver a mirarme—. Te diría que no nos volveremos a ver, pero... quién sabe lo que nos deparará el futuro —concluye misteriosa, para comenzar a caminar en dirección a la salida del camping.

Entro titubeante en la recepción y encuentro a Mateo cabizbajo, con las manos sobre el mostrador. Al cerrar la puerta, levanta la vista y siento de nuevo ese muro que había al principio interponiéndose entre nosotros.

Me muevo nerviosa porque esto no pinta nada bien y francamente no sé qué pensar.

30

PENNY

Mateo no se mueve, simplemente me mira esperando cualquier reacción desmedida por mi parte... Como si supiera que se lo merece, como si esperara que lo insultara o le echara en cara la inesperada aparición de Elena.

—¿Qué hacía ella aquí? —le pregunto después de unos interminables segundos en silencio.

Mateo se yergue mientras se cruza de brazos. Su mirada ahora mismo está vacía, carente de cualquier emoción; es como si hubiese desconectado esa ternura que intuía tras sus ojos cada vez que me miraba.

—Penny, no... —susurra con la voz rota mientras niega con la cabeza, y no puedo evitar apretar los puños al tener delante de mí otra vez a un Mateo que se cierra en banda y que no me permite ser su amiga.

—¿Cómo que no? —replico dando un paso hacia él—. ¡Esa mujer despreciable le hizo daño a tu hermano, Mateo! ¿Qué haces hablando con ella?

—Sé lo que hizo Elena —dice con seriedad—. Y no te preocupes, que ella ya no volverá más por aquí.

—¿Cómo que no me preocupe? Es que ella no pinta nada aquí, Mateo... A no ser... —Me quedo callada un instante, dudando si continuar o no. Tengo miedo de su respuesta, esa es la verdad, pero más temo tener esa duda sobrevolando mi mente—. ¿Ella y tú...? ¿Los dos...?

—No, joder —suelta frunciendo el ceño, demostrándome con su reacción que incluso le da asco imaginar esa posibilidad y... ¡Uf! Respiro tranquila al constatar que Mateo nunca ha tenido nada con Elena.

—Entonces, ¿me vas a decir que ha venido a saludar? Porque, si es así, te lo digo desde ya: no me lo creo.

Mateo se tira el cabello hacia atrás mientras niega con la cabeza y me mira de una manera que me hace intuir que este tema lo afecta mucho. Siento que en mi interior se remueve algo, como si confiara plenamente en él, como si supiera en el fondo de mi ser que él nunca haría nada malo y mucho menos a su familia. Sin embargo, Elena es tan aprovechada que no me fío.

No me fío.

—Penny... —musita con dolor para después quedarse callado.

—Mateo, no sé qué ha pasado. —Le cojo una mano y él me mira a los ojos, como si estuviera peleando contra sí mismo, decidiendo entre contarme lo que pasa o mantenerse en silencio hasta el final de sus días—. No sé qué historia te habrá contado esa tiparraca, pero no puedes creerla. No puedes dejar que te convenza de cualquier mentira que se le haya ocurrido. Ella es capaz de todo, Mateo, de todo, y no quiero que te haga daño. No podría soportar que te hiciera daño a ti también.

—Sé cómo es, Penny. Yo... —titubea un instante y entonces me suelta la mano para luego dar un paso atrás y volver a pasarse las manos por el pelo. Está nervioso. Mucho más que eso. Este tema lo afecta de una manera irracional y tener esa certeza me hace temerme lo peor. Mateo no es dado a exagerar nada; es un chico centrado, sensato, y que esté tan inquieto solo me hace sospechar más de Elena—. Yo he hecho cosas, cosas de las que me arrepiento y...

—Todos hacemos ese tipo de cosas, Mateo —replico al ver que se ha vuelto a callar, dejando la frase a medias—. Yo misma me arrepiento de un montón de idioteces que he hecho. Pero ahora sé que tenemos siempre la oportunidad de arreglar las cosas, de escapar de cualquier trampa en la que nos hayamos metido sin querer. Solo tenemos que dar ese paso que tanto miedo nos da. Solo eso.

Mateo asiente mientras da un paso hacia delante, pero en este momento la puerta de la recepción se abre y aparecen Cata y Pruden visiblemente alteradas.

—¿Qué hacía Elena aquí? —exige saber Cata cabreada mirando directamente a su hijo.

Mateo mira con seriedad tanto a su madre como a su abuela, para después negar con la cabeza y endurecer la expresión de la cara.

—No os preocupéis, que ya no volverá nunca más —suelta con rabia para de inmediato salir a la carrera de la recepción.

Sin dar más explicaciones.

Simplemente ha repetido la frase que ya me ha dicho a mí antes.

Miro a las dos mujeres y veo que están hablando entre ellas, haciendo suposiciones acerca de la verdadera naturaleza de esta visita. Me quedo un segundo con la vista gacha, analizando toda la escena: Elena llegando como una diva, Elena hablándome con soberbia, Elena refiriéndose a Mateo con demasiada confianza, Elena dejándome caer que tal vez nos volvamos a ver en el futuro...

—Penny. —Es Pruden y, al levantar la mirada, veo que las dos se han acercado al mostrador—, ¿te ha contado algo mi nieto?

—No —contesto mientras me encojo de hombros, y no doy más información porque tampoco quiero que se preocupen.

—¿Se ha enterado Nacho? —indaga Cata claramente angustiada, y niego con la cabeza—. No puede saberlo, Penny —me pide—. Él ahora está bien y... si se entera...

—Lo sé —susurro—. Pruden... yo... —titubeo mientras comienzo a caminar saliendo de detrás del mostrador.

—Vas a hablar con mi nieto, ¿no? Corre. Lo he visto mal y a saber lo que le habrá dicho esa arpía para que Mateo esté tan afectado.

Asiento mientras salgo afuera. Dudo un instante sobre qué camino coger y opto por ir primero a su bungaló. Aporreo varias veces su puerta, pero, si está, ni siquiera hace el amago de dar señales de vida. Me quedo un segundo en el porche, pensando adónde puede haber ido... Harta de estar quieta, comienzo a moverme y a buscar por todo el camping. ¡El algún lugar tiene que aparecer! Miro en el almacén, en el enorme eucalipto, en la piscina, en el bar, en algunos bungalós vacíos y finalmente salgo del recinto para cruzar el pinar, por si ha ido a la playa.

Pero no está.

No está.

Regreso al camping con las esperanzas bajo mínimos, arrastrando los pies y sintiendo que el sudor empapa mi piel.

—Illa —oigo a Daniel, y veo que se acerca a mí—, qué mala cara traes... ¿Ocurre algo?

—¿Has visto a Mateo?

—No, ¿por qué?

—Porque no sé dónde está y necesito hablar con él —resumo mientras me encojo de hombros.

—¿Lo has llamado por teléfono?

—Me he quedado sin línea en el móvil.

—Dame un segundo. —Saca su teléfono, marca el número y, mientras sujeta el dispositivo contra su oreja, me mira—. Lo tiene apagado —anuncia extrañado—. Si lo veo, le diré que lo estás buscando.

—Gracias, Daniel.

Ando en dirección a mi bungaló con los ánimos por los suelos, pensando en todo lo que ha pasado y, sobre todo, en la mirada vacía de Mateo. Entro y la pizca de esperanza que tenía de verlo sentado en mi cama se esfuma al comprobar que no hay nadie. Me dejo caer sobre el colchón dándole vueltas a todo, sin tener nada claro y notando palpitar en mi interior una diminuta alarma que hace que me remueva inquieta.

Me apoyo contra la puerta de mi bungaló después de cerrar. Estoy preocupada. Mateo no ha dado señales de vida desde esta tarde, ni siquiera ha aparecido por el camping y mucho menos ha vuelto a encender el teléfono móvil. Durante la cena Daniel me ha contado que Mateo se ha llevado su coche y que él supone que se habrá ido a dar una vuelta... algo que a todos les extraña mucho, pues desde que tuvo lugar el accidente Mateo siempre ha estado accesible para todos o bien por teléfono o bien manteniéndose en el camping.

Después de ducharme y de ponerme mi camiseta para dormir me tumbo en la cama, con la cortina un poco abierta por si veo pasar a Mateo. Me quedo así, sin pizca de sueño, con la mente dando vueltas como la rueda de un hámster y pensando, cómo no, en él.

No sé el tiempo que paso en este estado de alerta y duermevela, pero al oír que llaman a mi puerta me sobresalto y me levanto tan rápido que me tengo que apoyar en la pared para poder abrir sin caerme al suelo.

Al hacerlo veo a Mateo delante de mí, cabizbajo, con la mirada cargada de emociones, de dolor, de confusión; con el gesto rígido, expectante...

No hablamos, simplemente lo dejo pasar y él entra con las manos en los bolsillos de sus pantalones cortos. Me mira inquieto cuando me doy la vuelta después de cerrar bien la puerta y... No quiero frenar las ganas que tengo de abrazarlo, por eso me agarro con fuerza a su cuerpo sin importarme nada más que saciar este deseo.

Suspira mientras me estrecha contra él, pero, al poco, me coge los brazos para separarme. Al mirarlo a los ojos vuelvo a presenciar esa batalla interna y, al hacerlo, me temo que algo cambiará.

—Nos has dejado a todos muy preocupados, ¿dónde has estado?

—Necesitaba pensar —susurra mientras cierra un segundo los ojos para después abrirlos y mirarme—. No podemos seguir viéndonos, Penny. No quiero hacerte daño, nunca ha sido mi intención. Creía que podríamos estar juntos hasta que acabara el verano, pero... me engañé a mí mismo. No puedo tener a nadie a mi lado ahora mismo. Yo... no soy la persona que crees.

—Pero ¿qué estás diciendo, Mateo?

—Lo que tendría que haberte dicho después de besarnos la primera vez en mi despacho... En este momento no puedo estar con nadie y eso me mata, ¡joder!, me mata no poder hacerlo.

—¿Es... por Elena? ¿Te ha pedido que me alejes? —susurro porque... no sería la primera vez que me ocurre.

—No. —Se tira el pelo hacia arriba con fuerza—. Ella no sabe que tú y yo somos más que amigos —me asegura y me muerdo el labio inferior al oír esa manera de nombrar lo que tenemos—. Solo me he dado cuenta de que me he estado engañando a mí mismo todo este tiempo y no te mereces... esto.

—Yo... —Siento que el pecho me duele y doy un paso hacia él, pero Mateo retrocede.

Es la primera vez que siento algo tan fuerte por alguien y no quiero perder la oportunidad de vivir esto con él.

31

MATEO

Penny me mira con la duda, el dolor y la frustración invadiendo sus preciosos ojos. No soporto ser yo quien le esté haciendo daño. No soporto no poder dejar ser libre a mi cuerpo, que solo desea abrazarla, reconfortarla y decirle con besos todo lo que debería haberle confesado hace semanas con palabras.

—Yo te quiero, Mateo.

Se me corta la respiración al oír esas palabras. Sus ojos azules están anclados en mí. Su bonito rostro refleja lo en serio que está hablando. Sus dedos acarician mi mano, reafirmando con ellos el amor que siente... por mí.

Me quiere.

Penny me quiere.

Trago saliva sintiendo que mi corazón cabalga desbocado, que mi cuerpo ahora mismo está festejando algo que pensé que nunca ocurriría, que mi ser se expande por todo el globo terráqueo y que jamás unas palabras me han hecho sentirme así.

Jamás.

Penny me mira dubitativa, se muerde el labio inferior e incluso puedo intuir un rastro de temor en sus maravillosos ojos color del mar.

—No sé cómo ha pasado —prosigue nerviosa, supongo que al ver que no he reaccionado a esas palabras que, sin embargo, he deseado oír desde que supe que me había enamorado de ella—, pero tengo claro que nunca he sentido nada parecido por nadie. Tú... me entiendes, Mateo. Me haces sentir bien, en paz, segura y... No puedo imaginar mejor persona para compartir mi vida que tú... uno de mis mejores amigos de la infancia, el chico que me ha exasperado desde hace años, el chico más bueno y sensato del mundo.

—Penny —susurro sintiendo cómo mi autocontrol, recuperado hace apenas unas horas, comienza a flaquear. Pero no me había imaginado que ella me quisiera, que ella tendría el valor de decírmelo después de todo lo que ha vivido, después de haberme largado para intentar aclarar mi mente.

—Yo... no lo he buscado. Es más, ya te he dicho que no sé cómo ha ocurrido. No quería tener una relación con nadie justo cuando acababa de dejarlo con... ¡ya sabes! —Hace una mueca. Se nota que está nerviosa—. Pero tu madre me dijo una cosa que no para de darme vueltas en la cabeza: el tiempo es efímero y no hay que dejar para después nada de lo que uno quiera decir o hacer. Y yo... te quiero. Te quiero muchísimo, tanto que me mata verte mal y no poder ayudarte.

Joder... Esto es un puto sueño. Un puto sueño que no me merezco, ¡maldita sea! Pero sé que debo serle sincero, aunque sea en este tema. Aunque sea por última vez.

—Con quince años me enamoré de ti, Penny —confieso y observo cómo abre sus preciosos ojos azules, sorprendida—. Estaba loco por ti, por cada una de tus sonrisas, por cada una de tus miradas, por cada momento que vivía a tu lado... Y, cuando me besaste al lado del eucalipto, pensé que podría morirme de felicidad en ese instante, pues había conseguido mi primer beso de la chica a la que amaba... Pero después todo se derrumbó como una torre de naipes y ese amor pasó a ser odio, un odio que he ido arrastrando durante años... Luego volviste a este camping y, desde ese mismo instante, has ocupado por completo mi mente, toda mi atención, cada segundo de mi vida. Aunque no quisiera, pensaba en ti. Aunque me obligara a no hacerlo, te buscaba y... Te he querido incluso cuando creía que te odiaba, y me mata no poder darte lo que siempre he soñado que te daría, Penny. Pero ahora mismo no puedo ser ese chico. No puedo darte lo que te mereces. No puedo estar contigo.

—P-pero —titubea—, ¿por qué dices eso, Mateo? Eres el chico más maravilloso que conozco. Eres bueno, trabajador, inteligente, sincero, cariñoso, tozudo, protector y...

—Soy un fraude, Penny. Soy una maldita escoria que no se merece ser feliz y mucho menos se merece tener a la chica más increíble del mundo al lado. Estas semanas han sido perfectas, Penny. Mejor que eso, han sido un puto sueño. Pero, como todos los sueños, hay un final, porque en la vida real no hay espacio para nosotros dos. No puedo darte más de lo que te he dado estas semanas y me encantaría poder hacerlo. ¡Maldita sea! Vendería mi alma al diablo en este mismo instante si pudiera... pero no puedo. No puedo, Penny.

—Pero, si tú sientes algo por mí y yo por ti, ¿por qué no podemos estar juntos? ¿Qué es lo que te impide dar ese paso? ¿Es... Elena?

—Ver a Elena solo me ha recordado lo que ya sabía y que he ido desoyendo porque tenerte en mis brazos era demasiado bueno. Era una puta fantasía. Esto lo hago por ti, por mí, por nosotros...

—No —susurra y sus bonitos ojos se vuelven más brillantes. Me mata saber que soy yo quien la hace llorar—. Lo haces por ti, porque, si lo hicieras por mí, ahora mismo me abrazarías, me besarías y me dirías que, lo que sea que está pasando, podríamos arreglarlo juntos.

—Hay cosas imposibles de arreglar.

—No... Hay cosas que la gente no quiere arreglar —murmura con seriedad—, y esta es una de ellas. Eres tú quien me está apartando de tu vida. No yo. Yo... ¡te acabo de decir en la cara que te quiero! —suelta gesticulando con las manos—. Y parece que te da igual.

—Lo siento mucho, Penny —susurro sintiendo que mi pecho se contrae cada vez más, que mi pulso es irregular y que tengo que hacer un esfuerzo sobrehumano para no acabar como deseo: abrazándola sin importarme nada más.

—¿Y ya está? —replica levantado la cara con orgullo—. ¿Es esto lo que has venido a decirme?

—Sí.

—Pues vete —exige señalando la puerta—. Al fin y al cabo, es lo que estás deseando. Poner distancia conmigo, encerrarte de nuevo en tu condenado caparazón y no permitir que nadie entre a echar un vistazo. Vete, Mateo. Deja perder lo que tenemos por... llamémoslo «equis». Perdamos otra vez la oportunidad. Dejemos incluso de ser amigos. Porque, para qué íbamos a seguir siéndolo, ¿no? En cambio, si quieres estar conmigo, si no quieres perder la oportunidad de que vivamos esto que estaba empezando a crecer sin darnos cuenta, acércate ahora mismo y bésame.

Se me acelera el corazón.

Miro sus ojos repletos de determinación, de osadía, de fuerza... Penny siempre ha sido así, una chica que nunca se ha callado sus opiniones; una chica que demuestra su valentía sin importar las consecuencias; una chica que me ha enamorado en todas sus facetas, incluso en la más vulnerable... Esa que me demostró que era imperfectamente real al contarme algo que todavía trato de asimilar. Porque todavía soy incapaz de comprender que esta chica que tengo delante, tan visceral, tan valiente, permitiera que alguien la anulara...

Supongo que todos tenemos un talón de Aquiles. El de ella era ese hombre del que, menos mal, consiguió alejarse... y el mío... el mío puede destruirnos a todos.

Pero tengo que centrarme en la situación, en la realidad, aunque tomar esa decisión me romperá por dentro. Porque ahí está: la tentación de volver a estar con ella, de besarla, de abrazarla, de adorarla, de acariciarla hasta que nos quedemos dormidos...

Maldita sea, la besaría hasta el fin de mis días. Pero sé que no puedo, sé que no debo. Por eso, me meto las manos en los bolsillos, asegurándome de que mi cuerpo no toma la iniciativa en contra de mi razón, le echo una mirada, una en la que espero reflejar todo lo que la quiero, todo lo que estaría dispuesto a hacer por ella, incluso a apartarme de su camino porque sé que sufriría si se enterara alguna vez de la verdad, para después darme media vuelta y caminar hasta la salida de su bungaló.

Penny no me llama. No me pide que regrese. Simplemente acepta mi decisión. En cuanto cierro su puerta siento cómo mi cuerpo se marchita, cómo mi corazón se desinfla, cómo mi ser deja de brillar porque la he perdido para siempre.

La he perdido por ser el peor tipo que existe sobre la faz de la Tierra.

Me voy a mi bungaló con los ánimos por los suelos, con el corazón latiendo por ella, con mi piel arrastrándome en dirección contraria, hacia donde está ella, su olor, su calidez, su ternura, su voz. Sin embargo, entro en mi casa, cierro la puerta y me apoyo sobre esta y me dejo caer al suelo.

Me siento la peor basura del mundo.

Me siento el tío más imbécil del universo.

Porque la quiero.

La quiero tanto tanto... que no sé qué voy a hacer a partir de ahora.

—Aquí te escondes. —Al levantar la cara del cuaderno veo que Daniel me mira con resignación.

—No me escondo.

—Desayunar a las seis y media es esconderse. Ir a comer a las doce y media, la hora de los guiris, es esconderse. No dejarse ver el pelo en todo el día, illo, ¡es esconderse! Por no hablar de que estás aquí solo en el pinar mientras... dibujas —susurra echando un vistazo, y enseguida tapo el boceto apoyando el cuaderno contra mi pecho para que no lo vea—. Si esto no es esconderse, ¡dime qué es!

—¿Qué cojones quieres, Dani? —suelto cabreado mientras mi amigo se sienta a mi lado, apoyándose en el muro de la pequeña ermita que hay en este pinar.

—Pues nada, chaval, hacerte compañía mientras maldices tu suerte, dejas escapar a una tía de diez y tu familia está revolucionada por cierta persona que se dejó caer por aquí como si nada.

—¿Ya te lo han contado?

—Tu abuela no es de las que se callan —me recuerda y asiento—. Tranquilo que no te voy a preguntar a qué vino porque sé que no me lo vas a decir. Cuando quieres, eres hermético, illo —añade y resoplo con frustración para luego quedarnos unos segundos en silencio—. ¿Qué estás haciendo, Mateo?

—Hasta hace unos minutos, dibujar.

—Ya sabes que no hablo de eso —me rebate con seriedad y suspiro apoyando la cabeza en el muro.

—Lo que creo que es mejor.

—¿Para quién?

—Para todos.

—Menos para ti, ¿a que lo he adivinado? —suelta con garra y le echo una fulminante mirada—. ¿Cuándo vas a empezar a pensar en ti, tío? —me pregunta con un tono de voz mucho más calmado y me giro para enfrentarlo.

No hay rastro de burla, ni de guasa, sino de empatía, de fraternidad y de una amistad duradera, la cual hace que él intuya qué me pasa sin tener que abrir la boca.

—Sabes que... —Me callo para frotarme la cara para después dejar las manos sobre mi cabeza—. Solo quiero que estén todos bien, yo... no me merezco ser feliz.

—Pero ¿qué cojones dices? Tú mereces ser feliz como todo el mundo, Mateo. Te has dejado la piel por tu familia, te has dedicado en cuerpo y alma a levantar este camping y te has desvivido para que todos estén bien, incluido el egoísta de tu mellizo, dejándote siempre en el último lugar. Tienes que empezar a pensar en ti, illo, en hacer cosas que te hagan estar bien, que te hagan sonreír y ser feliz. ¡Joder, que la vida son dos puñeteros días y tú bien lo sabes! —comenta y suspiro hondo, provocando que el cuaderno se despegue de mi pecho y se quede bocarriba en mis piernas encogidas.

Los ojos de Penny que he dibujado me hacen tragar saliva con dificultad, perdiéndome en todos los detalles que he ido trazando con mi lápiz... en sus iris, en su tierna mirada, en sus largas pestañas y en esas cejas arqueadas que mueve a placer con cada una de las emociones que siente.

—¿Cómo está ella? —indago sin mirarlo, porque ahora mismo no puedo ver otra cosa que no sean sus ojos, aunque sea a través de mis dibujos.

—Pues está triste, Mateo. Además, se nota que ha pasado mala noche, y está tan preocupada por ti que me ha pedido que te busque para que no estés solo —confiesa y lo miro al oír esas palabras. Incluso después de todo lo que pasó ayer, ella se preocupa por mí. No me la merezco, ¡maldita sea!—. Penny te quiere, ¿lo sabes?

—Sí, me lo dijo.

—Entonces, ¿qué cojones haces aquí dibujándola? Tú estás loco por ella, ella está loca por ti, ¿dónde está el problema?

—En mí —confieso—. En mí y en todas las decisiones que he tomado todo este tiempo, Daniel.

—¿Qué decisiones? ¿Desvivirte por todos, Mateo? —suelta, pero no le contesto y mucho menos lo miro... pues nadie sabe lo que hice, ni siquiera él—. Si quieres de verdad a esa chica, y yo creo que es así, arregla la mierda que te hace estar así y no la dejes escapar. Sé que, si la pierdes, te arrepentirás toda la vida, Mateo.

Jamás te he visto así con nadie. Nunca te he visto tan bien, tan animado y tan centrado como estando con ella.

—¿Y si no puedo arreglarlo? ¿Y si, solo por intentarlo, todo explota y se complica todavía más?

—Mejor eso que no intentarlo y arrepentirte cada segundo de tu vida, ¿no? —susurra con seriedad, y suspiro quedándome de nuevo mirando el dibujo de los preciosos ojos de Penny.

Tengo tanto miedo de perderla de verdad, de que no haya una sola posibilidad de recuperarla, que me paraliza. Pero me temo que, si al final se destapa el pastel, será ella la que no querrá estar conmigo.

Y no estoy preparado para eso.

32

PENNY

—Dame un helado de los míos, Rebeca —le pido mientras me siento delante de la barra para poder charlar con ella.

—Hoy has venido antes —comenta mientras abre el congelador para sacar un Flash de lima y limón—. ¿No hay mucho trabajo?

—Sí que lo hay, pero hoy me ha cundido más que otros días —informo sin entrar en detalles.

Pues una de las razones por las que he terminado antes es Mateo y la necesidad de no encontrármelo en ninguna parte. Por lo tanto, he ido como una chalada arreglando bungalós y parcelas, he estado en el Chiqui-Fun dándolo todo y he terminado las tareas antes de tiempo.

—Pues seguramente esta noche te necesitemos aquí —me informa alzando la mirada hacia el bar, donde hay varias personas tomándose unas cañitas—. Mi madre está estresada porque hay mucho más trabajo que el verano pasado y ya me está diciendo que qué va a hacer ella cuando me vaya...

—Me imagino que meterán a más gente cuando eso ocurra.

—Pues eso le he dicho yo —sentencia mientras alza un dedo para que espere y sale a atender una mesa.

Abro el polo y comienzo a degustarlo hasta que el sonido acompasado de una muleta me hace volverme para ver a Nacho entrar en el local.

—Bueno, bueno, bueno... —suelto, y veo que mi amigo no puede evitar echarse a reír—. Pero si es el rey de Roma que ha decidido bajar para juntarse con la plebe.

—¡Cada día estás peor, tía! —exclama mientras busca con la mirada a la causante de que esté aquí.

Si es que lo conozco...

—¿Cómo vas? —le pregunto señalando sus piernas.

—Cada día un poco mejor, aunque... todavía me canso mucho.

—Es que ya quieres correr una maratón, chato, y, como quien dice, hace dos días estabas sentadito en la silla mirando las musarañas.

—Hasta que una chica con los ojos azules me hizo ver lo egoísta que era.

—Nah... —Hago un movimiento con la mano libre para desechar esa posibilidad—. Hasta que viste a cierta chica con el pelo azul y ahí, chato, fue cuando quisiste mejorar de verdad.

Nacho sonríe sin desmentir mi teoría y me levanto del taburete para sentarme con él a una mesa.

—Parece que no aprendo, ¿verdad? —susurra mirando a Rebeca de reojo, que pasa por nuestro lado y le lanza una sonrisa a mi amigo para después adentrarse en la barra y preparar lo que le han pedido.

—Siempre has sido un romántico —le digo con una sonrisa y veo que deja la muleta en el otro lado para poder sentarse mejor.

—Un romántico al que siempre se le han dado de pena las relaciones —comenta con un deje de tristeza.

—Así estamos todos, ¿no? En esta vida nos toca aprender a base de tortas.

—¿Lo dices por experiencia propia? —me plantea levantando una ceja, y sonrío.

—Por supuesto. Yo también tengo un pasado oscuro y vergonzoso, Nachete. —Saco la lengua con fastidio y se echa a reír mientras niega con la cabeza. Sin embargo, no hace el amago de preguntarme y decido ser yo quien lo haga—. ¿Aún sigues pensando en... ella?

—¿En Elena? —Asiento sin perderme ni uno de sus gestos por si me toca cambiar rápidamente de tema o ponerme a hacer el ganso encima de la mesa, lo que sea más efectivo—. A veces... Creo que cometí demasiados errores durante el tiempo que estuvimos juntos. Siempre la ponía a ella en primer lugar, sin importar a quién tuviera que sacar de mi vida —susurra mirándome con culpabilidad—. Y ella... Ahora me he dado cuenta de que no hacía ni la mitad del esfuerzo que yo para mantenernos juntos.

—Te entiendo... —musito para después darle un mordisco a mi polo—. ¿Por qué te dejó, Nacho?

—Buena pregunta —responde con una sonrisa tristona y vuelve a buscar con la mirada a Rebeca, que acaba de pasar de nuevo por delante para llevar la consumición a una mesa—. Solo me dijo que ya no podía estar más conmigo. Por eso quise ir a verla, para hablar con ella y entender qué había hecho mal, por si podíamos arreglarlo.

—Ya... Y si, en un supuesto loco, se plantara aquí delante de ti para volver a intentarlo, ¿tú qué harías?

—Hoy estás curiosona, ¿eh? —suelta mientras niega divertido con la cabeza, para después suspirar—. No sé lo que haría porque esa suposición no es posible. Elena desapareció de mi vida hace ocho meses, Penny. Ni siquiera me ha llamado una mísera vez, cuando yo sí lo he intentado un montón de veces, demasiadas. ¿Para qué iba a volver ahora?

—Pues sí, tienes razón.

—Pero no hablemos más de ella —me pide, y sonrío al ver a Rebeca acercarse a nosotros con una sonrisa.

—Eh, ¡has venido! —exclama la camarera, provocando que mi amigo le sonría de manera seductora—. ¿Quieres tomar algo?

—Un granizado y tu compañía.

—Lo de la compañía será a ratos, se nota que estamos a las puertas de agosto —comenta mientras va tras la barra—. Mateo, has llegado justo a tiempo —dice y, sin poder evitarlo, lo busco con la mirada—. ¿quieres tomarte algo con tu hermano y Penny?

Está acercándose a la barra. Va con el cabello revuelto tapándole la frente y un poco los ojos. Su mirada se topa con la mía y se queda quieto a mitad de camino, como si no se esperara encontrarme aquí a estas horas.

—Mateo, ven, que tenemos que hablar —le pide Nacho señalando la mesa que ocupamos.

Él duda un instante, le dice algo a Rebeca y camina lentamente hacia donde estamos, para después sentarse junto a su hermano. Yo estoy sentada enfrente de Nacho, por lo que puedo ver también sin problemas a su mellizo, algo que me pone muy nerviosa.

Llevo todo el día huyendo precisamente de esta situación para ahora tenerlo en mis narices.

—Tú me dirás —dice con seriedad mirándolo.

—Ahora, cuando venga Rebeca.

Parece que Nacho no se da cuenta de que Mateo ha vuelto a ser el que era... cuando llevaba semanas siendo alguien mucho más accesible, mucho más sonriente y despreocupado, mucho más feliz... o por lo menos eso me digo para convencerme de que lo que tuvimos fue también importante para él.

—¿Os habéis enfadado? —me pregunta Rebeca con un hilo de voz mientras deja los granizados en la mesa.

Veo que ella sí que está pendiente de todo, no como Nacho.

—Se ha enfadado él, yo estoy divinamente —contesto un poco más alto de lo necesario para que Mateo me oiga—. Tanto que estoy barajando la posibilidad de que nos vayamos tú y yo una noche de juerga por ahí, ¿qué te parece? Noche de chicas.

—¡Me encantaría! —exclama, y sonrío complacida por verla tan contenta con la idea.

En este momento los mellizos nos miran a la vez y les mostramos una amplia sonrisa. Me da a mí que Rebeca es una fiestera de tomo y lomo y... me lo voy a pasar la mar de bien en su compañía.

—¿Esta noche después de las cenas? —le pregunto porque... ¿para qué esperar?

—No se hable más —acepta Rebeca entusiasmada y nos echamos a reír simplemente al pensar en lo genial que nos lo vamos a pasar juntas.

—Yo iba a proponer ir esta noche a la playa —interviene Nacho, y Rebeca se encoge de hombros como si hubiese llegado tarde. ¡Me encanta esta chica!

—Pues lo dejamos para mañana o para otro día que a todos nos venga bien —responde la camarera con total naturalidad.

—¿Para qué quieres ir a la playa? —pregunta Mateo y veo que Nacho sonríe de una manera que me hace temerme que algo esconde.

—Yo creo que paso —intervengo antes de que conteste mi amigo y así ya tener una excusa para no ir—. Mañana estaré resacosa y no tendré ganas de moverme de la cama —comento, y Nacho clava su mirada en mí como si acabara de decir que me voy a hacer un retiro espiritual al Tíbet.

—Iremos a la playa a disfrutar y no a trabajar, Penny —replica.

—Mañana tengo cosas que hacer —farfulla Mateo con la mirada anclada en el granizado.

—Pues las dejas para otro momento —le exige su hermano para luego mirarme y mirar a Mateo—. ¿Qué os pasa ahora a vosotros dos? Pensaba que ya eráis amigos. De verdad, toda la vida igual... como el perro y el gato —resopla quejándose, y hago un amago de sonrisa mientras me termino el polo y así tener como excusa la boca llena—. Vais a venir mañana los dos, ¿me habéis oído? Tengo una sorpresa para todos —anuncia sonriente.

—Miedo me dan tus sorpresas, amigo —bufo, y veo que Nacho sonríe ampliamente, como si hiciera bien en temerlo.

Le saco la lengua y en ese momento Mateo me mira.

Me mira y se me corta el aliento.

Me mira y mi piel arde por su proximidad.

Me mira y me pierdo en sus ojos oscuros, en los que la preocupación y la tristeza se desbordan.

Me mira y siento la necesidad de acercarme a él, abrazarlo, besarlo y borrarle ese gesto con mis caricias.

—Voy... —Me levanto de repente de la silla atrayendo la mirada de todos—. Voy a descansar un poco y luego vuelvo para ayudaros en la cocina —le digo a Rebeca, y esta asiente complacida.

—Y luego nos iremos de marcha.

—¡Sí! —suelto con tantas ganas que creo que voy a quemar la pista de donde sea que vayamos.

Me doy la vuelta sin mirarlo y salgo del local notando que mi cuerpo me frena; que mi ser quiere volver a esa mesa, para poder estar cerca de él. Pero no puedo ser débil y mucho menos voy a mendigar algo que él no está dispuesto a darme.

En un mes me iré, lo tengo decidido, y me da igual tener que batallar contra mi propio deseo, contra mi cuerpo y contra este amor que empezaba a sentir.

Le dije a Pruden que me quedaría todo el verano y eso es lo que haré, aunque signifique volverme loca al no poder tener lo que anhelo en cuerpo y alma.

33

Penny

Chocamos nuestro quinto chupito para después bebér-
noslo de golpe. No tengo ni idea de lo que lleva porque
lo ha pedido Rebeca como la buena experta en juergas
que creo que es. Tengo que admitir que suben a la cabeza que no veas e incluso me hacen cerrar los ojos al sentir el sabor fuerte del alcohol mezclado con algo mucho
más dulzón.

Parece que llevemos solo unos minutos aquí, pero
en realidad han pasado ya un par de horas. Cuando hemos terminado de trabajar después de un ajetreado
servicio, nos hemos ido a casa de Rebeca a cambiarnos.
Me ha prestado la ropa que llevo —¡bendita sea esta
chica!—, porque no tenía nada para salir y mucho menos dinero para comprarme algún modelito. Nos hemos
maquillado y peinado, sin disimular las ganas que teníamos de fiesta, y hemos pedido un taxi para que nos tra-
jera a Isla Cristina, a poco más de diez minutos en coche
de La Redondela, a una zona donde hay mucha marcha,

sobre todo ahora en verano. Este es el segundo pub al que entramos, después de haber bailado, bebido y reído como locas en el primero, como si necesitáramos desquitarnos de todo el estrés del trabajo. Ahora estamos celebrando que aquí hay música de la nuestra, porque hemos descubierto que nos gusta el mismo estilo y es como si esa casualidad nos hubiese unido incluso más.

Chillamos como locas cuando suena por los altavoces la voz de Aitana con su canción *Los ángeles* y empezamos a cantarla sin dejar de bailar. Joder, este tema, esta letra, me recuerdan a Mateo, a todo lo que hemos vivido y a estas ganas que no se van. Sin embargo, eso no me frena y es como si reafirmara lo que siento, como una especie de liberación personal. Es la primera vez que siento un amor tan grande por alguien y, ¡qué narices!, no me avergüenzo.

—Joder, necesitaba esto —le confieso cuando ponen otra canción después de darlo todo con la de Aitana, y Rebeca me sonríe como si me diese la razón.

—¿Qué os ha pasado a Mateo y a ti? Parecíais muy contentos estas semanas atrás —me dice y me quedo con la boca desencajada. Porque no me esperaba esta pregunta, sobre todo cuando he estado pensando en él durante todos los minutos que ha durado la canción anterior.

—Eh... ¿Lo sabes?

—Pruden nos lo contó.

—¿A todos?

—A todos. —Ríe pizpireta mientras me llevo las manos a las mejillas.

Y yo pensando que disimulábamos de lujo y resulta que todos estaban al caso.

—¿Y Nacho también lo sabe? —pregunto porque... ni siquiera me ha preguntado el tío y eso que somos amigos.

—No, Nacho no tiene ni idea. Pruden nos comentó que era mejor que se lo contarais vosotros.

—Pues ese momento no llegará nunca, porque siento decirte que, lo que hubo, terminó.

—Y, eso, ¿por qué?

—Porque tengo un ojito para los chicos... ¡que telita! —me quejo mientras nos movemos a otro lado del local para poder hablar mejor—. El penúltimo era un tóxico de primera categoría y, este, aunque me quiere y yo lo quiero, no puede estar conmigo.

—¿Por qué?

—Esa es la gran incógnita en mi vida. —Asiento con resignación—. El caso es que, cuando se lo pregunté, no habló, solo me miró de un modo como estreñido —protesto—, así que me he quedado sin saber la razón por la que no podemos estar juntos y... ¡¡Rebeca, escuchaaa!! —cambio por completo de tema al oír cómo empieza a sonar *Nochentera*, de Vicco.

Y, sin decir nada, comenzamos a bailar como desquiciadas mientras cantamos la canción al dedillo, como si estuviéramos viviéndola, riendo, contoneando nuestros cuerpos y quemando esta sensación que me impide estar bien del todo.

¡Aaajjj...! ¡Para una vez que me enamoro y me dan calabazas!

Bailamos otras tantas canciones más, no sé cuántas, mientras simplemente nos reímos, cantamos y vamos espantando algún que otro chico que se nos acerca. Rebeca está comenzando algo con Nacho —me ha comentado antes que van muy despacio porque no quieren fastidiarlo con las prisas— y yo, la verdad, he quedado escarmentada con el tema de los hombres. Además, no puedo mirar a otro que no sea Mateo. Lo sé, ¡soy tonta de más! Pero he descubierto que estar enamorada es un poco rollo, pues no puedes soltar lo que sientes cuando te apetece.

—¿Y si llamamos a Daniel? —propongo al rato después de ver a un chico que me ha recordado a él, y Rebeca, que se une sin dudar a cualquier locura, me tiende su teléfono después de marcar el número de nuestro amigo.

—¡¡Danielíííín!! —exclamamos las dos a la vez cuando este contesta.

Él directamente se ríe a carcajadas y nosotras nos miramos convencidas de que hemos acertado al llamarlo. Este tío es la repera y tiene que ser la caña de fiesta.

—Pero ¿dónde estás, Rebeca, y quién es la otra chica?

—La otra chica soy yo, chato, ¿o no te suena mi voz? —anuncio efusiva.

—¿Penny? —Suelta una risotada—. ¿Acaso habéis salido de fiesta sin mí? Ya os vale, tías. ¡Eso no se hace!

—Era noche de chicas —comenta Rebeca y asiento reafirmando lo que ha dicho como si Daniel pudiera vernos.

—Pero ahora queremos que vengas tú.

—¿Para ser el taxista molón?

—Noooo —negamos a la vez y nos partimos de risa al haber respondido tan sincronizadas.

—Queremos invitarte a una copa —dice Rebeca y de repente no oímos nada, como si se hubiese perdido la conexión.

—Daniel, ¿sigues ahí? —pregunto creyendo que estamos hablando solas.

—Envía ubicación, que voy ya —responde decidido y sonreímos al ver que nos hemos salido con la nuestra.

¡La fiesta va a ser todavía más brutal!

—Penny, Rebeca se está durmiendo y solo quedan cuatro horas para que amanezca —me dice Daniel mientras bailo bajo las estrellas después de haber estado riendo, bailando y quemando la pista con ella y con él, que se ha unido a todas nuestras locuras. ¡Nos lo hemos pasado en grande los tres!

Nos ha parecido una idea increíble terminar la noche de chicas más «el Illo» —esta noche lo hemos bautizado así— en la playa. Pero parece que a Rebeca le ha dado el bajón nada más pisar la arena y yo sigo con la embriaguez de una noche de juerga tan fantástica como esta.

—Puedo ir sola al camping —le recuerdo por segunda vez, pues ya me ha comentado antes que Rebeca se estaba quedando frita—. Solo quiero bailar un poco más para estar tan cansada que me sea imposible pensar en él —le confieso, y veo que Daniel asiente para luego mirar su teléfono móvil.

—No te enfades conmigo, ¿vale? —me pide, y lo miro sin disimular que no entiendo por qué debería hacerlo.

¡Si es la mar de majooo!

Sin embargo, no me hace falta abrir la boca para preguntarle el motivo porque enseguida veo a Mateo acercarse a nosotros. Mateo serio, intimidante, guapo hasta decir basta, mientras camina con esa seguridad aplastante hacia aquí. Daniel me sonríe mientras espabila a Rebeca y se van de la playa juntos. Cuando pasa al lado de su amigo, intercambian un par de palabras que no logro oír, y después veo que Mateo avanza hacia mí.

—No tenías que haber venido —suelto y de repente me doy cuenta de que mi voz suena rara.

¿Tanto he bebido esta noche?

Me temo que sí.

Bah, me da igual.

¡La noche es joveeeen!, así que comienzo a tararear la canción de Vicco. ¡Se ha convertido en la banda sonora de la salida de chicas más el Illo!

—Vámonos a la cama.

—¿Tú y yo juntos? —replico moviendo las cejas rápidamente y observo cómo a Mateo se le endurece el semblante.

—Penny... —me advierte.

—¡Ni Penny ni leches! —me quejo y le saco la lengua al tiempo que siento que tropiezo y de inmediato noto que Mateo me coge.

Me coge y todo me da vueltas. Todo el alcohol me sube a la cabeza y solo soy consciente de sus ojos, llenos de preocupación, de su gesto rígido y de esos labios que contrae como si estuviera enfadado por verme en este estado.

¡Pues yo estoy cabreada por no poder estar con él!

Se asegura de que esté estabilizada y después noto cómo sus manos me apartan varios mechones que se han quedado en mi rostro... provocando que mi piel arda, que mi respiración se acelere y que me pierda en sus iris oscuros, en su mirada afligida y en esos labios que están muy cerca de los míos.

Solo quiero que me bese y que acabe con todo este sinsentido.

Solo quiero estar con él.

—Mañana no podrás levantarte de la cama —me riñe con seriedad.

—Me da igual —susurro sin pensar en esas palabras, porque ahora mismo estoy pendiente de cada una de sus miradas y de sus caricias. Quiero que continúe tocándome y que siga mirándome durante toda la noche.

Durante toda la vida.

Percibo cómo Mateo aprieta con fuerza la mandíbula, como si estuviera frenando algo, para después sentir que apoya su frente en la mía y expulsa de una vez el aire por los labios.

Se nota que lo está pasando mal.

Se nota que él tampoco está bien, pero seguimos en esta tesitura...

—Penny, tienes que descansar —me susurra a escasos milímetros de la boca y asiento sintiéndome de golpe y porrazo muy soñolienta, como si toda la euforia hubiese abandonado mi cuerpo para ser sustituida por el cansancio más extremo. Supongo que se deberá a su proximidad, porque él siempre me ha dado la paz que he necesitado, como ahora...

Mateo me pone los zapatos antes de alcanzar el sendero, me coge la mano para que no me caiga y no aparta su mirada de mí. Mi corazón late acelerado. Mi respiración en un caos. Y no puedo dejar de mirarlo porque me permito ser débil, aunque sea solo esta noche. Quiero decirle muchas cosas, tantas que mi mente abotargada por el alcohol no consigue ponerse de acuerdo y opta por el silencio. Siento que las piernas me fallan y él, sin ni siquiera dudarlo, me coge en brazos y me carga hasta llegar a la puerta de mi bungaló.

Mirándome a los ojos.

Está preocupado.

Por mí.

Noto que en este momento mi pecho podría resquebrajarse por todas las fuertes emociones que siento. Mateo cogiéndome en brazos, cuidándome, protegiéndome, como siempre ha hecho. Percibo su calidez; me embriago de su olor; noto su fuerza y este sentimiento que crece sin límites de manera irracional.

Ni siquiera hace el amago de depositarme en el suelo cuando sube al porche, pues abre la puerta con una llave que hay escondida en el marco de la puerta y me deja sobre la cama con cuidado. Me quita los zapatos, me mira con ternura mientras aparta mi pelo de la cara y se me escapa un estúpido sollozo al sentirme reconfortada por sus atenciones.

—Penny —susurra mientras me acaricia la cara—, ¿estás bien?

—No, no lo estoy. Quédate esta noche conmigo —le pido con un ridículo hilo de voz.

—No... no me pidas eso —murmura como si le costara pronunciar estas palabras—. Me encantaría poder quedarme contigo. Joder, ¡mataría por hacerlo, Penny! Pero no debo porque no quiero hacerte más daño del que te estoy haciendo. Ojalá hubiese parado esto antes para no hacerte sufrir. Me mata ver que lo estás pasando mal por mi culpa —añade acariciando lentamente mi rostro con sus dedos.

—No digas eso —le ruego con lástima—. Aunque hubiese sabido que este sería el final, habría repetido todo lo que hemos vivido. Todo, Mateo, sin dudarlo —confieso y Mateo aprieta de nuevo la mandíbula, frenándose otra vez—. Pero me da rabia verte y no poder... besarte, no poder estar contigo... que tú no quieras estar conmigo.

—No es que no quiera estar contigo, Penny —me asegura mientras se echa el cabello para atrás—. Yo... Tú... —Alza la vista al techo para luego enfrentarme de nuevo con los ojos turbios por todas las preocupaciones. Después expulsa de un golpe el aire de sus pulmones y se le entristece todavía más la mirada—. Descansa.

Y vacila unos segundos, me observa, se echa el cabello hacia atrás y finalmente sale de mi bungaló.

Suspiro sintiendo un peso enorme en el pecho y me acurruco sobre mí misma para intentar aliviar esta sensación de vacío en mi interior.

Nadie me advirtió de que enamorarse tenía efectos secundarios cuando la relación se acaba. Porque siento como si me hubiesen arrancado el corazón de cuajo. Noto un hueco en el pecho que no sé cómo llenar ni cómo calmar. Las noches son un sufrimiento que procuro paliar machacándome duramente durante el día. Todo esto me hace estar cabreada, frustrada, triste, por lo injusto que es. Y me doy cuenta de que Mateo ha marcado un antes y un después en mi vida.

Ya nada será igual.

Yo no seré igual.

34

Penny

—¿Cómo vas? —me pregunta Rebeca entrando en la recepción.

Creo que tengo peor aspecto que ella, pues en comparación puede parecer que mi amiga ha dormido ocho horas esta noche, aunque sé que ha dormido cuatro, y yo solo un par como mucho.

—Me quiero morir —susurro dramática y se echa a reír mientras me pone delante un granizado de café—. Te quiero, tía —suelto al ver la cafeína llamándome a gritos dentro del vaso alargado de cristal, y niega divertida con la cabeza.

—Me encantaría apuntarme el tanto, pero ha sido idea de Mateo que te acerque café granizado —dice guiñándome un ojo—. Me ha preguntado por ti cuando ha venido a comer y le he dicho que parecías una zombi con resaca.

—Qué maja eres, tía. Así da gusto tener amigas —resoplo con ironía y ella se vuelve a carcajear—. Ya llegarás a mi edad, ya —me quejo como si tuviera ya los cuarenta y no solo tres años más que ella.

—A lo mejor esto es un indicio de que quiere volver contigo —comenta señalando el café.

—No —suspiro con resignación, porque conozco a Mateo—. Esto es una muestra de que sigue preocupándose por todos. Siempre lo ha hecho...

—Es una pena que no estéis juntos. Hacíais tan buena pareja...

—Sí que es una pena...

—¿Vas a venir esta noche a la playa? —me pregunta y me encojo de hombros.

—¿Tengo alguna escapatoria?

—Me temo que no. —Se ríe mientras me guiña un ojo y sale de la recepción.

Me voy tomando el granizado, que está de lujo, mientras atiendo a varias personas que llegan para disfrutar de sus vacaciones, hasta que aparece Pruden y, mucho más animada gracias a la cafeína, salgo dispuesta a arreglar algún bungaló antes del ChiquiFun.

Termino de hacer la cama, cierro el enorme ventanal y, cuando me aseguro de que todo está perfecto, abro la puerta para salir del bungaló. Sin embargo, me quedo con el pomo en la mano y clavada al suelo cuando veo a Mateo delante de mí.

Este me mira con seriedad y desliza lentamente sus ojos oscuros por cada milímetro de mi rostro.

Creo que el tío ha hecho un pacto con el diablo, porque no es justo que yo tenga estas pintas y él esté para pintarlo en un cuadro.

Doy un paso hacia atrás de manera inconsciente y él

entra y cierra la puerta tras de sí, algo que me hace fruncir el ceño y, para qué mentirme, hacerme ilusiones.

—¿Cómo estás? —me pregunta y me encojo de hombros porque la cabeza me está matando, tengo el cuerpo como si me hubiese pasado una manada de ñus por encima y los ánimos tan abajo que están rozando el núcleo de la tierra.

—Divinamente, ¿no me ves? —suelto y veo que niega despacio con la cabeza, como si también le costara a él tenerme enfrente, hablar conmigo como si no supiéramos cómo es besar al otro, y opto por ser menos borde porque... lo quiero, ¡maldita sea!—. Gracias por el granizado de café, me ha venido muy bien.

—Me imaginaba que te habría dado el bajón después de comer —susurra y asiento para quedarnos en silencio.

—Pues nada, voy... a seguir —digo después de unos segundos mirándonos como bobos sin abrir la boca.

Doy un paso en dirección a la puerta, Mateo se aparta despacio. Sin embargo, su mano rodea la mía, me gira y acabo de espaldas contra la puerta con su mano anclada en mi cuello y su frente apoyada en la mía, notando cómo tiembla y cómo respira profundamente, como si no hubiese podido hacerlo hasta ahora.

El calor me sube de repente por la piel. Su proximidad me excita sin remedio. Notar su aliento, su olor, me marea, me embriaga, y solo quiero detener el tiempo para quedarme así toda la vida.

—Penny —murmura y detecto su sufrimiento con tan solo pronunciar mi nombre—, ojalá pudiera cambiarlo todo.

Asiento perdiéndome en su mirada sincera y en tenerlo de nuevo pegado a mí.

—Lo sé.

Porque no tengo dudas de que, si fuera por él, esto no lo estaríamos viviendo. Porque no tengo dudas de que él también está sufriendo y porque sé que sería capaz de todo por no verme mal.

Mateo siempre ha sido así. Siempre ha mirado por los demás. Nunca he visto a nadie tan altruista como él, tan empático y considerado.

No nos besamos, aunque no hace falta pues la intimidad de este momento es brutal. Estamos unos segundos así, unidos, pegados uno al otro, respirando el mismo aire, mirándonos a escasos milímetros de distancia. Me maravillo al percatarme de que huele a playa, a sal, a libertad... y, sobre todo, a amor. A un amor que estoy experimentando gracias a él.

Mateo desliza sus dedos por mi cara cuando decide apartar su frente de la mía a regañadientes. Se nota que él tampoco quiere que este instante se acabe, pero sé que es capaz de tragarse su dolor con tal de aliviar el mío.

Me mira a los ojos intentando decirme lo que sea que se le pasa por la mente. Pero se me dan fatal estas cosas y solo puedo percibir dolor en su mirada; hay sufrimiento, frustración, arrepentimiento y culpa. Da un paso atrás y se mesa el cabello sin dejar de mirarme, como si me diese la oportunidad de salir. Si por mí fuera, no lo haría, pero no quiero que solo él soporte este sufrimiento. Sonrío tímidamente antes de irme de la cabaña, sabiendo que me va a resultar imposible dejar de amar a Mateo.

—Menuda nochecita —silba Rebeca mientras cerramos el bar y comenzamos a caminar detrás de los mellizos en dirección a la playa. Esta noche también me he quedado ayudándolas porque el camping está casi lleno y las pobres no daban abasto—. Estoy reventada.

—Y yo —susurro, aunque sé que, cuando me meta en mi cama, no conseguiré dormir, sin importar el cansancio que lleve acumulado. Porque Mateo no está a mi lado y no paro de darle vueltas a todo lo referente a él, a nosotros y a que está justo al otro lado del sendero. Tan cerca, pero a la vez tan lejos...—. ¿Sabes cuál es la sorpresa? —le pregunto con un hilo de voz.

—¡Te he oído, Penny! —suelta Nacho girándose hacia nosotras y le saco la lengua por tener el oído tan fino cuando quiere—. Ella lo sabe, pero no te dirá nada. —Y le guiña un ojo a Rebeca, lo que la hace sonreír.

—¿Y Daniel? —pregunto al no verlo por aquí.

—Hoy es el cumpleaños de su madre y no puede venir —contesta Mateo todo serio, sin volverse siquiera, como si se lo dijera a los árboles que hay al principio del pinar.

Rebeca me mira con ternura y yo me encojo de hombros como si ya hubiese aceptado esta situación, aunque en el fondo me dé rabia, pero tampoco consigo nada quejándome cada dos por tres, ¿no?

Llegamos a la playa sin apenas darme cuenta gracias a que Rebeca y yo hemos estado hablando de lo bien que nos lo pasamos anoche, de las risas que nos echamos con Daniel y de lo que me costó irme a mi bungaló. Por supuesto, no entro en detalles, por lo que no cuento que Mateo me cogió en brazos para llevarme hasta la cama.

Ay...

Nos sentamos en la arena porque a Nacho y Mateo se les ha olvidado traer una toalla, pero vamos, que a nosotras no nos importa y plantamos el culo una al lado de la otra, y ellos acaban uno enfrente de cada una.

No miro a Mateo.

La verdad es que estoy bastante nerviosa porque esto parece más una cita doble que un grupo de amigos echándose unas risas.

Nacho saca de una mochila, que llevaba Mateo a la espalda, una botella de licor de mora sin alcohol y unos vasitos de plástico.

—Estás que tiras la casa por la ventana, chato —resoplo simplemente para hacerlo hablar y me lanza una mirada airada que me hace reír a carcajadas—. No me pongas mucho, que a mí el licor este no me gusta demasiado.

—Pues te lo bebes igualmente, porque vamos a celebrar algo —sentencia Nacho y cojo el vasito que me tiende y espero hasta que rellena los demás.

—Tú dirás —lo anima Mateo al ver que se ha quedado callado mirando a Rebeca.

—Voy a apuntarme a hacer un curso de informática —anuncia con una sonrisa—. Rebeca y yo nos iremos en septiembre a Granada y allí estudiaremos en el mismo instituto —añade y veo que se bebe el licor y Rebeca lo imita.

Mateo se gira hacia su hermano y lo mira como si acabara de caérsele un tornillo de la cabeza y solo él lo hubiera oído. Me bebo el dulce licor sin perder detalle a lo que me temo que va a llegar.

Mateo no es dado a ocultar su enfado y ahora mismo parece muy cabreado... mucho más que últimamente, y eso puede considerarse un récord personal.

—¿No puedes hacer ese curso aquí? —pregunta con

seriedad y Nacho le sonríe mientras se encoge de hombros.

—El padre de un amigo trabaja en un instituto concertado de la ciudad y me ha asegurado que tendremos plazas para el curso que viene. Además, nos hará un precio especial y nos ayudará a encontrar un piso para los dos —comenta con alegría—. ¿A que es estupendo?

—¿Estupendo? —gruñe, y trago saliva procurando llamar la atención de Mateo para que se relaje. Casi puedo ver cómo le sale humo de las orejas, el nivel de enfado es máximo—. Estupendo sería que de una maldita vez te responsabilizaras del camping. Estupendo sería que dejaras de mirarte tu propio ombligo y fueras consciente de lo que ocurre a tu alrededor, de todo lo que estamos haciendo por ti. Eso, joder, eso sí sería estupendo. Irte a Granada a gastarte el dinero que duramente estamos ganando nosotros, eso es todo menos estupendo —le espeta mientras tira el licor y deja el vasito vacío en la arena para levantarse y alejarse de nosotros.

—Pero ¿qué leches le pasa? —me pregunta Nacho—. Pensaba que se alegraría de que quisiera volver a estudiar, de que tenga ganas de hacer cosas y... —Señala la espalda de su mellizo—. ¡Mira cómo se ha puesto!

—Voy a hablar con él —susurro poniéndome de pie—. Ahora vengo.

Corro como puedo por la arena detrás de Mateo mientras saco mi móvil para accionar la linterna, pues, aunque la luna llena ilumina tenuemente, sé que cuando alcance el sendero los árboles me taparán la luz plateada. Entre las chanclas y que él me lleva delantera y pretendo alcanzarlo, no sé cómo no me caigo al suelo. En todo caso consigo llegar de una pieza al sendero del pinar y lo veo de lejos, tanto que tengo que forzar los ojos para no perderlo de vista porque el tío camina sin luz ni nada. Se nota que está acostumbrado a recorrerse este lugar, lo conoce de pe a pa. Tuerzo a la izquierda por un sendero mucho más estrecho y lo encuentro al lado de la pequeña ermita de Nuestra Señora de la Esperanza, patrona de La Redondela, dando vueltas, como si no consiguiera estarse quieto, como si la rabia no le permitiera tranquilizarse. Apago la linterna, pues en el claro donde está la ermita la luna nos ilumina con timidez. No tarda en darse cuenta de que estoy aquí y, al mirarme, otra vez siento esta maldita fuerza que me acerca a él sin importar nada más.

35

—¿Qué te pasa, Mateo? —susurro y veo cómo dibuja una sonrisa sarcástica en la que puedo percibir la amargura y la frustración que ahora mismo siente.

—¿Que qué me pasa? —repite alterado—. Que soy imbécil de más, ¡eso es lo que me pasa! Pero no es solo eso, Penny. Estoy cansado. Cansado de todo: de intentar que todo funcione, de intentar salir a flote, de intentar que todos estén bien, sin importarme lo más mínimo mi persona —suelta dolido—. Yo pensé... —Se tira el cabello hacia arriba para dejar las manos ahí—. Pensé que cuando se recuperara se pondría a trabajar en el camping conmigo. Pero... como has visto, mi hermano solo piensa en él. Joder, ¡Daniel tenía razón! Él nunca va a sacrificar nada por nadie que no sea él mismo... Es un egocéntrico que no hace más que mirarse su propio ombligo, y así seguirá.

—Mateo —murmuro dando un paso hacia él y noto su mirada intensa recorriendo cada centímetro de mi cuerpo, que provoca que la piel se me erice, sin importar las veces que lo haya hecho antes—, comprendo que te haya sentado mal su decisión, pero es bueno que quiera estudiar, que tenga ilusión por hacer cosas... sobre todo después de lo que pasó.

—Pero es que no es por eso por lo que estoy así, Penny —replica dando un paso hacia mí mientras gesticula nervioso—. Es que me acabo de dar cuenta de que a mi hermano le damos igual. ¡Igual! Hemos pasado meses desviviéndonos por él, para que ahora él decida marcharse sin importarle nada más allá de su bienestar. —Cierra un segundo los ojos para después, al abrirlos, desarmarme por completo con todo lo que intuyo en ellos—. Mi madre me comentó el otro día que este invierno quería irse con mi abuela a Teruel, porque ella es de allí. Me contó que le había costado tomar la decisión, pero, al ver que Nacho había mejorado tanto, había pensado que le vendría genial un cambio de aires, hacer algo distinto antes de que empiece la temporada alta de nuevo. Si él se marcha, ninguna de las dos se irá, porque no aceptarán que me quede aquí solo a cargo de todo. Pero es que eso solo es el principio de demasiadas cosas... —farfulla agotado—. No tenemos tanto dinero, Penny. Es cierto que ahora el camping va mucho mejor, pero tenemos muchos gastos, muchos pagos y... ¿cómo se supone que pagará un instituto concertado más todo lo que conlleva vivir en otro lugar?

—Pero ¿todo eso lo sabe tu hermano?

—No —confiesa mientras niega con la cabeza—. Pero sé que le daría igual. Cuando se le mete algo en la cabeza, es imposible que cambie de idea. ¡Siempre ha hecho lo mismo! Pero tenía la esperanza de que lo que ha vivido le hubiera hecho abrir los ojos y mirar un poco por nosotros. ¡Solo un poco! Tampoco pedía que imitara mis pasos y se dejara la piel, pero me equivocaba. Nacho no es así y nunca lo será —gruñe volviendo a estirarse del pelo, para dar otro paso hacia mí.

—No podemos pretender que los demás hagan lo que haríamos nosotros por ellos, Mateo.

—Lo sé, pero... ¿tanto le cuesta mirar a su alrededor y hacerse cargo de cuál es nuestra situación? Mi madre ha perdido a su marido —se le quiebra la voz—, y parece que el único que ha perdido a un padre es él. ¡Que el único que está mal es él!

—Mateo... —susurro preocupada, pero está tan enfadado y dolido que no puede mantenerse quieto—, tienes que hablar con él y explicarle todo esto. A lo mejor, si lo supiera, cambiaría de parecer.

—No cambiaría nada, Penny, y tú lo sabes igual que yo. ¡Lo conozco! —exclama devastado—. Joder, ¡y yo sacrificándolo todo por él! ¡¡Por él y por mi familia!! —brama, y mi ser se consume al verlo tan roto, como si hubiese llegado al límite de su paciencia y su fuerza; como si ya no pudiera más y todo ese control que ha tenido se esfumara en este preciso momento por culpa de la decisión de Nacho—. Estoy hasta las narices, Penny. Cansado de ser siempre el que pierde, de ser siempre yo el que lo mantiene todo a flote, el que frena la catástrofe, el que impide que me acerque a ti, el que me obliga a no besarte cada vez que te tengo delante, a no tocarte, a no dormir a tu lado, cuando es lo único que deseo desde que abro los ojos. Ya no puedo más, Penny.

—Mateo... —susurro mientras doy un paso hacia él y le acaricio la cara. Él cierra los ojos ante mi tacto, como si hubiese necesitado notar mi piel tanto como yo la suya—, llevas una carga enorme sobre los hombros y no permites que nadie la vea y mucho menos hablas de ella. No puedes continuar así. Tienes que liberarte. Tienes que soltarlo de una vez y pensar también en ti y no solo en los demás.

—Tengo miedo.

—¿De qué?

—De perderlo todo definitivamente. Pero ya no lo soporto más, estoy agotado de esconderlo, de intentar frenar esta situación que sé que algún día saldrá a la luz. Porque sé que un día no conseguiré detenerlo. Estoy harto de esforzarme para que todos estén bien, a pesar de que eso suponga que yo esté peor cada día. Y enterarme de que Nacho se quiere ir a Granada... ha sido la gota que ha colmado el vaso, porque está demasiado lleno.

—Habla con él, con tu madre o con quien necesites, Mateo. No tardes más, esto te está consumiendo.

—Penny —susurra dando un paso hacia mí y anclando su mirada en mis ojos—, llevo ocho meses pagando a Elena para que mantenga la boca cerrada y no cuente lo que de verdad pasó aquel día —añade, y abro más los ojos porque no me esperaba esta confesión.

—¿Te está chantajeando?

—Sí —contesta asintiendo con pesar—. Al principio acepté porque no quería que Nacho fuera a peor, después no quería que su mejoría se frenara y ahora... Ahora estoy hasta las narices de que esa mujer siga manejándonos como si fuéramos unas putas marionetas. ¡Otra vez me ha pedido dinero y no sé de dónde cojones sacarlo ya! —exclama con rabia—. Pero lo peor de todo es que tienes al culpable de esta situación delante de tus ojos. Porque todo empezó por mí —susurra mientras desliza los ojos al suelo.

336

—¿Có-cómo? —titubeo sintiendo que el corazón comienza a latirme cada vez más fuerte.

—Fui yo quien provocó que Elena dejara a mi hermano, Penny. Fue todo por mi culpa —confiesa con rabia, como si verbalizarlo le costara, pero mucho más aceptar lo que hizo—. Ella cambió a Nacho por completo; lo cegaba, lo arrastraba a una vida que no nos podíamos permitir. Estaba obsesionada con vivir a todo tren, muy por encima de sus posibilidades y de las nuestras. Incluso empezó a meterle a Nacho la idea en la cabeza de dejar este pueblo y marcharse a Marbella. Estaba obsesionada con esa ciudad. Sé que mi hermano estaba dispuesto a largarse con ella, sin tener en cuenta cómo lo trataba, sin importarle saber que esa mujer que tanto quería hasta intentó seducirme una noche... —Se me corta el aliento—. Nacho estaba ciego por ella, Penny. No veía la realidad, solo se daba cuenta de lo que a ella le interesaba. Por eso... sabiendo que lo único que le interesaba a Elena era el dinero, le pagué para que se alejara de él —dice y me remuevo inquieta al oír esas palabras pronunciadas con tanto dolor—. Esa fatídica tarde, mucho antes de que Nacho se emborrachara, me marché del camping. Solo lo sabía mi padre. Fue al único a quien le conté lo que pensaba hacer y las razones por las que me iba de aquí para siempre —añade y veo que sus ojos están cada vez más brillantes por las emociones—. Mi padre no quería que me fuera, quería que me quedara aquí con ellos e incluso discutimos por esa razón. Pero no me sentía bien después de haberle roto el corazón a mi hermano, aunque lo hubiese hecho por su bien. Y después... sucedió lo inesperado... —Traga saliva y clava la mirada en sus manos—. Ni te imaginas lo culpable que me siento, Penny. Lo último que le dije a mi padre antes de irme fue que me dejara en paz, que estaba cansado de ser el hijo responsable, que estaba agotado de tener que preocuparme por lo que hiciera Nacho y... Me arrepiento de no haber cambiado mis últimas palabras y no haberle dicho lo que sentía por él. Nunca le dije que lo quería. Nunca le dije que me encantaba ser su hijo, que él era el mejor padre que podía tener —suelta con la voz tomada y siento que mi vello se eriza al oír esas palabras—. Me arrepiento de haberme ido, Penny. Porque tendría que haber sido yo quien hubiese llevado a Nacho a ver a Elena y no mi padre. Tendría que ser yo el que ahora mismo no estuviera aquí y no él. Pero, en ese momento en el que mi padre perdía la vida, yo estaba montado en un AVE con destino Madrid —susurra y me echa una rápida mirada, para después volver a centrarla en sus manos, como si le avergonzara contarme todo lo que ha hecho para proteger a su mellizo—. Cuando mi abuela me llamó, hecha un mar de lágrimas, para contarme lo que había pasado, le mentí y le dije que me había ido con Daniel a no sé dónde y que enseguida estaría de regreso. Nadie sabe que me estaba largando de este lugar. Nadie sabe que por mi culpa Elena dejó a Nacho. Nadie sabe que en este momento estamos ahogados por las deudas para poder pagar el silencio de esa mujer. ¿Ves como no me merezco ser feliz, Penny? Todo ha sido por mi culpa. Todo.

—¡¡Eres un grandísimo hijo de puta!! —oímos la voz de Nacho y nos giramos los dos hacia los árboles, por donde aparece este caminando con la muleta. Detrás de él se encuentra Rebeca, mordiéndose el labio inferior, dándome la pista de que lo han oído todo—. ¡Me robaste al amor de mi vida!

—Nacho —susurra Mateo—, yo... lo hice pensando en ti. Ella...

—¡Ella me quería! —vocifera Nacho embravecido acercándose a nosotros—. Yo la quería. Y tú no tenías que haberte metido en medio de una relación, ¡maldita sea!

—Ella intentó acostarse conmigo, Nacho.

—Eso es mentira —gruñe entrecerrando los ojos, como si le diese rabia tener a su hermano delante—. Te lo inventaste para que la dejara y por eso, al ver que yo confiaba plenamente en ella, hiciste eso... Jamás me habría imaginado que llegarías tan lejos, Mateo. No tienes la verdad absoluta de todo, ¡¡era mi vida, joder!!

—Y la estabas tirando a la basura por culpa de esa mujer.

—¿Y qué más te daba si era lo que yo quería? —replica furibundo, cada vez más cabreado—. Me has robado la oportunidad de ser feliz, de estar con la mujer que amo, porque a ti te cae mal... No puedo ni mirarte a la cara, Mateo. Me das asco. Y, si pudiera, ahora mismo te daría una paliza porque he pasado los peores meses de mi vida por tu culpa. ¡¡Por tu culpa, jodeeerr!! —Lo señala con la muleta y veo que Mateo se encoge mientras agacha cada vez más la cabeza, aceptando la rabia de su hermano, como si se la mereciera.

—Aquí la única culpable es Elena —intervengo con garra y Nacho me mira de malas maneras.

—No te metas, Penny. Ya he oído que estabais juntos a escondidas. Jamás pensé que me ocultarías algo así...

—Enfádate conmigo por eso si quieres, pero no tienes razón, Nacho. ¿Tú hubieses aceptado dinero para dejar de estar con Elena? —le pregunto, y me echa una mirada rabiosa que jamás antes le había visto hacer.

—No es lo mismo.

—¡Es lo mismo, maldita sea! ¿Es que no lo ves, Nacho? —lo increpo cabreada—. Fue Elena quien aceptó ese dinero. Mateo solo se lo ofreció, pero fue ella quien lo cogió libremente para dejarte; así que no te quería tanto. Durante estos meses, ha sido ella la que le ha pedido dinero a Mateo para mantenerse callada. Si te hubiera querido, habría estado aquí, cuidándote, ayudándote, apoyándote, cosa que sí ha hecho tu hermano. Si ella te hubiese querido, cuando vino el otro día al camping habría pasado a verte y no lo hizo. ¿Sabes por qué? Porque no te quiere. Porque nunca te ha querido.

—¿Estuvo aquí? —susurra centrándose solo en esa parte y me mira a mí, para después buscar a su mellizo con los ojos.

—Sí —contesta Mateo—. Vino a pedirme más dinero. Llevo un dineral invertido en ella. Miles y miles de euros, Nacho, para intentar protegerte.

—Protegerme de lo que hiciste tú —puntualiza con desdén señalándolo con la muleta—. Y proteger tu imagen para que todos sigan pensando que eres el hermano ejemplar —añade fuera de sí.

—Protegerte de la imagen real de una mujer que has amado por encima de todo y que solo buscaba una cosa de ti: dinero —señalo harta de que le hable de esa manera—. ¿Sabes que, cuando la vi, no preguntó ni una sola vez por ti, Nacho?

—¡Porque mi hermano le ha pagado para que se mantenga alejada! —replica emperrado en esa parte de la conversación, y alzo los ojos al cielo porque parece que no lo quiere entender.

—Porque no te quiere de verdad, Nacho, ¡joder! —gruñe Mateo saturado—. Porque nunca te ha querido. ¿Es que no te das cuenta de que ella empezó a salir contigo cuando nos iban bien las cosas? Cuando el camping comenzó a flaquear, comenzaron vuestros problemas. Solo le interesa una cosa: la pasta.

—No la conoces... —masculla nervioso, tanto que pasea su mirada del suelo a cada uno de nosotros dos—. Ninguno de vosotros la conoce de verdad. Ella me quería. ¡¡Yo la amaba con todo mi ser!! Y me lo arrebataste, Mateo. Me quitaste la oportunidad de ser feliz con la mujer a la que quiero —sentencia mientras se da la vuelta y sus ojos encuentran a Rebeca, que ha presenciado toda la conversación—. Yo... me tengo que ir.

Se aleja de nosotros sin decirle nada a Rebeca. Esta se encoge de hombros, nos mira con comprensión y lo sigue de cerca. Al girarme veo a Mateo con la vista fija en el cielo estrellado mientras se lleva las manos a la cabeza.

—¿Cómo es posible que la haya cagado tanto?

—Todos cometemos errores.

—Mi padre murió porque yo intenté alejar a mi hermano de esa mujer, Penny. Y, después, he intentado que toda esta mierda no saliera a la luz por miedo. Creo que he cometido más que «errores».

—No puedes pensar que tu padre murió por tu culpa, Mateo. Él murió por culpa de un tío que no tendría que haber cogido el coche después de meterse en el cuerpo tantas drogas —le recuerdo con tacto—. Comprendo que creas que, si hubieses actuado de diferente manera, todo esto no habría pasado. Pero eso no lo sabemos. A lo mejor hubiera pasado, pero de otra forma. Yo antes también me culpaba por haber ido a ese *casting* donde conocí a Alexis. Creía que, a lo mejor, si no hubiese asistido, nada de lo que me pasó habría sucedido. Pero eso es algo que nunca podremos comprobar porque no podemos volver atrás en el tiempo y cambiar nuestras decisiones. Tenemos que seguir adelante, con nuestros errores a cuestas, aprendiendo de ellos y sin ser tan duros con nosotros mismos.

—Ya... —susurra para después mirarse los pies—. Creo que voy a ir a hablar con mi madre y mi abuela antes de que Nacho les cuente la versión que él crea oportuna.

—¿Quieres que te acompañe? —pregunto y veo que me mira con extrañeza, como si le sorprendiera que le hubiese formulado esta proposición.

—No. Creo que va siendo hora de asumir mi culpa en todo esto —comenta, y empezamos a caminar en dirección al camping.

No volvemos a hablar.

Él no me vuelve a mirar, pero yo sí que lo hago de reojo. Está cabizbajo, preocupado, pero sobre todo cansado. Creo que ha aguantado durante mucho tiempo un peso que no le tocaba soportar. Es cierto que podría haber hecho las cosas de distinta manera, pero Mateo es una persona, no una máquina; es normal que se haya equivocado, aunque lo haya hecho con toda la buena intención. Solo espero que, ahora que al final ha salido a la luz toda la verdad, se perdone por no ser perfecto.

36

—Buenos días, chicas —saluda Daniel entrando en el bar y se me queda mirando extrañado—. Qué solitas estáis hoy, ¿no?

—¿No te has enterado? —le pregunto en un susurro, pero es que estoy tan agotada de no dormir que no sé cómo he conseguido levantarme de la cama y venir al bar.

Bueno, sí que lo sé: por creer que vería aquí a Mateo, algo que, por supuesto, no ha sucedido.

—¿De qué?

Miro a Rebeca, la pobre también tiene cara de haberlo pasado bastante mal anoche. Me espero a que le sirva el desayuno en nuestra mesa y se vaya a atender a otra con clientes madrugadores para ponerlo al día.

—Joder —resopla después de hacerle un resumen de todo lo que ocurrió anoche—, y yo cantándole el *Cumpleaños feliz* a mi madre. ¿Has hablado con Mateo después?

—No. —Me encojo de hombros—. Cuando llegamos al camping, se fue a ver a su madre y a su abuela, para aclararlo todo, y yo me fui a mi bungaló... y no lo he visto desde entonces.

—Me voy a dar prisa en desayunar y a ver si lo encuentro. Dudo que lo veamos por aquí esta mañana. Sabiendo cómo es él, ahora mismo tiene que estar dándose cabezazos contra las paredes y, sinceramente, Penny, no debería. Que sí, que no estuvo muy fino metiéndose en medio de la relación de Nacho, pero esa tipa es lo peor y comprendo que intentara cualquier cosa para alejarla de su hermano. Además, ¡joder, illa!, que Nacho es un egoísta de tomo y lomo. Siempre ha necesitado ser el centro de atención de todos. Siempre ha querido estar por encima de su mellizo. ¿Te han contado que le habló a Mateo mal de ti para que dejarais de ser amigos? —suelta, y abro desmesuradamente los ojos, asombrada ante esa confesión—. Que sí, que erais unos críos y los críos hacen tonterías, pero el tío se ha callado durante todos estos años porque sabía que a Mateo le gustabas tú. Y, mira —dice dejando la taza de café que había cogido otra vez sobre la mesa—, entre tú y yo, tengo a Nacho un poco atragantado y te aseguro que no es por Rebeca. Ambos sabemos que ella siempre me ha visto como a un amigo. Si lo tengo así es porque ha utilizado a su hermano cuando le ha dado la gana. Y cuando Mateo lo ha necesitado, ¿sabes lo que ha pasado? Que siempre le ha dicho que estaba liado y que no tenía tiempo para él. Lo siento, pero, lo que le pase a Nacho, me importa una soberana mierda y, si yo hubiese sabido esto, ten por seguro que le habría quitado esa idea de la cabeza a Mateo. Pero ya sabes cómo es él. Se preocupa tanto por todos que se olvida de sí mismo... Se siente tan culpable por lo que ha hecho que ha dejado escapar lo único que ha querido en su vida: a ti.

—Estoy preocupada por él, Daniel —admito, y asiente—. No quiero que haga ninguna estupidez.

—Ten por seguro que no lo hará; si no, me encontrará, y tengo muy mala baba, illa —suelta para después coger de nuevo la taza de café, bebérselo de un trago y salir corriendo del bar.

Reprimo un suspiro mientras miro mi desayuno intacto. Luego me fijo en Rebeca, que tiene incluso peor cara que yo, y veo que se prepara un café y viene a sentarse donde estaba hasta hace unos segundos Daniel.

Me mira con tristeza, se encoge de hombros y suspira como si todo fuera tan complicado que ni Einstein fuera capaz de resolverlo.

—Nacho no quiere hablar conmigo, Penny. Anoche lo intenté, pero no hacía más que repetirme que quería hablar con Elena... Era su exnovia, ¿no?

—Sí.

—Menuda mierda —resopla y asiento dándole la razón—. Para un tío que encuentro que me gusta de verdad y resulta que sigue enamorado de su ex.

—Yo creía que le gustabas mucho, Rebeca. Nunca habría imaginado que esto acabaría así.

—Ya... ni yo.

—Espero que esto no impida que hagas ese curso.

—¡Por supuesto que no! —exclama con garra; sonrío al ver su determinación—. Un tío no va a hacer que cambie de opinión. Además, a mí me da igual ir a Granada o quedarme por Huelva. Lo que quiero es estudiar y trabajar de eso.

—Así me gusta. ¡Que nunca un tío varíe de dirección tu vuelo!

—¡Eso! —sentencia mientras levanta su taza de café para chocarla contra la mía, y después sonreírnos.

Es una sonrisa tristona, es cierto, pero así se empieza. Sonriendo aun sin ganas, hasta que al final consigamos sonreír ampliamente por todo lo que hemos logrado. Ella, seguir estudiando, y yo... Bueno, todavía no lo he decidido, pero caerá. ¡Eso lo sé seguro!

Oigo que se abre la puerta de recepción y levanto la mirada para ver quién es. Pruden entra con paso alicaído y con el rostro desencajado.

—Que quiere irse a buscarla —suelta poniendo los brazos en jarras y negando con la cabeza, desaprobando esa idea.

—¿Nacho?

—Claro —contesta haciendo un gesto de desesperación con la mano—. Mateo te tiene aquí, ¿adónde se va a ir? —añade, y no puedo evitar sonreír ante su tono—. Que dice que la quiere y que quiere intentarlo. ¿Te puedes creer que, después de todo lo que ha pasado, mi nieto sigue emperrado en estar con esa mujer? Yo, te lo juro, no lo entiendo.

—A lo mejor lo que necesita es desengañarse él —comento, y Pruden suspira con resignación—. Y... ¿Mateo?

—Mateo... —susurra mientras se acerca adonde estoy para dejarse caer en su silla—. Ya sabes cómo es. Se echa la culpa de todo, incluso de cosas que no puede ni controlar, y... no sé cómo acabará todo, mi niña. Esto se complica por días y a mí se me rompe el alma al verlo tan mal. Sé que no lo ha hecho bien, sobre todo al ocultarnos todo esto y pagarle a esa arpía hasta acabar hasta arriba de deudas, pero... Mi nieto tiene buen corazón, Penny. Él es tan bueno que sería capaz de todo por ver a los demás bien.

—¿Sabes dónde está?

—No... Se ha ido hace un par de horas de casa de su madre, después de tener que aguantar a su hermano soltando barbaridades por la boca. Mi pobre Mateo estaba destrozado, pero ha aguantado sin decirle ni una palabra a Nacho. ¡Ni una! Y te aseguro que yo sí he tenido ganas de intervenir, pero dándole un buen cosqui a Nacho para que espabile y que no se comporte como un mendrugo. ¡Son hermanos! Si no hay perdón entre hermanos, ¿qué nos queda?

—¿Y Cata?

—Mi hija... Bueno, le ha costado recordar esa tarde de nuevo y enterarse de todo lo que hizo Mateo a nuestras espaldas, ha sido duro. Además, no se esperaba que su adorado hijo se hubiese ido de aquí sin ni siquiera despedirse. Y lo de pagarle a esa bruja... Creo que le va a costar perdonárselo, porque Elena no debería haber recibido ni un céntimo de lo que ganamos duramente aquí y se ha llevado un buen pellizco —suelta, y asiento porque las entiendo—. Cata necesita tiempo para asimilarlo. Yo ya se lo he perdonado porque tengo debilidad por mi nieto, ¡qué le vamos a hacer, niña!, pero hay que ponerse en la piel de mi hija. Mateo siempre ha sido el más responsable de los dos y es normal que su madre no se esperase algo así viniendo de él.

—Claro.

—Pero ¡el otro! —exclama dando un golpe en la mesa que me sobresalta—. Contenta me tendrá como se vaya al final a buscar a esa mujerzuela.

—¿Está en casa?

—Sí, preparando la maleta mientras mi hija intenta convencerlo de que no se vaya.

—Voy a hablar con él.

—Sí, sí —me apremia con esperanza—. Ve y habla con él. Procura hacerle ver lo equivocado que está. No puede irse. No puede echar a perder todo lo bueno que le está pasando por volver otra vez con esa mujer.

—Si finalmente quiere irse, poco voy a poder hacer yo, Pruden, pero intentaré que recapacite y que se dé cuenta de cómo es Elena, aunque dudo que resulte.

—Corre, niña, yo me quedo al frente... y no tardes en venir a contármelo todo luego —me pide mientras casi me empuja de la silla para que me levante y vaya a hablar con su nieto.

Salgo al calor de la primera semana de agosto y cojo el sendero que lleva al bungaló. En cuanto estoy cerca oigo la voz de Cata, pero, de la de Nacho, ni rastro. Toco con los nudillos a la puerta y es su madre quien me abre.

—Penny —suspira con alivio—, menos mal que te ha mandado mi madre —añade y no puedo evitar sonreír, porque, si yo no me hubiera ofrecido, ella me habría convencido de venir... ¡Menuda es Pruden cuando quiere!—. Está en su dormitorio, haciéndose la maleta. Ve a hablar con él.

Asiento y me dirijo hasta allí, llamo a la puerta y abro sin esperar a que me dé paso.

—No quiero hablar —suelta, y suspiro mientras cierro la puerta tras de mí.

—Menuda novedad —replico y veo cómo me lanza una mirada airada—. ¿Te vas?

—Sí, y no puedes hacer nada para hacerme cambiar de opinión.

—Lo sé. —Me encojo de hombros y veo que frunce el ceño al no esperarse esa respuesta—. ¿Y sabe Elena que vas a irte con ella o es una sorpresa?

—He intentado hablar con ella, la he llamado varias veces, pero no me coge el teléfono —susurra enfrascado en doblar las camisetas y ponerlas en una mochila de gran capacidad. Está sentado en la cama, tratando de organizar toda su ropa esparcida alrededor.—. Pero sé que, en cuanto me vea, se alegrará.

—Por supuesto —resoplo, y vuelve a mirarme con rencor.

—¿Qué quieres, Penny?

—Nada, ser testigo de cómo la cagas nivel Dios —afirmo mostrándole una sonrisa.

—Vete a la mierda —farfulla y me encojo de hombros—. No tienes ni idea de nada.

—No, Nacho, quien no tiene ni idea de nada eres tú —replico muy tranquila; la verdad es que, dadas las circunstancias, incluso estoy tranquila de más—. ¿Sabes que tu madre y tu abuela se querían ir este invierno a Teruel a ver a la familia? —lo informo y me mira frunciendo el ceño, dándome la respuesta que esperaba: que nadie le ha contado esta parte de la historia—. ¿Sabes que tu hermano ha tenido que pedir varios préstamos y créditos para poder pagar todos los gastos que genera el camping, este bungaló adaptado para sillas de ruedas y, por supuesto, al amor de tu vida, que no ha dejado de pedirle cada vez más pasta? ¿Sabes que no tenéis dinero ahora mismo para que tú te vayas a vivir tumbado a la bartola con una mujer acostumbrada a gastar por encima de sus posibilidades? —le espeto cada vez más cabreada, recibiendo la misma reacción. Vale, creo que la tranquilidad se ha esfumado por completo de mi ser—.

¿Sabes que el mes pasado, cuando vimos la película *El Padrino* juntos, fue en honor de tu padre, porque ese día hubiese sido su cumpleaños? ¿Sabes que vine aquí porque mi ex me anulaba totalmente y me sentía como una mierda, como un trasto viejo? ¿Sabes que he encontrado el amor verdadero en tu hermano? ¿Sabes que él ha decidido que no puede estar conmigo por todo lo que hizo por ti? ¿Y sabes por qué no tienes ni idea de nada de esto, Nacho?

—¡Porque nadie me lo cuenta!

—No —lo rectifico con dureza—. Porque has estado tan centrado en ti que no has mirado más allá de tus malditas narices. Tu madre ha perdido a su marido y ha tenido que mantenerse fuerte delante de ti para que no te afectara. Tu hermano también ha perdido a su padre y, desde el principio, ha cogido las riendas de la situación y ha intentado que todos, pero sobre todo tú, estéis bien.

—No me nombres a mi hermano —replica furioso.

—¿Por qué? ¿Ahora me dirás que tú no cometes errores? Me he enterado hace muy poco de que fuiste tú el culpable de que Mateo y yo dejáramos de ser amigos.

—¡Éramos unos críos!

—Lo sé, pero se pueden cometer fallos a cualquier edad, Nacho. Lo importante es querer arreglarlos.

—Me voy a ir.

—Bien, ¿te llamo a un taxi?

—¿No vas a intentar impedírmelo?

—No, Nacho. Tu familia, e incluso yo ayer, nos hemos esforzado por hacerte ver cómo es Elena. Tú no has querido hacerlo y has preferido dejar a una buena chica, una chica a quien le gustabas de verdad, por ir detrás de alguien que ni siquiera te aprecia. Pero es tu vida. Eres tú quien elige. Solo espero que, cuando te des cuenta de cómo es ella realmente, tengas las agallas suficientes para dejarla y volver. Porque lo que tengo claro es que los únicos que te han querido incondicionalmente viven en este camping —sentencio para después darme la vuelta y salir de ahí sin darle opción a que me conteste.

Cata me mira esperando a que le diga que he logrado convencerlo, pero sé que eso es imposible. Nacho es tozudo y necesita estamparse contra un muro llamado Elena una vez más. Solo espero que sea la última vez y que no se haga adicto a ese tipo de relaciones tan tóxicas.

37

PENNY

Salto la valla cerrada de la piscina y me acerco al borde sintiéndome como esa niña de trece años que se creía una rebelde por no seguir las normas. Me quito la ropa y me lanzo de cabeza, como si necesitara aliviar el calor de mi piel de golpe, como si ansiara arrancar de mí esta inquietud que llevo arrastrando desde que Mateo me dijo que no podía seguir conmigo. Cuando emerjo, suspiro mientras miro las estrellas y la preciosa luna brillando con majestuosidad en el cielo.

No he visto a Mateo en todo el día. Sé que sigue por aquí gracias a Daniel, que ha podido hablar con él. Pero lo único que me ha podido adelantar sobre él es que su amigo necesita tiempo para perdonarse a sí mismo.

Nacho, por supuesto, se ha ido en busca de Elena, y su madre y su abuela están hechas un mar de lágrimas por esa decisión. Sin duda todos, menos él, sabemos que comete una enorme estupidez, pero necesita abrir los ojos a la realidad y que sea él quien vea cómo es y tome la decisión. Nadie más.

Rebeca está tristona, sobre todo después de enterarse de que Nacho se ha largado en busca de su exnovia sin tan siquiera hablar con ella, sin tan siquiera darle explicaciones. Mi amigo, en este tema, lo ha hecho francamente mal. Rebeca no se merece un trato como ese. Pero sé que Daniel conseguirá, tarde o temprano, arrancarle alguna sonrisa. Los he dejado en el bar charlando mientras se tomaban un granizado.

Y yo... Yo he descubierto cómo las decisiones cambian por completo el rumbo de nuestras vidas, cómo la mente puede jugarnos malas pasadas y hacernos creer algo que no es cierto, por lo que nos resignamos, como si no nos mereciéramos más, y eso provoca que no salgamos de esa espiral autodestructiva.

También tengo claro que eso nos crea una necesidad o un estado anímico que pensamos que es lo normal, lo que tiene que ser, e incluso nos hacemos adictos a ella. Creo que salir de ese convencimiento es lo más difícil que uno puede hacer. Pero se puede, eso sí. Se puede, aunque te sientas perdida y no sepas si estás cometiendo el mayor error de todos al tomar esa determinación.

Además, cuando menos te lo esperas o en el momento menos oportuno, aparece esa persona que desbarajusta todas tus creencias y opiniones y entonces, y solo entonces, te das cuenta de que has estado viviendo a medias; de que has estado conformándote con migajas, cuando podrías haber tenido todo el bufé libre para ti... y ahí, justo ahí, sabes que ya no volverás a contentarte con menos.

Porque lo quieres todo.

Lo fantástico, lo bueno, lo malo y lo menos malo.

Quieres el *pack* completo porque la vida es eso. Porque el amor es eso. Porque no podemos exigir la perfección cuando nosotros mismos somos imperfectos y cometemos errores y tomamos malas decisiones. Nos equivocamos, pero es normal que lo hagamos; sin embargo, tenemos el poder de saber perdonar, de cambiar, de crecer, de ser mejores...

Porque ahora mismo desearía que Mateo estuviera aquí conmigo para decirle lo mucho que lo quiero. Y lo besaría, y le haría entender lo importante que es para mí, para todos.

Porque solo con él he sentido que vuelo muy alto cruzando el cielo con total libertad.

Él nunca me ha exigido que fuera de otra manera. Nunca me ha menospreciado, al contrario. Siempre me he sentido valorada, incluso cuando nos odiábamos sabía que me respetaba. A su lado he vuelto a sentirme yo misma, más fuerte, más valiente, más segura. A su lado podía ser quien yo quisiera porque sé que él me aceptaría tal y como soy.

Además, desde que me enteré de que fue Nacho el responsable de que dejáramos de ser amigos, no he podido parar de darle vueltas a esa circunstancia. No tengo dudas de que, si él no se hubiera metido en medio, Mateo y yo hubiésemos acabado juntos mucho antes. No tengo ninguna duda. Porque, aunque seamos distintos, nos entendemos y nos ayudamos a ser mejores. Porque hacemos un buen equipo. Y porque solo con él he podido descubrir que el amor es un sentimiento maravilloso y generoso imposible de frenar.

Paso un buen rato haciendo largos, hasta que ya me duelen los músculos. Salgo de la piscina, me pongo la ropa y salto la valla para volver a mi bungaló. Me ha venido bien nadar un rato, me ha ayudado a organizar mis ideas y a darme cuenta de que lo importante de la vida es estar rodeado de gente que te quiere bien y que tú quieras de corazón. Me centro en el ruido que hacen mis chanclas contra la gravilla de camino a mi cabaña. Cuando ya estoy llegando, justo en medio del sendero, me quedo quieta, observando el bungaló donde duerme Mateo.

Su luz está encendida.

Ni siquiera lo pienso, me dirijo directamente hacia su puerta. Subo los dos escalones y aporreo una, dos, tres veces la madera esperando a que me abra. Mateo no tarda en hacerlo y, en cuanto me ve, sus ojos tristones se abren por la sorpresa.

—Penny... —susurra y mi cuerpo se estremece ante su tono de voz, denotando que lo he echado de menos todo este día sin verlo—. Yo...

—Sé que necesitas tiempo —lo interrumpo y frunce el ceño para después deslizar tentadoramente su mirada por mi ropa mojada por culpa del bikini que llevo debajo—. Sé que ahora mismo te sientes culpable por todo lo que ha pasado y no puedes pensar en nada más. ¡Y mucho menos en mí! —añado con una sonrisa—. Solo vengo a decirte que me alegro de que fuera a ti a quien besé con quince años. Que no me arrepiento ni un poquito de todo lo que ha pasado este verano aquí entre nosotros y que... ¡Maldita sea! Me encantaría que esto fuera una película romántica para que nos abrazáramos con desesperación mientras nos decimos cuánto nos queremos. Pero esto es la vida real y las cosas no se arreglan de forma tan sencilla... Solo quiero que sepas que me tendrás al otro lado del sendero cuando estés preparado para hablar. Sin presión, porque, decidas lo que decidas, seré ante todo tu amiga. Me he dado cuenta de que no quiero perderte, Mateo. Creo que hemos malgastado demasiado tiempo sin ser amigos y esta vez no voy a cometer el mismo error que en el pasado —suelto para después darme la vuelta y bajar los escalones.

Suspiro sintiéndome mejor al haber hablado con él mientras me dirijo a mi cabaña, y de pronto noto su mano coger la mía y girarme para verlo ante mí.

—Nunca he dudado de lo que siento por ti, Penny —susurra y se me corta el aliento al oír esas palabras—. Ha sido lo único que he tenido claro todo este tiempo. Nunca he tenido miedo de lo que siento; de que, con el paso de los días, este sentimiento fuera creciendo y que me haya enamorado por completo de ti. Lo que temía, lo que me aterrorizaba, era que tú cambiaras de opinión después de enterarte de todo... Me siento tan avergonzado por lo que hice que sé que no te merezco... No merezco tener a la chica de mis sueños a mi lado. No merezco que me quieras. No merezco ser feliz. Por eso me he mantenido separado de ti. Por eso he intentado no cruzarme contigo hoy. No porque no te quiera, sino porque estoy tan loco por ti que solo quiero que tú estés bien, que tú seas feliz, aunque eso signifique dejarte marchar —pronuncia abatido.

—Pero es que yo no quiero alejarme de ti, Mateo —respondo, y veo cómo cierra un segundo los ojos, aliviado, para después, al volver a mirarme, desarmarme por completo ante su ternura—. Sé que has cometido errores, ¡pero yo también los he cometido! Nunca te he pedido que fueras perfecto, Mateo. Solo que fueras tú mismo.

—Penny —murmura con un hilo de voz y siento su mano acariciar mi cara, para después sentir sus labios posarse en mi frente. Oigo cómo suspira reconfortado y percibo en mi piel cómo dibuja una sonrisa—, perdóname por haber sido tan imbécil. Por no habértelo contado antes. Por no haber sido más valiente.

—Eres valiente, porque al final has logrado soltar lo que te ahogaba —replico enmarcándole la cara para que me mire a los ojos—. Pero, sobre todo, eres el chico más bueno que he conocido en toda mi vida.

—Si esto fuera una película, el chico no habría tardado tanto en decirle a la chica que está loco por ella. Y, sobre todo, no lo hubiese hecho en medio de un solitario sendero. —Señala a nuestro alrededor—. Habría hecho algo especial, como llenar de lucecitas la piscina o un rincón de la playa, para que ella fuera consciente de lo mucho que él la quiere.

—No necesito nada de eso para saberlo —comento con una sonrisa—. Solo que no me apartes más de ti y... que me beses.

Mateo sonríe mientras acaricia mi mentón, para después, lentamente, posar sus labios sobre los míos. En un beso suave, tierno, lleno de sentimientos, emociones, y sobre todo amor, como si así selláramos alguna especie de acuerdo, una tregua o, tal vez, la confirmación de lo que ya sabíamos: que estamos hechos el uno para el otro.

—Si se pusiera a llover ahora mismo, también valdría como final de película romántica —susurro contra su boca y siento que sonríe contra mis labios.

—Podemos seguir besándonos en mi ducha —añade

para después abordar mi boca con esa necesidad animal que me vuelve loca.

Nos besamos como si quisiéramos borrar todo lo malo que ha pasado. Nos tocamos como si quisiéramos recuperar todo el tiempo perdido. Y seguimos haciéndolo dentro de su ducha, todavía vestidos, mientras sonreímos, mientras nos quitamos la ropa, sin dejar de mirarnos a los ojos, sin dejar de acariciarnos, de besarnos, creando un final perfecto para nuestra película romántica. Pero lo mejor de todo es que esto no se acaba con los créditos. Esto solo acaba de empezar.

—Te quiero —susurra Mateo mientras me mira a los ojos.

Y aquí, justo en este momento, me doy cuenta de que mi vida es tal y como la deseo. Con él a mi lado, en este camping que siempre he adorado, sintiéndome libre, amada y feliz.

Epílogo

Cinco años después

—¿Me has echado de menos, illo?

Me quedo quieto.

Esa voz...

Me giro buscando a Daniel y lo veo mostrándome una amplia sonrisa mientras se acerca a mí para darme un fraternal abrazo.

—¿Por qué no me has avisado de que venías? —le pregunto sin poder evitar fijarme en lo cambiado que está tras estos años sin verlo.

¡El tío está *cuadrao*!

—¿Y perderme tu cara de sorpresa? ¡Ni de coña! —responde con guasa y soy incapaz de no echarme a reír porque, aunque ha pasado tiempo, sigue siendo el mismo. Joder, cuánto lo he extrañado. Es cierto que hemos hablado por teléfono, conversaciones cortas porque él siempre iba liado, cambiando de país, de destino, e incluso he sabido más de él por sus padres que por él mismo. Pero sé que ha estado formándose y convirtiéndose en un militar profesional indispensable para el Ejército—. ¡Menudo cambio! Fiuuuu —suelta mirando a nuestro alrededor y asiento orgulloso de cómo ha mejorado el camping para adaptarnos a la clientela, consiguiendo ser uno de los alojamientos más visitados año tras año.

—Hemos trabajado muy duro, pero lo hemos logrado —comento con una sonrisa—. ¿Has visto a tus padres?

—Sí —contesta también sonriendo—. Acabo de hablar con ellos ahora mismo. No sé cómo agradecerte que los contrataras a los dos cuando me marché. Están muy contentos de poder trabajar aquí y me han chivado que no eres tan mal jefe como les aseguré que eras.

—¡Capullo! —suelto, y se echa a reír—. Me alegro de que estén a gusto. Nosotros ya no sabríamos qué hacer sin ellos —admito, porque el padre de Daniel es un fiera haciendo arreglos de todo tipo, y su madre es la ayudante perfecta en la cocina. Además, Marisol y ella se han convertido en grandes amigas—. Vamos al bar, nos tomamos algo y nos ponemos al día. Me tienes que contar muchas cosas.

—Y tú —dice sonriente mientras me da una palmada en la espalda y comenzamos a caminar hacia allí—. Ya sabes que me he especializado en sistemas informáticos, ¿verdad? —me pregunta y asiento con la cabeza—. Pues gracias a eso he conseguido que me den como destino la Base Naval de Rota y llevo ya unas semanas allí, la mar de a gusto.

—Joder, pero ¡si vamos a poder verte más el pelo! —exclamo contento, pues no está muy lejos de aquí.

—Una de las razones por las que pedí ese destino

era esa. Pasar cinco años dando tumbos por el mundo te hace sentir morriña de tu tierra —comenta y sonrío al imaginármelo—. Y... ¿sabes a quién vi hace unos días? —me plantea sin disimular una sonrisita guasona—. A Rebeca.

—¡No me jodas! ¿No está trabajando en Sevilla?

—Sí. —Sonríe—. Ahí fue donde me la encontré. Me fui con unos colegas a dar una vuelta por la capital y coincidimos de casualidad en un garito... No veas. Si hace cinco años era una preciosidad, ahora es un bellezón como la copa de un pino. Estuvimos hablando, me comentó que estuvo aquí hace poco para ver a su madre y... —Se calla mientras dibuja una sonrisita satisfecha—. Hemos empezado a quedar...

—¿En serio? —inquiero sorprendido—. Eso es perseverancia, amigo.

—Dicen que quien la sigue, la consigue, ¿no? —suelta haciéndome reír mientras entramos en el bar.

Le pedimos a María, la nueva camarera, que nos traiga un par de cervezas y nos sentamos en la que siempre había sido nuestra mesa.

—Menudo cambio le habéis dado al bar también —menciona mirando alrededor, y asiento porque la verdad es que lo hemos modernizado, dándole una mejor imagen. Reemplazamos todo el mobiliario y pintamos las paredes, que decoramos con varios dibujos míos de este lugar, de la playa, de la naturaleza y, cómo no, del enorme eucalipto que ya es uno más de la familia—. No me lo digas —añade como si me estuviera leyendo la mente—. Fue idea de Penny colocar tus dibujos en las paredes.

—Quería que todos los viesen y que no quedaran olvidados por ahí.

—Esa chica vale oro —susurra y asiento dándole la razón.

Porque es cierto que, cuando me lo sugirió, dudé. Nunca había enseñado mis dibujos más allá de mi círculo más cercano y ella quería que decoráramos el camping con todos ellos. Me aseguraba que habíamos de ser diferentes, únicos, y que teníamos la suerte de que yo sabía plasmar con lápiz el gran amor que sentía por este sitio. Por eso empezamos con las paredes del bar... después el muro del almacén se transformó en un atardecer en la playa; luego la pared central de la recepción se convirtió en el pinar al amanecer y, poco a poco, hemos ido integrando mis dibujos en cuadros que decoran los bungalós y hemos añadido varios en distintos lugares públicos, como los aseos o el chiringuito de la piscina.

—¿Y tu madre y tu abuela?

—En Teruel —contesto—. En un par de semanas volverán. En todo caso, las dos están bien y seguro que, cuando les cuente que has estado aquí, se pondrán tristes por no haber podido saludarte.

—La próxima vez seguro que las veo —comenta con una sonrisa—. Y... ¿sabes algo de tu hermano?

Suspiro para después darle las gracias a María en cuanto nos pone delante nuestras cervezas.

—Cuando se fue en busca de Elena, estuvimos dos meses sin saber nada de él. Cuando se le acabó el dinero que le cogió a mi madre antes de largarse fue cuando nos llamó —le explico mientras doy vueltas a la jarra de cerveza—. Por supuesto, quería más, pero mi madre y yo acordamos que no le daríamos ni un euro. Convinimos que, si quería dinero, tenía que volver y ponerse a trabajar.

—¿Y volvió?

—En ese momento, no —respondo encogiéndome de hombros—. Nacho es demasiado orgulloso como para aceptar tan pronto que los demás teníamos razón y que quien estaba equivocado era él. Por eso, en cuanto Elena se dio cuenta de que el grifo se había cerrado por completo, lo dejó. Nacho fue de aquí para allá pidiendo favores a sus amigos, hasta que llegó un momento en el que se quedó sin saber adónde ir. Creo que todavía tenía la ilusión de que Elena regresara con él. No sé qué cojones le hizo esa mujer a mi hermano para que no consiguiera pasar página. Era como si dependiera de ella emocionalmente —resoplo—. Después volvió al camping con el ánimo por los suelos, cabreado con todos y un poco más conmigo. No le sentó bien que Penny y yo estuviéramos juntos oficialmente. Creo que tenía la esperanza de que fuera algo fugaz y no lo que al final ha resultado. —Me encojo de hombros de nuevo, porque todavía no comprendo la razón por la cual le molestó vernos bien juntos—. Se puso a trabajar con nosotros, pero se notaba que no estaba a gusto aquí, que esto se le quedaba pequeño o que, simplemente, no servía para este lugar. Al final, después de que mi madre y yo habláramos con él, decidió irse a Granada a estudiar y ahora trabaja como informático en una empresa. Parece que ha encontrado su sitio, está contento y está empezando a salir con una chica.

—Me alegro de que al final consiguiera pasar página.

—Y nosotros.

—¿Y nuestra chica de los ojos azules? —pregunta y no puedo evitar sonreír al oír esa manera de referirse a Penny.

—¿Te conté que se ha sacado un título de marketing y otro de finanzas? —pregunto; veo que niega con la cabeza al mismo tiempo que sonríe.

—Ya era una fiera en el marketing. Sin tener nociones consiguió que el camping se llenara; ahora, con estudios, tiene que dar miedo.

—Es la mejor.

—¿Y está por aquí?

—Sí, a esta hora tiene que estar en la recepción. Si quieres la llamo y le digo que se escape un momento y pase a saludar.

—Estás tardando, illo. He venido a verla a ella y no a ti —suelta el muy cabrón y no puedo evitar echarme a reír mientras saco mi móvil y le envío un mensaje para que se acerque, porque sé que le hará mucha ilusión ver a Daniel—. Te veo bien, Mateo.

—Lo estoy —afirmo—. No te creas que todo ha sido perfecto, pero, aunque hemos tenido temporadas menos buenas, hemos logrado mantenernos a flote, y Penny y yo nos hemos unido más si cabe.

—Tienes a tu lado a la chica que te vuelve loco.

—Totalmente —admito con una sonrisa.

—Y anda que no te costó aceptarlo, tío. Nada más conocerla supe que había algo entre vosotros —añade, y sonrío mientras saco de nuevo el móvil, pues he recibido un mensaje de ella.

—Perdona, es Penny —digo abriendo el mensaje y leyéndolo.

Ahora no puedo acercarme. Es más, necesito que vengas tú al almacén. Creo que la he liado, cariño. ¡Dile a Daniel que no se largue antes de que nos hayamos visto!

—Menuda sonrisa de enamorado te gastas, illo —suelta, y no dudo en admitirlo.

Estoy hasta las trancas por ella.

—Necesita que le eche una mano en el almacén y me ha pedido que no te vayas. ¿Te esperas aquí un momento?

—Claro, así aprovecho y saludo a Marisol. Está en la cocina, ¿no?

—Ahí está, preparando el menú del día.

—No te preocupes y dile a Penny que había pensado en quedarme a comer. Me va a tener que ver quiera o no —comenta, y sonrío mientras me levanto de la silla para salir en su busca.

Nada más abrir la puerta del almacén, veo en el suelo un papel. Me agacho para recogerlo y distingo la letra alargada de Penny:

Sé que no lo hemos hablado antes, pero ha pasado.

Frunzo el ceño porque no hay nada más, ni por delante ni por detrás.

—¿Penny?

—Estoy al fondo.

Dos pasos más y, enganchado en una estantería, hay otro papel escrito por ella.

Estoy dispuesta a que elijas tú el nombre, ¿qué me dices?

Trago saliva y releo la nota. ¿Es posible que esté... embarazada?

Dejo de caminar para correr en su busca, sintiendo una ilusión que me hace estremecer, que me hace sonreír como un bobo enamorado, que me ha dado un chute de energía tan bestial que soy capaz de mover de sitio el edificio. Al girar, veo a Penny, con una sonrisa preciosa y con el pelo suelto, ocultando algo detrás de ella.

¿Será la prueba de embarazo? ¿La primera ecografía? ¿Tendremos uno o mellizos?

—Penny —susurro mientras le cojo la cara para besarla con devoción, descargando en esta acción lo feliz que me hace esta noticia, lo contento que estoy de poder formar mi propia familia con ella, con mi chica de los ojos azules.

—Vaya —dice contra mi boca y de repente oigo un ladrido que me hace mirarla extrañado—. Si hubiese sabido que tener un perrete te haría tanta ilusión, antes lo hubiese adoptado.

Parpadeo confundido mientras Penny me planta delante de los ojos un cachorro de color negro con las orejitas caída. La miro, me sonríe mientras acaricia su cabecita con cariño y después se muerde el labio inferior al ver que no he vuelto a abrir la boca.

—Me dijiste que te gustaban los perros. Como me digas ahora que eres más de gatos... te jorobas, porque en cuanto lo he visto no me he podido aguantar...

—Es... es muy bonito, pero he pensado que todo esto era para decirme que estabas embarazada —confieso, y Penny abre mucho los ojos, asombrada, para después mostrarme esa sonrisa traviesa que me enloquece, donde la puntita de su lengua se asoma un poco entre sus dientes.

—Y has venido corriendo a besarme —susurra analizando mi reacción.

—Sí, me he imaginado teniendo un hijo tuyo y mío y... he sentido cómo se removía algo dentro de mí. Lo quiero todo a tu lado, Penny. Todo. Casarme contigo, tener hijos, viajar y querernos hasta el infinito y más allá.

—Bueno, bueno... —responde mientras deja al perrito en el suelo al lado de una camita para él, para después ponerme los brazos alrededor del cuello—. Me lo tengo que pensar, ¿sabes? —añade con guasa—. Soy una chica muy ocupada, estoy hasta arriba de trabajo y ahora casarnos, formar una familia... ¡Uf! —Saca la lengua con fastidio sin dejar de sonreír y... comienzo a hacerle cosquillas, consiguiendo que me pida a gritos que pare.

Me río.

Se retuerce.

El cachorro ladra.

Después le enmarco la cara y la miro... a ella, que ha logrado que todo esto vuelva a funcionar, que ha conseguido que sea feliz cada día que despierto a su lado desde esa noche que nos dijimos que nos queríamos.

—¿Nos casamos? —susurro y veo que desliza una increíble sonrisa que me hace hincharme como un gigante.

—¿Acaso lo dudas? —Alza una ceja y busca mis labios con desesperación mientras la estrecho más contra mi cuerpo.

Sonrío entre beso y beso.

Penny introduce sus manos por debajo de mi camiseta provocando que me excite en segundos, para después quitármela y acariciar con lentitud el tatuaje que me hice al poco de empezar a salir de manera formal con ella. Lo tengo a un lado de las costillas y es pequeño, pero tiene un gran significado por muchas razones. La principal es que me une todavía más a ella. Son dos pájaros sobre una ola de mar, uno de ellos con una eme escondida entre sus alas, el otro con una pe. Ambos bien juntos. Ambos libres.

La miro.

Me sonríe.

Y entonces aborda mi boca con urgencia, provocando que gruña mientras la estrecho contra mí.

—Vamos a practicar un poco más antes de buscar al bebé o a los mellizos —dice con una sonrisa mientras se quita su camiseta y contemplo su precioso cuerpo.

La vuelvo a besar sabiendo que mi vida cambió por completo cuando Penny volvió a este camping.

Mi primera amiga.

Mi primer beso.

La primera chica a la que amé.

La primera a la que odié.

La única que derribó todos mis muros.

La única a la que he amado en cuerpo y alma.

Y la que ha conseguido que me perdone, que siga adelante y que me dé cuenta de que la vida es increíble cuando ella está a mi lado.

¿Cómo no me iba a enamorar de ella? Creo que en el fondo supe que ella sería la única que lo lograría.

Siempre ha sido ella.

La chica de los ojos azules y la sonrisa traviesa.

Y seguiremos volando libremente sobre el mar uno al lado del otro.

Para siempre.

Nota de la autora y agradecimientos

ADVERTENCIA: ¡Contiene *spoiler*, leedlo solo cuando acabéis la novela!

Cuando empecé a crear el relato de Penny y Mateo tenía claro lo que quería mostrar: un amor que superara miedos, secretos, culpas, arrepentimientos, personas tóxicas, y que fuera como un bálsamo para los dos, como la recompensa por haber pasado por tantas cosas malas. Cada uno de manera diferente, los dos protagonistas han tenido que esforzarse por perdonarse a sí mismos y darse la oportunidad de ser felices.

Siempre me ha gustado que mis personajes sean lo más reales posible, que tengan temores, dudas, problemas; que se equivoquen, que recapaciten y que aprendan a luchar por lo que siempre han deseado. Al fin y al cabo, la vida es así. Todos cometemos errores y tenemos que seguir adelante. Lo que narra esta novela es un claro ejemplo de ello; todos los personajes, tanto los principales como los secundarios, son imperfectos y tienen que aprender a vivir con ello y entre ellos.

Esta es una historia distinta a las que he escrito anteriormente, mucho más íntima, en la que ves cómo avanza el amor de dos personajes rotos que van sanando uno al lado del otro. Penny era una chica perdida. Una joven que tuvo la mala suerte de dar con un hombre que supo cómo manipularla y a quien le costó mucho tomar la decisión de dejar, junto con esa vida supuestamente de ensueño. Mateo era un chico a quien la culpa lo estaba matando y que lo único que deseaba era que su familia estuviese bien, aunque significara que él no fuera feliz. Por otro lado, Nacho era el punto de unión y confrontación de ambos. Al fin y al cabo, sin él, ellos no se habrían acercado tanto cuando se odiaban y, por tanto, no hubiese saltado la chispa entre ambos... Porque el amor estaba agazapado esperando el momento oportuno para llegar hasta ellos.

Quiero aprovechar estas líneas para agradecer a mi marido lo mucho que cree en mí incluso cuando yo pierdo la esperanza. Me anima cuando estoy decaída y no me deja rendirme nunca, porque sabe que, si lo hiciera, no me lo perdonaría. Gracias por estar siempre a mi lado; llevamos veintidós años juntos y solo espero estar, como mínimo, otros veintidós años más a su lado. ¡Te amo!

A mis hijos, mi fuente de energía, los únicos capaces de hacerme reír a carcajadas y de que haga payasadas solo para sacarles una sonrisa, gracias por ser como sois. Gracias por nuestras noches de series, charlas y risas. Os quiero tanto que me haría falta escribir treinta libros más para describirlo y, aun así, me temo que me quedaría corta. ¡Sois mi vida entera!

A mi familia, gracias por estar a mi lado siempre. Os quiero.

A mis amigas y a mis Cococalas, gracias por las risas y nuestras conversaciones. ¡Sois lo más!

A mis lectoras, instagramers, tiktokers, blogueras; gracias por cada comentario, reseña, montaje... Gracias por darles tanto cariño a mis novelas. Gracias por leerme y por acompañarme en esta maravillosa aventura. ¡Sois increíbles!

A mi querida editora, Esther Escoriza, gracias por seguir creyendo en mí y por ser una persona tan admirable. Eres muy grande, guapa.

Al maravilloso equipo de Esencia y de Booket, gracias por dejar mis novelas tan perfectas y por esas portadas tan curradas. ¡Sois la caña!

Y gracias a ti, que has acompañado a Penny y Mateo hasta aquí. Solo espero que hayas disfrutado con la lectura y que hayas comprendido el gran valor del amor y del perdón.

Banda sonora

Quasi, ℗ 2022 Universal Music Spain, S. L. U., interpretada por Pablo López.

Day-O (The Banana Boat Song), ℗ 2001 BMG Entertainment, interpretada por Harry Belafonte.

Corazón partío, ℗ 2004 Warner Music Benelux B. V., interpretada por Alejandro Sanz.

Paquito el Chocolatero, ℗ 2008 Gesorgal, interpretada por la Orquesta Panorama con la colaboración de King África.

Los ángeles, ℗ 2023 Universal Music Spain, S. L. U., interpretada por Aitana.

Nochentera, ℗ 2022 Sony Music Entertainment España, S. L., interpretada por Vicco.

Otros títulos de la autora en Booket:

Disfruta de la serie Chicago:

booket

www.booket.com

www.planetadelibros.com